LE MODÈLE

DU MÊME AUTEUR :

Le Demi-frère, Lattès, 2004.
Herman, Lattès, 2005.

www.editions-jclattes.fr

— Oui, bien sûr. Tout va bien?

Helene posa la pièce et leva les yeux sur lui.

— Qu'est-ce qu'il y a?

— Rien.

Elle le toisa un petit moment encore.

— Qu'est-ce qu'il y a? répéta-t-elle.

— Je suis juste un peu fatigué.

Une rafale de vent fit voler les feuilles mortes et Kaia se retrouva au milieu d'une tempête jaune. Peter s'avança vers elle et, ensemble, ils tentèrent de récupérer les feuilles, certaines tout à fait sèches au point d'être réduites en poussière puis de disparaître quand ils les prenaient entre leurs doigts, d'autres humides, qui leur échappaient pour se poser un peu plus loin dans le jardin; comme il était impossible de toutes les ramasser, il finit par s'agenouiller devant sa fille.

Elle avait les yeux verts.

Les yeux de sa mère.

— On va laisser les feuilles jusqu'au printemps prochain, dit-il.

— Vraiment?

— Oui. Comme ça elles pourront se reposer sous la neige.

Kaia éclata de rire, un doigt pointé vers lui.

— Tu as encore de la peinture plein la figure.

— De quelles couleurs cette fois?

Elle laissa tomber le râteau et appuya son index contre son front.

— Bleu.

— Seulement du bleu?

— Du noir aussi.

— C'est tout?

— Non. Un peu de marron.

— Du marron?

— Oui, là. Et du blanc. Sur le nez.

— Et ça ressemble à quoi ?

Kaia dut s'accorder un moment de réflexion et, tandis qu'ils se regardaient dans les yeux, Peter Wihl fut de nouveau terrassé, submergé par ce regard vert, le regard de son enfant, franc, impavide, comme s'il n'avait jamais servi, comme s'il voyait toujours tout pour la première fois.

Au lieu de quoi une ombre lui caressa le visage.

— Je ne sais pas, dit-elle à voix basse.

— Tu ne sais pas ?

Kaia baissa les yeux et secoua la tête.

C'est alors qu'elle prononça ces mots singuliers, d'une voix presque affolée, ce qui effraya également Peter.

— Tu ne te ressembles pas.

Il s'efforça de rire, de balayer cette affirmation par un rire.

— Je ne me ressemble pas ?

De nouveau, Kaia secoua la tête.

Helene quitta le banc pour venir à leur hauteur, le vent s'engouffrait dans le manuscrit dont il tournait les pages une à une. Peter se redressa d'un geste pesant. Helene posa une main sur son épaule.

Il faisait déjà noir.

— Va donc te reposer un peu avant qu'ils arrivent, dit-elle.

— *Ils ?* Qui vient ?

Kaia le cria aussitôt :

— Tonton Ben !

Peter soupira.

— Tonton Ben.

Helene se pencha vers lui.

— Tu avais oublié ?

— Maintenant ça me revient. Tonton Ben arrive, donc.

— Et il amène de la compagnie.

— Mon Dieu. De la compagnie… encore ?

Kaia éclata de rire, comme si elle était soulagée de pouvoir parler d'un sujet qui la mettait en joie.

— Tonton Ben amène de la compagnie !

— Et de la nourriture, ajouta Helene.

Et Peter fit comme elle le lui suggérait : il se rendit dans son atelier et s'étendit sur la mezzanine. L'instant d'après il s'assoupit, dans l'odeur de térébenthine, sans pour autant s'endormir profondément, il stationnait en effet juste au-dessous de la surface, à la lisière du sommeil, mais suffisamment toutefois pour rêver :

Il est seul dans la cour de l'école, près de la fontaine d'eau potable, il doit avoir dans les onze ans, il a froid. Un garçon s'approche alors de lui. Peter, si tant est que ce soit aussi son prénom dans le rêve, prend peur, recule de quelques pas, mais le garçon, plus grand, ou plus massif ne s'arrête que lorsqu'il se retrouve tout près de lui, à quelques millimètres. Il lui demande : si tu pouvais choisir, tu voudrais être aveugle ou sourd ?

Et, au même moment, Peter se réveilla, avec la réponse du rêve sur le bout de la langue : Ceci n'est pas un choix. Ceci est une menace.

Et, tout aussi brusquement, il se rappela les mots singuliers et effrayants de Kaia : tu ne te ressembles pas.

Il se leva pour prendre une douche, puis il se pencha contre le miroir qui, d'abord mat, retrouva peu à peu un éclat brillant et clair, et, comme son visage se rapprochait, il eut la sensation de sortir du brouillard, de ne rien voir d'autre que lui, là où il se trouvait en cet instant : Peter Wihl, bientôt cinquante ans, d'une journée plus vieux qu'hier et d'une nuit plus jeune que demain.

Il n'en distingua pas moins, dans ses yeux, l'empreinte toujours présente de la peur soudaine, de la panique, qui l'avait tétanisé lorsque sa vue s'était brisée durant quelques secondes.

La différence était à ce niveau.

Peter Wihl songea : est-ce que, un jour, je vais la perdre ?

Il retourna à l'atelier où il s'assit, un long moment, parmi les toiles, dans l'obscurité.

Il mit une bûche fendue dans le poêle, chiffonna de vieux journaux salis, alluma, actionna la clé pour augmenter le tirage; la fonte noire dégagea aussitôt une chaleur qui recouvrit de buée la porte-fenêtre.

Ben arriva à sept heures et demie. Muni d'une bouteille de vin rouge et d'un verre. Il s'installa dans le second fauteuil, il n'y en avait que deux dans l'atelier : l'un, confortable, l'autre, inconfortable. Peter était assis dans le fauteuil confortable. Ben se servit du vin et en but une gorgée. Il était le seul à avoir la permission d'entrer dans l'atelier quand Peter y travaillait. Pas même Helene, ou Kaia, ne pouvaient y pénétrer, c'était un accord entre eux, c'était la seule et unique loi que Peter avait imposée – hormis celle sur l'alcool, et celle-ci était inviolable.

Peter buvait de l'eau.

Ben buvait du vin. Et il prononça sa phrase rituelle, par laquelle il commençait toujours :

— Tu devrais te dégoter une lampe.

— Tu sais bien que je ne peins que dans la lumière naturelle.

— Les journées de travail vont bientôt raccourcir, Peter.

— Parce que tu as à te plaindre, peut-être ?

— J'espère que les peintures ne seront pas aussi sombres que leur environnement.

Peter se leva et tourna contre le mur une des toiles.

— Où est la compagnie ? demanda-t-il.

— La compagnie divertit Helene et Kaia.

— Et qui est la compagnie aujourd'hui ?

Ben gloussa.

— Est-ce que je dois deviner un certain scepticisme ou, disons, une certaine condescendance derrière ta sobre question ?

— Pas du tout.

— Ou alors une critique monogame et masculine de mon mode de vie ?

Ce fut au tour de Peter d'éclater de rire.

— Tu fais ton homme sensible ce soir, Ben ?

— Il s'appelle Patrick et il a vingt-neuf ans.

— Et tu l'as trouvé où ?

— Dans la piscine du Grand Hotel, dimanche matin. Ou, pour être précis : dans le sauna du Grand Hotel. Satisfait ?

Benjamin Rav avait fêté son soixante-cinquième anniversaire l'an passé, il arborait un corps malingre mais sculpté, nageait ses mille mètres quotidiens, le matin, dans la piscine du Grand Hotel, il observait des périodes d'ascétisme, portait toujours des costumes croisés, avait le cheveu gris mais fourni, avait fixé à l'âge de dix-huit ans une perle dans le lobe de son oreille gauche, ainsi que les gitans, les marins et les pédés en avaient l'habitude, huit ans plus tard il partait pour le port espagnol de Cadaquez où il achetait, pour une bouchée de pain, une valise de lithographies de Salvador Dali, certes non signées mais qu'il devait ensuite revendre aux nouveaux riches de la jet-set désœuvrée de la côte méditerranéenne, engrangeant au passage une petite fortune. C'est ainsi qu'il se lança. Ben, comme le surnommaient ses proches, et ils étaient peu nombreux, était le galeriste de Peter Wihl depuis vingt-cinq ans, depuis sa première exposition, *Amputations*.

— Helene se fait du souci pour toi, dit Ben.

Peter se rassit.

— Ah oui ?

— Et quand elle se fait du souci pour toi, je m'en fais aussi.

— Je suis juste un peu fatigué.

— Fatigué ? On est à six mois. Tu auras le droit d'être fatigué le lendemain du vernissage seulement. Tu pourras même mourir si tu veux.

Peter remplit son verre et but.

— Ça va passer, dit-il.

— Tu sais ce qui est en jeu ?

— Je sais très bien ce qui est en jeu.

— Parce que, tu peux dire adieu à tout ce qu'on te donnait à l'œil. Au contraire. Ils ont plutôt envie de te mettre le grappin dessus. Ils ont plutôt envie de t'envoyer à la casse.

— Merci, Ben. Je suis nettement plus rassuré à présent.

— Je ne rigole pas, Peter. Et c'est une raison supplémentaire pour que tu leur montres des toiles qui les laissent sur le cul.

— C'est aussi mon intention. Tiens, elles sont là.

— Pour jouer franco, Peter, tu n'as plus les moyens de te répéter.

— Qu'est-ce que tu sous-entends ?

— Exactement ce que je viens de dire, Peter. Tu sais ce que les mauvaises langues disent de toi ?

— Je t'écoute, Ben.

— Elles disent que si Peter Wihl continue à peindre des parties du corps, il va bientôt falloir qu'il s'attaque aux tripes et aux viscères.

Peter dévia le regard et rit.

— Et qui sont ces mauvaises langues ?

— N'importe qui.

— N'importe qui ? Allez, putain, c'est qui ton n'importe qui ?

— Laisse tomber, Peter. Ce que j'essaie de t'expliquer, c'est que tu n'as pas le droit d'être fatigué en ce moment. Tu entends ce que je te dis ? Tu m'entends ?

— Ça va passer, répéta Peter.

Mais Ben refusait de lâcher le morceau.

— Helene m'a dit que tu avais l'air secoué quand tu es sorti de l'atelier cet après-midi pour venir les voir.

— Secoué ? Elle a dit ça ?

— Oui. Secoué. C'est le mot qu'elle a employé. Il t'est arrivé quelque chose ?

Peter se releva et s'installa devant les grandes fenêtres, en tournant le dos à Ben ; l'obscurité était toute proche, il ne discernait que quelques lumières, un peu plus loin, en provenance des villas, dans ce quartier de la ville où il avait grandi. Il pleuvait, mais il ne le voyait pas.

— Tu as entendu parler de ce qui est arrivé à Becker, avec son blanc de titane ? demanda-t-il.

— Non. Raconte.

— Le chimiste est mort et la recette a été vendue aux Chinois. Et ces cons l'ont mélangé avec de l'huile de soja. Je t'assure ! Si bien que maintenant, il est inutilisable. Il ne brille plus.

— C'est pour ça que ces toiles sont si foncées ?

Peter se retourna d'un geste brusque, c'est à peine s'il apercevait Ben au milieu des ombres entre les tableaux.

— Tu possèdes les murs. Je peins les toiles.

Ben s'approcha de lui, en venant d'un autre coin que celui d'où Peter s'attendait qu'il surgisse. Il leva son verre.

— Je vais te procurer du blanc, à Londres, dit-il.

Ils burent, et Peter comprit que Ben, bien sûr, ne gobait pas un traître mot de son explication, selon laquelle Peter serait secoué sous prétexte que le chimiste, l'inventeur de sa couleur préférée, le fond blanc, était décédé. Devait-il plutôt lui dire la vérité crue, à savoir qu'il était devenu aveugle, rien qu'un instant, que certes il avait recouvré la vue, mais que cet instant l'avait ébranlé à tel point qu'il n'avait pas de mots, et à peine assez d'imagination, pour l'exprimer; que la mort venait de tâter le terrain, six mois avant le jour du vernissage, six mois avant son cinquantième anniversaire; c'était ça qu'il devait dire?

Helene les appela.

Ils traversèrent le jardin, évoluant dans les feuilles mortes pour rejoindre la cuisine située dans le corps de bâtiment.

Kaia aidait à mettre la table, déjà couverte de petits bols et de plats tout aussi petits, pleins de cette nourriture d'un genre nouveau, la bien nommée *finger food*, cette bouffe à picorer que Peter ne pouvait pas encadrer, lui qui refusait d'utiliser ses doigts pour s'alimenter, il existait des ustensiles prévus à cet effet.

— Tu l'as fait tout seul, tonton Ben?

Tonton Ben la souleva en riant.

— Tu sais, moi, je ne fais rien, ma princesse. Tout ce que j'ai, je l'achète.

La compagnie de Ben, qui avait déjà pris place à la table, se redressa d'un bond sitôt qu'il aperçut Peter, tendant les mains pour s'emparer de la sienne.

— C'est un honneur, monsieur, que d'avoir la permission d'être en ces lieux, de vous saluer.

— Allez, on se calme, là! intervint Ben. Même si on est chez un génie, il y a dans cette maison des conventions sociales autrement plus naturelles.

L'homme, ou le garçon, ne relâchait pas sa poignée de main.

— Je m'appelle Patrick.

Il ne faisait pas ses vingt-neuf ans et paraissait plus jeune avec ses joues rondes de poupon, à moins que ce ne soit à cause de ses vêtements : un pantalon baggy, des grosses chaussures, un t-shirt avec une inscription en russe au niveau du torse. Un plouc débarqué à la ville, songea immédiatement Peter, toujours est-il qu'il ne ressemble pas à un nageur – et il comprit dans le même temps, précisément parce que Ben avait jeté son dévolu sur ce garçon et ce faisant le cautionnait, qu'il l'avait élevé au rang de chevalier pour ainsi dire ; il comprit que c'était lui, Peter Wihl, qui se trouvait en marge, lui et personne d'autre : il allait sur ses cinquante ans, il n'était plus au courant des codes, les signes lui apparaissaient vides de sens, il ne faisait plus la différence entre les vivats célébrant une victoire et les cris appelant au secours, il était autrement dit dans une dissonance de tons, il était un étranger sur son propre territoire et il s'en portait à merveille.

Était-ce cela que Ben sous-entendait quand il parlait de l'envoyer à la casse ?

— Peter Wihl, dit-il.

Patrick souriait.

— J'aime beaucoup ce que vous faites.

— Vous m'en voyez soulagé.

Peter reprit enfin possession de sa main et ils purent passer à table. Helene servit du vin et de l'eau, Kaia buvait du jus de pommes pétillant. Ils mangèrent donc un long moment avec leurs doigts, en silence ; ces aliments exigeaient l'usage de piles de serviettes et de rouleaux de Sopalin, oui : baignoires et cabines de douche auraient eux aussi dû être convoqués – et Peter se demanda s'il n'allait pas, tout simplement, se chercher un couteau et une fourchette tout ce qu'il y a de plus ordinaires, comme une petite facétie en réponse au modernisme feint dont Ben se prévalait, à ces plats exotiques qui ne sont rien que de la nourriture de pauvres dans leur pays d'origine, ou bien s'il devait plutôt songer à se mettre à picoler, ce qu'il ne ferait pas, bien sûr. Aussi se tourna-t-il vers le garçon.

— Et qu'est-ce que vous faites au quotidien, Patrick ?

— Il est dans la communication, répondit Ben.

Peter se servit un verre d'eau.

— Patrick ne peut pas répondre tout seul ?

— Je suis dans la communication.

— C'est pas ce qu'on fait tous un peu ?

Peter remarqua que Helene et Ben ne cessaient d'échanger des regards furtifs, en d'autres termes ils s'inquiétaient pour lui, ils avaient eu une petite conversation et l'avaient à présent à l'œil.

— Ça veut dire quoi, communication ?

La question venait de Kaia.

Helene se pencha vers elle.

— Ça veut dire se comprendre.

Kaia hocha la tête d'un air grave, sans pour autant quitter Peter des yeux.

— C'est à papa que je demandais, murmura-t-elle.

— Ça veut dire que quand, dans pas longtemps, je vais te dire d'aller te coucher, tu le feras, dit-il.

— Oh nan !

— Oh si. La communication, ça signifie tout bonnement que j'ai raison !

Il y eut un éclat de rire général, qui tirait légèrement trop sur les commissures, surtout sur celles de Helene, songea Peter. Puis les plats firent un nouveau tour de table et lui passèrent sous le nez puisque tout lui passait toujours sous le nez, en ce moment même la discussion lui passait sous le nez, eux conversaient en l'ignorant chaque minute davantage et lui n'avait plus le courage de suivre leurs bavardages. Il était déconnecté, comme s'il se trouvait à bord d'un véhicule qui ralentirait de plus en plus et finirait par s'immobiliser tout à fait, sur une voie de garage ou dans la fameuse casse – et le fait de se trouver en marge, il le ressentait avec une telle intensité ; ce qui d'habitude lui apportait un plaisir certain, son exil volontaire pour ainsi dire, dans lequel il pouvait s'adonner en paix à ses petites occupations, quel que soit l'endroit où il se trouvait, cette vacance, que certains prenaient pour un adorable égarement, ne lui procurait plus ni joie ni tranquillité car ce soir il n'était plus maître de son absence, cette fois ça le faisait plonger, ça le faisait sombrer dans ces ténèbres violentes qui l'avaient terrassé plus tôt dans la journée pour ensuite le relever avec la même brutalité.

— Amputation.

Peter releva brusquement les yeux et vit les autres, muets, le fixer du regard.

— Quoi ?

Helena posa une main sur la sienne, sans rien dire.

Patrick se pencha vers lui.

— Amputation, répéta-t-il.

Peter ne comprenait toujours pas où il voulait en venir.

— Amputation ?

À présent tous se dévisageaient au lieu de le toiser lui, seule Kaia continuait de le regarder, consternée et irritée, c'est l'impression qu'elle donnait, de voir son père ainsi empêtré, à ce point en marge, en si mauvaise posture.

Ben se resservit du vin.

— Patrick fait référence à tes débuts, cher ami. À ta première exposition chez moi. L'exposition qui a fait de toi celui que tu es aujourd'hui. Tu t'en souviens, Peter ? Ça remonte juste à vingt-cinq ans.

— C'est le vin ou cette abominable bouffe à picorer qui te rend sentimental ?

Ben rit.

— Et qui plus est il est très enthousiaste, si tu te donnes la peine de l'écouter.

Ben avait déjà adopté son ton véhément, comme à l'accoutumée arrivé à un certain moment de la soirée, de préférence vers neuf heures, non pas qu'il fût déjà ivre, il ne l'était jamais, mais parce qu'il voulait uniquement être sûr que tout l'auditoire l'écoutait ; une mauvaise habitude qu'il avait prise dans son adolescence, quand la plupart des gens, dans les cercles qu'il fréquentait, se contentaient de chuchoter, de se taire ou de mentir.

Jetant un coup d'œil à sa montre, neuf heures trois, Peter n'avait pas le souvenir que le temps s'était écoulé, qu'il était passé si vite, si longtemps. Avait-il eu une absence, encore ?

Affolé, il rit.

— Tu avais quel âge à cette époque, Patrick ? Trois ans ? Ou si ça se trouve, tu n'étais même pas né !

Helene déchira un morceau de Sopalin, qu'elle posa sur les genoux de Kaia.

— Deux de ces peintures sont toujours accrochées dans ma chambre à coucher, dit Ben.

Patrick regarda Peter dans les yeux.

— Admirable.

— Admirable ?

— Oui. Ces parties du corps privées de leurs fonctions. C'est brutal et beau. Pourquoi ne peignez-vous plus comme ça ?

Il y eut un moment de silence : la critique était si criante, si minablement escamotée, masquée par la politesse du langage, par le compliment retourné, que même Ben baissa la tête, penaud, gêné aux entournures, en s'essuyant les doigts dans les restes d'une serviette en papier bleu.

Peter regarda Patrick dans les yeux.

— Parce que je l'ai déjà peint.

Ben leva son verre et déclara, comme un témoignage de reconnaissance envers Peter et une réprimande à l'attention de son jeune et moderne ami :

— Voici une réponse plus excellente que la question.

Ils trinquèrent de nouveau et un silence se déposa. Heureusement, Kaia le brisa.

— Ça veut dire quoi, amputation ?

Peter posa son verre.

— Si par exemple tu as mal à un orteil et qu'il s'infecte, et s'il y a un danger que l'infection se propage dans le reste de la jambe, on va alors couper l'orteil. C'est ça, une amputation.

Helene pouffa.

— Ne l'écoute pas, dit-elle.

Kaia était songeuse.

— Et si j'ai mal à la tête ? finit-elle par demander.

Helene se leva de table.

— Toi, tu vas filer au lit !

Kaia ne protesta pas, elle était trop fatiguée pour ça, aussi suivit-elle sa mère sans broncher. Les trois hommes restèrent assis. Ben déboucha une autre bouteille de vin.

— J'ai lu un truc bizarre dans une interview d'une de ces rembrandtiennes. Elle prétendait qu'on fait toujours des rêves figuratifs. C'est le cas pour vous ?

Patrick se fendit d'un haussement d'épaules. Il était toujours vexé.

— Je ne me souviens jamais de mes rêves, répondit Peter.

Évidemment, il mentait. Il se souvenait encore, et avec précision, du garçon qui lui avait posé cette question impossible, dans la cour d'école, la silhouette dans son entier était reconnaissable, celle du garçon grassouillet, de même que lui, Peter, était reconnaissable, dans sa veste peau de pêche, avec ses cheveux gominés ; en d'autres termes le rêve était figuratif et pourtant nullement réaliste, il était vrillé, voilà, il ne lui venait aucune autre description que celle-ci : vrillé – et il prit conscience avec stupeur, ou plutôt dans un éclair de lucidité, que dans les rêves la lumière vient de l'intérieur, que dans les rêves il n'y a pas d'autres sources lumineuses, de la même manière que le blanc de Becker peut s'étaler sur le fond d'une toile, derrière les différentes couches de peinture, et permettre à la surface, même noire, de briller.

Ben rit.

— Cet anachronisme féminin ne serait-il au fond pas si bête ? Ou sommes-nous tout bonnement trop démodés dans notre sommeil ? D'indécrottables réalistes, pour ainsi dire ?

— Je qualifierais plutôt les rêves d'installations, dit Patrick.

Ben, quasi rouge de honte pour son jeune amant, jeta un coup d'œil furtif à Peter et, au lieu de parler, ils continuèrent de boire. C'était préférable. Ils entendaient la pluie marteler le toit, le vent souffler dans les arbres près de la barrière, Helene chanter pour Kaia.

Mais Peter ne put s'empêcher.

— Alors comme ça tu rêves d'installations, Patrick ? Sous mes amputations, dans le lit de Ben.

— Non, on a rarement le temps pour ça.

Ben les interrompit.

— J'ai une bonne nouvelle, Peter.

— Ah oui ? Raconte. Vous allez adopter un gamin ?

Ben soupira et se tourna une seconde vers Patrick.

— Peter Wihl a une forme d'humour très particulière. Il faut juste un peu de temps pour s'y habituer.

Patrick secoua la tête.

— Je trouve Peter très drôle.

Peter se pencha vers lui.

— Tu me trouves drôle ?

— J'aime l'humour provocateur.

Peter rit.

— Provocateur ? J'essaie juste d'être agréable.

Patrick rit à son tour.

— Agréable comme une amputation, précisa-t-il.

Et, en un éclair, Peter entraperçut la fureur du garçon. Il choisit de se taire.

Ben posa sa main sur la sienne.

— Quand tu auras terminé cette exposition, un portrait t'attend.

Peter retira son bras.

— Qui ça?

Ben se faisait désirer.

— Je ne peux pas te le révéler tant que tout n'est pas réglé. Je peux uniquement te dire que ça sera le nec plus ultra.

Peter l'interrompit.

— Il y a d'autres personnes que je voudrais d'abord peindre, Ben.

— Qui ça?

Peter se pencha en avant.

Au même moment, Helene les rejoignit et s'assit. Elle regarda les trois hommes, l'un après l'autre, avec un sourire, tandis que Ben lui remplissait son verre.

— Vous faites des cachotteries maintenant? Je peux savoir?

— Les rêves de Patrick sont des installations, dit Peter.

Et Patrick, qui ressemblait de plus en plus à un bambin trois fois trop grand, avec le visage doux et lisse qu'il arborait, peut-être était-ce le vin qui le rendait comme ça, Patrick se tortillait dans sa chaise. Bien fait, songea Peter. Aussi Ben dut-il venir à la rescousse du garçon : il lui prit la main, se tourna vers Helene et changea de conversation.

— Raconte-nous plutôt comment se passe *Le Canard sauvage*.

— C'est encore trop tôt pour en parler. Mais je crois que ce sera différent.

Ben soupira.

— Au fond, c'est une pièce odieuse. Ibsen, ce radin de première, fait en sorte que *tout* ce qui peut tourner à la catastrophe tourne *effectivement* à la catastrophe, et à la pire qui soit. C'est ça qui est insupportable !

Helene inclina la tête.

— Et d'après toi, qu'est-ce qu'il aurait dû faire, Ibsen ?

Ben haussa la voix :

— Ce n'est rien qu'un poseur dramatique, voilà ! Tous ces trucs désagréables au sein de la famille Ekdal, ils n'auraient pas pu faire un peu de ménage dedans, tout simplement, et sauver la vie de l'enfant ? Il n'y a rien de plus repoussant que ces hommes égocentriques en pleine crise de la cinquantaine.

— Qu'est-ce qui reste du drame, dans ce cas ?

Ben jeta un coup d'œil circulaire.

— Parce que le bonheur n'est pas assez dramatique comme ça, peut-être ? Est-ce qu'on a vraiment besoin, pour créer un drame, de maladies vénériennes, de faillites et de morts brutales ? Et le bonheur, ça suffit pas ?

— C'est une bluette que tu veux, Ben ?

— Toujours est-il que je proposerais une scénographie ouverte. De manière à ce que le public puisse assister de ses propres yeux au suicide de Hedvig. Et puis je voudrais bien un café, aussi.

Ils furent à nouveau interrompus, cette fois par Kaia, qui appelait Peter. Il se rendit auprès d'elle, s'assit sur le bord du lit, dans la pénombre, content d'être à côté de sa fille, content d'échapper un petit moment aux autres.

— Tu n'arrives pas à dormir ?

Kaia fit non de la tête.

— On parle trop fort ?

— Surtout tonton Ben.

Peter la borda ; de la cuisine lui parvenait la conversation, non pas les mots mais les voix, lui non plus n'aurait pas pu dormir avec un boucan pareil dans la maison. Mieux valait la pluie, la pluie contre le toit, contre les vitres, voilà l'accompagnement correct du sommeil.

— Oui, surtout tonton Ben, répéta-t-il.

Soudain, Kaia prit sa main et il fut surpris de constater que des doigts aussi petits puissent être aussi forts.

— À qui je ressemble ? demanda-t-elle.

Et, au même moment, Peter se souvint de la question qu'il s'était posée, dans le jardin, en sortant de l'atelier, secoué, et du calme de Kaia parce qu'elle n'avait pas de réponse – et maintenant c'était son tour à elle de demander, car les enfants n'oublient pas, les enfants éprouvent la nécessité d'apurer les comptes ; il se pencha sur elle, fit glisser son doigt sur le visage retranché dans l'ombre, posé sur l'oreiller blanc.

— À toi, bien sûr. À qui d'autre ?

Kaia sourit.

— Toi aussi.

Voilà, elle venait d'apurer les comptes. Elle lâcha sa main. À présent elle pouvait dormir.

Peter déposa un baiser sur son front.

— Tu vas rêver de quoi cette nuit ?

— Je ne sais pas encore.

Peter sourit puis se redressa.

— Bonne réponse, murmura-t-il.

Or au moment où il s'apprêtait à fermer la porte, la voix de sa fille lui parvint à nouveau.

— Tu peux pas la laisser entrouverte ?

Peter se retourna. Kaia était assise dans son lit, la lampe du couloir brillait en plaquant sur elle une mince bande de lumière.

— Je veux bien mais sinon tu vas entendre la voix de tonton Ben.

— De toute façon je pourrai pas dormir si la porte est fermée.

Peter laissa la porte entrebâillée et, tandis qu'il regagnait la cuisine, pour rejoindre les autres, il songea, avec inquiétude, dans un mouvement de quasi-effroi, que sa fille n'avait que six ans mais savait déjà ce qu'impliquait le supplice du choix : ne pas avoir la possibilité de choisir entre deux biens, la glace ou le chocolat, mais entre deux maux, entre le boucan ou l'obscurité, entre deux manières de ne pas pouvoir dormir. Il s'immobilisa devant la table, les autres prenaient un café, la pluie s'était arrêtée, Helene avait sorti une bouteille de calvados, Patrick avait l'air de s'ennuyer et Ben n'avait toujours pas terminé de s'exciter à propos d'Ibsen.

— Le mensonge vital est une discipline sportive norvégienne nettement surévaluée ! Non mais qu'est-ce que c'est que ces conneries de dire que le mensonge vital et le bonheur sont liés[1] !

Et Peter savait qu'il n'y avait qu'un moyen, un seul, de résoudre le problème de Kaia, de la libérer du supplice du choix et, ainsi, de la laisser dormir en paix.

Il pointa un doigt vers Ben et ce fut uniquement à cet instant qu'ils remarquèrent sa présence.

— Notre fille te demande de baisser d'un ton, dit Peter. Ou de la fermer si tu préfères.

Ben plaqua la main sur sa bouche.

Patrick gloussa d'un rire clair, puéril, et lança :

— Peut-être qu'il serait temps pour vous de faire la vaisselle.

1. Référence est ici faite à une célèbre réplique du *Canard sauvage* : « Si vous enlevez le mensonge vital à un homme ordinaire, vous lui enlevez aussi le bonheur. » *(N.d.T.)*

Peter pivota vers lui.

— Pardon? Qu'est-ce que tu viens de dire, là?

Patrick échangea un regard avec Ben qui, derrière sa main, piquait un fard; l'homme malingre, chichiteux, d'un âge bientôt canonique, rougissait.

— Vous ne faites jamais la vaisselle, vous deux?

2.

Il avait gelé pendant la nuit.

Peter et Helene marchaient bras dessus bras dessous, à pas lents, dans le soleil bas et froid. Les flaques, entre les arbres du boulevard, brillaient comme du verre et Kaia sautait de l'une à l'autre de ces vitres, depuis le paradis individuel du froid; ils entendaient chaque gémissement qu'elle poussait dès qu'elle les brisait – et Peter se dit que si quelque chose ne change jamais, c'est bien le bonheur qu'éprouve un enfant à courir dans les monticules de feuilles mortes ou à piétiner les plaques de glace.

Le parc était désert, baigné dans une lumière presque blanche. Le givre sur les brins d'herbe n'allait pas tarder à dégeler pour se mélanger au soleil comme autant d'ombres vert pâle.

Ailleurs dans la ville, les cloches sonnaient.

On était dimanche.

Dans sa main libre, Peter tenait un bouquet de fleurs, des roses séchées.

— De quoi vous avez parlé dans l'atelier, Ben et toi, hier? demanda Helene.

— De la routine.

— Ah oui ? Et seulement de la routine ?

— Tu connais Ben.

Elle l'interrompit.

— Personne ne connaît Ben.

Peter soupira.

— Il s'inquiète déjà. Pour l'exposition. Autrement dit : la routine.

— Et toi ?

— Tu sais bien ce qui m'inquiète.

Helene se blottit contre lui.

— Et je n'ai aucune envie d'en entendre parler. Tu n'es pas le premier à fêter ses cinquante ans.

— Mais c'est la première fois que ça m'arrive.

Helene rit, adressa un petit geste de la main à Kaia, qui ne la vit pas, qui continuait de danser de flaque en flaque, de s'éloigner d'eux de plus en plus – et Peter fut surpris de constater que leur fille concentrait les seules couleurs visibles dans ce parc transi : l'écharpe jaune, le bonnet rouge, la gabardine verte, les gants, les bottines ; peut-être était-ce ainsi qu'il devait la peindre, comme un contraste, le chaud opposé au froid, la couleur opposée au vide ; mais il balaya cette pensée sitôt qu'il l'eut formulée, ou plutôt, pendant qu'il la formulait. Kaia n'avait pas besoin de contraste, elle était suffisamment en elle-même, elle remplissait sa propre image.

Puis le regard de Peter fut attiré par autre chose.

Un chien descendait en courant, en diagonale, la pente du cimetière.

Helene serra sa main.

— Qu'est-ce que tu penses de Patrick ? demanda-t-elle.

— Je n'aime pas les gens qui vous saluent des deux mains.

— Tu n'aimes aucune des connaissances de Ben.

— Les connaissances ?

— Les garçons. Les petits copains. Les amants. Appelle-les comme tu voudras. Tu ne pourrais pas au moins essayer de les apprécier ? Pour Ben.

— J'ai essayé. Mais je n'y suis pas arrivé.

Le chien s'était arrêté près d'un arbre, sa langue rouge sortait de sa gueule, de la vapeur montait de sa fourrure, comme s'il se trouvait dans un nuage de gel et de chaleur.

— J'espère que Ben est prudent, dit soudain Helene.

— Prudent ? Où est-ce que tu veux en venir ?

— Tu sais parfaitement où je veux en venir.

Peter se tourna vers elle.

— Et au fait, de quoi vous avez parlé, Ben et toi ?

— De la routine.

— Ah oui ? Et seulement de la routine ?

— Tu connais Ben.

— Oh… Personne ne connaît Ben.

Peter sourit, dut fermer les yeux dans le soleil aveuglant.

Une inquiétude sur laquelle il ne parvenait à mettre de mots le saisit.

Il n'entendait plus le bruit sec de la glace qui craque.

— On a parlé de toi, répondit enfin Helene.

— Oui, il m'en a touché deux mots.

— Tu avais l'air tellement… Comment dire ? Perdu quand tu es revenu de l'atelier, hier.

— Ben a dit secoué.

— Secoué et perdu. J'ai peur, Peter.

Devait-il le lui raconter, maintenant, pendant qu'ils marchaient, les paupières toujours closes à cause du soleil, bras dessus bras dessous avec elle, Helene, la mère de son enfant, sa confidente, que son outil le plus important, la vue, venait de le trahir ? et ainsi, en le lui annonçant, soulager son cœur mais en alourdir un autre, et par là même décupler l'inquiétude, la multiplier par deux, voire tout bonnement la déplacer, la transmettre à une autre, à Helene ? Non, il voulait garder l'inquiétude pour lui. Il ne voulait pas ennuyer Helene avec ça. Il songea : ça passera. Il dit :

— Tu n'as aucune raison d'avoir peur.

Et, dans la seconde qui suivit, Peter entendit un cri, à deux pas et pourtant très très loin, comme si ses sens étaient constamment en train de lui jouer un tour ; Helene lâcha son bras, puis, quand enfin il rouvrit les yeux, il aperçut Kaia, inerte, au milieu du sentier piétonnier, le visage caché entre ses mains, pendant que le chien noir tournoyait sournoisement autour d'elle, se rapprochait de plus en plus, et, à présent, il n'entendait plus que le grognement monotone de l'animal, tout juste perceptible, comme un moteur, il voyait la gueule tordue, les gencives roses, les dents jaunes.

Peter se figea, épouvanté, paralysé, il essaya de bouger, mais sans y arriver, il avait la sensation d'être trop lourd, d'être tout entier entraîné, engouffré, englouti, et, en cet instant, il n'était plus le père d'une fille, il n'était plus le mari d'une femme, il n'était que le témoin de ce qui se produisait, là, par un tranquille après-midi, dans un parc, à la fin du mois d'octobre :

Helene s'élance à toute vitesse vers le chien qui se dresse sur son train de derrière, qui pose ses lourdes pattes sur les épaules de Kaia, le chien est plus grand qu'elle, il plante ses crocs dans le bonnet, le bonnet rouge, Helene s'arrête, avance à pas lents mais néanmoins décidés, sans hésiter une seule seconde, elle parcourt les derniers mètres qui la séparent d'eux en chuchotant quelque chose, comme une chanson, c'est le prénom de Kaia qu'elle chuchote, qu'elle ne cesse de chuchoter : Kaia, chuchote-t-elle, Kaia ; le chien mord et broie et troue le bonnet rouge – et Kaia baisse les mains pour voir ce qui la menace, pour voir qui vient la sauver, son visage est livide, il disparaît presque entre les mâchoires du chien dégoulinantes de salive. C'est alors que Helene attrape la bestiole par la peau du cou et, avec une force d'une rare violence, l'envoie valdinguer plus qu'elle ne la lance sur le gravier. Helene prend Kaia dans ses bras et Kaia éclate en sanglots, les larmes ne lui viennent que maintenant mais elle pleure d'une voix criarde, stridente, comme si en elle également une flaque venait d'être brisée. Le chien bondit en aboyant, court rejoindre un homme qui surgit dans la côte près du cimetière.

Et là, enfin, Peter put s'arracher à sa torpeur, une fureur l'arracha de force, et lui aussi se mit à courir en direction de l'homme, un homme jeune, avec une queue de cheval, habillé d'un long manteau en cuir noir, tenant dans la main une laisse, une espèce de chaîne, qu'il fixa à l'animal, lequel, obéissant, s'allongea à ses pieds.

Peter s'arrêta devant lui, essoufflé, furieux.

— T'as de la merde dans les yeux ou quoi ? T'as oublié que les chiens doivent être tenus en laisse ?

L'homme leva les paupières, comme si tout ceci ne le concernait pas.

— Le chien est en laisse, là. Tu ne vois pas ?

— Le chien a attaqué ma fille !

L'homme vêtu de cuir secoua la tête, ses lèvres esquissèrent un sourire, un rictus dédaigneux, où l'on pouvait quasiment lire que le chien ressemble à son maître, ou plutôt l'inverse d'ailleurs, que le maître finit par ressembler à son chien ; ils étaient l'égal l'un de l'autre.

— Il n'est pas dangereux.

— Pas dangereux ?

— Il voulait juste jouer.

— Jouer ! Ton clébard a attaqué ma fille !

— Hé, du calme, mec. Il n'a jamais mordu personne.

Peter avança d'un pas et désigna le chien.

— Ce bâtard de merde doit être euthanasié ! T'entends ? Eu-tha-na-sié !

— Et toi tes fleurs de merde, tu peux te les foutre dans le cul.

Peter pouvait à peine parler, l'indignation et la frayeur lui asséchaient la bouche, il criait.

— Tu sais quoi ? Je vais d'abord mettre mes fleurs de merde sur la tombe de mes parents, et ensuite j'irai porter plainte chez les flics !

L'homme tira sur la chaîne, le chien se redressa.

— Tu ferais mieux de surveiller ta gamine, ducon.

À ces mots, il tourna les talons, suivi de son animal en laisse ; l'homme dont la queue de cheval dansait d'un côté sur l'autre et le chien dont la queue remuait d'un côté sur l'autre remontèrent la côte, en direction du cimetière.

Peter cria, il hurla :

— C'est toi qui devrais être euthanasié ! Espèce de connard !

Le propriétaire du chien se retourna pour lui faire un doigt d'honneur.

Peter s'apprêtait à lui courir après, sans savoir ce qu'il ferait quand il le rattraperait, il savait uniquement qu'il serait capable de n'importe quoi tant il était possédé par la fureur, mais l'instant d'après, Helene, d'un calme olympien, se retrouva à côté de lui et le stoppa dans son élan.

— Arrête maintenant. Tu ne fais qu'effrayer la petite.

Helene dut le retenir encore.

— Elle est blessée ?

— Son bonnet est fichu.

— J'aurais pu le tuer.

— Il est parti.

Peter se ressaisit, souffla, se retourna vers Kaia, immobile dans l'herbe humide et froide, dont les cheveux recouvraient presque tout son visage ; elle le fixait, d'un regard où transparaissait quelque chose d'étranger, qu'il n'avait à ce jour jamais vu, et qui le terrorisa.

Elle dit :

— N'aie pas peur, papa, dit-elle.

Et Peter souleva Kaia, c'était lui qui aurait dû prononcer ces mots : n'aie pas peur. Lui et non elle. Il sentait toujours l'odeur âcre de chien qui imprégnait les vêtements de sa fille.

— Allez, on file à la maison, murmura-t-il. On rentre et on va faire du chocolat chaud, de la mousse, de la crème, des crêpes, un gâteau d'anniversaire et on va se goinfrer.

Silencieuse, l'air grave, Kaia répondit par un simple hochement de tête.

— D'abord, on va aux urgences, intervint Helene.

Peter lui jeta un bref coup d'œil, Helene se tourna vers Kaia.

— Juste pour être sûrs que tout va bien, d'accord ?

Ils attrapèrent un taxi libre près du portail de l'entrée donnant sur la rue principale et descendirent jusqu'aux urgences du centre, où huit patients attendaient déjà leur tour. Kaia était toujours mutique, comme si elle se remettait de ses émotions ou comme si elle était en train d'enregistrer cette expérience sans trop savoir où elle était censée la classer. Elle ne lâchait pas la main de Helene. Se sentant soudain de trop, Peter alla dans le couloir, se campa devant le distributeur de boissons, glissa une pièce de vingt couronnes, appuya sur un bouton, la machine se mit à trépider, les soubresauts durèrent, et, enfin, une bouteille tomba dans le réceptacle, non pas celle qu'il avait choisie, un Solo, à l'orange, mais un Coca, à la cerise, un mélange dont il n'avait jamais entendu parler. Va pour le mélange. Il regagna la salle d'attente avec sa boisson.

Helene et Kaia ne s'y trouvaient plus. Il tourna le bouchon, en but une gorgée, ça avait un goût infect, qui revenait à se badigeonner la bouche de colle. Il s'essuya les lèvres du revers de la main et jeta un regard circulaire. L'endroit était quasiment bondé, plein de patients silencieux, éclopés après les coups du week-end. Il avait été renvoyé dans le couloir, envoyé au coin, Helene l'avait mis au coin.

C'est alors que le regard de Peter fut attiré par un des médecins devant l'accueil, un homme rondouillard qu'il reconnaissait vaguement, plutôt à contrecœur d'ailleurs, un visage issu d'une autre époque, l'enfance, aujourd'hui bouffi, haut en couleur – et enfin Peter réussit à le replacer, ce visage, dans la galerie des photos de classe : c'était Thomas, du temps de l'école élémentaire, Thomas Hammer, la grosse tête, le gars brutal, qu'il n'avait pas revu depuis. Peter se tourna complètement. Trop tard. Thomas l'avait repéré. Il rangea des papiers dans un dossier et s'approcha du banc où Peter était assis.

Celui-ci se leva, s'apprêta à lui tendre la main, réprima son geste.

— Thomas..., dit-il simplement.

— J'espère au moins que ce n'est pas si grave que ça, répondit Thomas, non sans un rire.

— Ma fille a été attaquée par un chien.

— Quelle horreur ! On devrait les euthanasier. Les propriétaires, je veux dire.

— J'ai fait la même réflexion.

Thomas acquiesça.

— Quitte à choisir, il aurait mieux valu que ce clébard se jette sur toi, tu crois pas ?

Ils se toisèrent. Quarante ans les séparaient. Et pourtant, cela leur faisait l'effet d'une grande récréation qui les aurait soudain vieillis, propulsés aux abords de la cinquantaine, cela laissait une sensation désagréable, cela revenait à se poster devant un miroir et y distinguer un étranger.

Le bipeur de Thomas retentit. Peter espérait qu'il allait partir, mais Thomas ne bougea pas d'un millimètre.

— Tu revois les copains ? demanda Peter.

— Ouais. Mais toi tu viens jamais aux fêtes de retrouvailles.

— L'occasion ne s'est pas présentée.

Thomas sourit.

— Oui, tu es devenu trop célèbre pour nous, simples mortels.

— L'occasion ne s'est pas présentée, c'est tout, répéta Peter.

— Tu pourrais peut-être venir cette année ? C'est moi le président du comité des fêtes. Ce sera drôle, tu verras.

— Je préfère encore que tu salues tout ce petit monde de ma part.

Thomas vérifia son bipeur qu'il remit dans la poche de poitrine de sa blouse blanche. Il avait la figure constellée de vaisseaux sanguins éclatés, comme des petites taches de son rouges, comme l'apparence que prend un visage après s'être trop exposé aux cocktails, au soleil, et pas assez au sommeil : le plaisir que multiplie le temps.

— Le chien l'a mordue ?

— Non. Mais ma femme a préféré prendre des précautions. Elle est un peu inquiète de nature.

Pourquoi est-ce qu'il venait de dire ça ? Il se serait arraché la langue s'il l'avait pu.

— C'est bien, dit Thomas. D'être inquiet de nature.

Peter devait absolument se ressaisir. Bientôt, quoi qu'il en soit, ce Thomas, qui appartenait au passé et à qui il n'avait strictement rien à dire, serait forcé de s'en aller, des malades l'attendaient. Alors qu'est-ce qu'il attendait ? Et bientôt également, Helene et Kaia allaient revenir, ça ne pouvait pas être grave, quand même, mais est-ce que le chien l'avait mordue, malgré tout, tant et si bien qu'on avait dû lui faire une piqûre anti-tétanique ?

Peter demanda, histoire de parler, car il ne supportait pas ce silence :

— Et donc tu travailles ici, aux urgences.

Thomas fit non de la tête.

— J'ai mon cabinet. Mais il m'arrive de venir faire des gardes les week-ends. Quand ils ont besoin de monde. De la charité chrétienne, rien de plus. Ça me permet de me prendre pour un être humain un peu meilleur, si tu vois ce que je veux dire.

— Tu en as peut-être besoin ?

— Qui n'en a pas besoin ? Enfin… une fois de temps en temps seulement.

La remarque les fit rire tous les deux.

Le bipeur de Thomas couina pour la seconde fois. Il le laissa couiner. Quelqu'un pouvait rendre l'âme pendant cette conversation insignifiante.

— Ça fait un bail que je me dis que je vais acheter une autre de tes toiles.

— Tu t'intéresses à l'art, maintenant ?

— Non. Mon conseiller fiscal estime que ce serait un bon investissement.

— Je dois le prendre comme un compliment, Thomas ?

— Absolument, oui.

— Merci. Mais... Tu viens de dire « une autre ». Tu en as déjà une ?

— J'ai acheté une peinture, quand tu as commencé. Les amputations. Une main. Des trucs horribles. Mais avec des jolies couleurs.

— Je l'ignorais. Que tu avais acheté quelque chose, à cette époque.

— Et si ! J'aurai qu'à passer à ton atelier, un de ces jours, pour jeter un œil.

— Je n'en suis pas si sûr.

Thomas sourit.

— Dans ce cas, j'attendrai la prochaine expo.

D'un seul coup, Peter dit, et cela lui échappa :

— J'ai rêvé de toi hier.

Thomas se pencha légèrement vers lui, un instant abasourdi.

— Pardon ?

De honte, Peter regarda ailleurs.

— Oublie ce que je viens de te dire.

— Tu as rêvé de moi ?

— C'était juste un rêve débile. Oublie ce que je viens de dire.

— Et puis on se rencontre ici. La preuve que la vie doit tout de même avoir un sens. C'était quoi ton rêve ?

— Laisse tomber, d'accord ? Je suis désolé.

Thomas posa une main sur son épaule.

— Tu es sûr que tu vas bien, Peter ?

— Tu te fous de ma gueule, là ? Ma fille a été attaquée par un chien !

Thomas resta encore quelques secondes, la main posée sur son épaule.

— Tu travailles trop dans la lumière du jour, Peter.

— Hein ?

Thomas retira sa main, regarda sa montre.

— J'ai bien peur qu'il me faille aller sauver des vies. J'espère que tout va s'arranger pour ta fille.

— Merci.

Thomas sortit une carte de visite qu'il donna à Peter, tourna les talons et prit la direction d'une salle d'opération où une infirmière visiblement impatiente l'attendait et, aussitôt après, la porte se referma derrière lui en glissant.

Peter lut sur la carte : *Thomas Hammer. Docteur en chirurgie ophtalmologique.*

Il voulait la jeter, dans la poubelle près de l'accueil ; à quoi pouvait bien lui servir la carte de visite d'un homme qu'il n'avait pas revu depuis quarante ans et qu'il voulait à tout prix éviter de revoir ? Mais au même moment Helene et Kaia se trouvaient là, devant lui, il n'avait pas prêté attention à elles, à croire qu'il existait un angle mort où qu'il regarde, aussi la fourra-t-il d'un geste rapide au fond de sa poche.

— Tout va bien ? s'enquit Peter.

Helene fit signe que oui.

— Tu peux nous trouver un taxi pendant que je paye ?

— Bien sûr. Tu es certaine que tout va bien ?

— Oui, Peter, murmura Helene sur un ton légèrement agacé.

Elle alla à l'accueil où elle remit les formulaires.

Peter prit Kaia par la main, dont il serra les petits doigts avec précaution.

— Allez viens, ma petite héroïne. Maintenant, on rentre à la maison et on va faire la fête !

Kaia se contenta de hocher la tête sans croiser son regard.

— C'est maman le héros, dit-elle. Pas moi.

Et Peter reprit cette phrase à son compte, il la répéta pour lui-même, tandis qu'ils quittaient la salle d'attente :

— Pas moi. Pas moi.

Kaia lui tira le bras d'un geste insistant.

— Qu'est-ce que tu dis, papa ?

— Que maman et toi, vous êtes mes héroïnes.

Un taxi libre attendait devant l'entrée. Helene et Kaia s'installant sur la banquette arrière, Peter dut prendre place à l'avant. Les rues étaient encore plus tranquilles de ce côté-ci de la ville que la rivière divise en deux, entre l'est et l'ouest, réservant ainsi, le long de ses berges, une place suffisante aux sans-abri, aux drogués et aux alcoolos. Le temps s'était couvert et, arrivés au milieu du pont, il se mit à pleuvoir, une pluie lourde, telle qu'est la pluie d'octobre avant qu'elle ne se transforme en neige, et que les essuie-glaces parvenaient à peine à balayer du pare-brise.

Helene se pencha entre les deux sièges.

— C'était qui ce médecin avec lequel tu discutais ?

— Un vieux camarade de classe.

— Il avait l'air sympa.

Peter se força à rire.

— Il vendait les solutions des devoirs de maths contre une semaine de salaire.

Or, quand ils furent rentrés chez eux, il n'y eut pas de fête.

Kaia n'avait pas faim, elle voulait rester dans sa chambre. Helene n'étant elle-même pas très loquace, Peter finit par se retirer dans l'atelier pour profiter des dernières lueurs du jour, sauf que les lueurs du jour profitaient très bien sans lui. Sa main n'obéissait plus, plus rien en lui n'obéissait, il était dispersé, inquiet, il était distrait par quelque chose, la rage s'était consumée et ses cendres servaient de terreau pour que la honte puisse y proliférer. Peter ne parvenait pas à dévier ses pensées de l'incident du parc. Il se revoyait, figé, au moment où sa fille avait couru un grand danger, alors que Helene, sans peur et sans autre préoccupation, ni autre considération, sinon celle, absolue, de protéger Kaia, de la sauver, coûte que coûte, avait chassé le chien. À l'instant déterminant, Peter avait fait faux bond. Il avait hésité. Et c'était ça que Kaia avait vu.

Il était rongé par la honte.

Il devait désormais faire amende honorable.

Il évolua entre les toiles, dans un état d'agitation, en proie à une sensation de stérilité.

Entendant des bruits dans le jardin, il se tourna vers la fenêtre.

L'averse s'esquivait et finit par se poser sur les vallées et les forêts du nord de la ville, où la pluie traçait un trait tremblé dans l'air âpre – et Peter songea qu'il y a toujours un bord, il y a toujours une ligne qui scinde en deux ce que nous voyons, qui sépare la lumière de l'obscurité, l'avant de l'après, l'ici de l'ailleurs, comme les rivières qui coulent dans les villes.

Helene ramassait les fruits tombés qu'elle lançait dans un panier tressé. Kaia était installée sur le banc, sous la grande branche dénudée, les mains posées sur les genoux, comme si elles, la mère et la fille, avaient échangé leur place et que rien de ce qui s'était intercalé n'avait jamais eu lieu. Et pourtant, si : il y avait eu les ténèbres, le chien et, pour finir, Thomas.

Peter ouvrit la porte, sentit immédiatement le froid du dehors. Il appela Kaia.

Elle leva les yeux mais resta assise.

Helene retira les gros gants qu'elle portait avant de se pencher au pied du pommier.

— Kaia! appela-t-il de nouveau.

Elle jeta un coup d'œil furtif vers sa mère, laquelle approuva, puis se leva et vint vers lui d'un pas lent.

Peter attendait, transi. Helene les suivit du regard. Kaia s'immobilisa.

— Tu veux bien me donner un coup de main? demanda Peter.

— Pour quoi faire?

— Il faut d'abord que tu entres.

Elle demanda à voix basse :

— J'ai le droit ?

— Dépêche-toi. Que les peintures ne prennent pas froid.

Pour la deuxième fois, Kaia se tourna vers sa mère, qui lui adressa un signe de tête, comme une bénédiction, après quoi elle emboîta le pas de Peter qui referma la porte derrière eux.

Kaia emplissait l'atelier de sa présence empreinte de gravité, de révérence, voire, semblait-il, de vénération, cependant qu'elle regardait autour d'elle et que dans sa figure frêle et blême les yeux brillaient, la bouche se raidissait, se contractait.

— Où sont les fleurs ? demanda-t-elle brusquement.

— Quelles fleurs ?

— Celles qu'on devait déposer sur la tombe.

— Je les ai oubliées dans le taxi. On ira en déposer un autre jour, d'accord ?

Kaia acquiesça, s'approcha d'une des toiles, leva la main, délicatement, sans oser l'effleurer.

— Ça va devenir quoi ? murmura-t-elle.

— Je ne sais pas encore.

Et enfin, enfin elle sourit, comme si une fleur venait de s'épanouir dans son visage, lui infusait de la couleur ; voyant cela, Peter éprouva une joie intense, fébrile : sa fille était un bouquet.

Elle retrouva tout aussi vite son sérieux.

— En quoi je peux t'aider ?

Peter désigna le fauteuil confortable.

— Tu n'as qu'à t'installer là-bas et regarder dehors.

Elle fit comme il lui demandait, s'assit dans le fauteuil confortable et regarda par la fenêtre. Le ciel, profond et apparent, voyait le bleu se mélanger au noir, la pluie s'en était allée ailleurs, derrière les vallées et les forêts. Le jardin était désert. Seuls y subsistaient le panier contenant les fruits tombés et les gants, posés à côté. Helene était rentrée, de son bureau leur parvenait la musique dont elle avait dû pousser le volume à fond, c'était le vieil album de Nina Simone, *Old Man Sorrow*, qu'elle écoutait systématiquement lorsqu'elle se mettait sérieusement au travail – et cela rassura Peter, de voir ainsi que les choses, bon gré mal gré, reprenaient leur cours habituel, lui qui haïssait les ruptures, les surprises, les écarts, et préférait cultiver la routine, le quotidien, les mercredis bénis. C'était dans les images, et non dans son comportement ou dans l'existence qu'il menait, que l'imprévu et l'imprévisible devaient se manifester, et, pour y arriver, il devait s'astreindre à une discipline de fer, à une injonction extérieure, susceptibles de lui fournir l'espace requis pour la folie de ses toiles. Puisque, d'espace, il n'y en avait pas pour plus d'un chaos à la fois : l'artiste est bourgeois, l'art est libre.

Et voilà qu'il avait enfreint, en laissant Kaia pénétrer dans son atelier, la loi souveraine qu'il avait lui-même imposée, histoire de faire amende honorable.

Il souhaitait commencer son portrait.

Il alla chercher son cahier de croquis et un crayon de papier 4B, puis se carra dans le fauteuil inconfortable. Il considéra Kaia, telle qu'elle avait pris place, le corps tourné vers le jardin délaissé, et traça quelques traits rapides sur la feuille, une courbe, un contour, une coupe ; il lui fallait dans un premier temps débusquer les formes de sa fille, les lignes ininterrompues de ses traits, il lui fallait trouver le centre de gravité du visage pour ainsi la libérer, et il sentit que sa main exauçait les désirs de l'œil et de la pensée, ce triangle sacré et timbré à la fois, qui n'est autre que la géométrie de la création, où chaque point se trouve à équidistance : l'œil, la pensée, la main.

— Maintenant tu peux regarder par ici, lui dit-il.

Or Kaia ne bougea pas, on aurait pu croire qu'elle dormait alors que c'était le contraire, elle n'avait jamais été aussi réveillée, concentrée.

Les hautes fenêtres entre l'atelier et le jardin, ces parois vitrées, étaient quasiment invisibles, le crépuscule abolissait les angles et les frontières, et la nuit, depuis un trou dans le ciel, s'écoulait tranquillement sur la Terre.

— Regarde-moi, répéta Peter.

Et enfin Kaia se tourna vers lui, avec un air toujours aussi grave, cette gravité consubstantielle aux modèles si bien qu'ils finissent par se ressembler jusque dans leurs différences, à croire qu'une menace pèse sur eux, là, dans l'atelier où le peintre se transforme en chasseur et eux en proie, cependant qu'ils ne peuvent dissimuler leur vanité ; même Kaia, du haut de ses six ans, n'y échappait pas, elle aussi voulait montrer sa meilleure facette, car les modèles qui posent redoutent surtout que le peintre n'ait fini à temps, ne réussisse à les capturer, alors qu'ils sont au sommet de leur beauté.

Voilà le poids du modèle et la légèreté du portrait.

— Pourquoi tu n'as pas de lampes ? voulut savoir Kaia.

— Parce que j'aime pas les ampoules.

— Mais qu'est-ce que tu fais quand il fait noir ?

— J'arrête de peindre.

Peter peaufina son croquis un petit moment encore. Il voulait trouver le trait qui la contenait. Il savait qu'il existait. Il serait bientôt trop tard. Il se leva. Kaia vint vers lui.

— Je peux voir ?

Il lui montra la feuille.

Elle l'examina longuement, en silence.

— Tu ne vois pas à quoi ça ressemble ? s'enquit Peter.

Elle hésitait, ses lèvres tremblotaient.

Et sa réponse l'étonna tout autant qu'elle l'effara :

— Ça ressemble au chien, répondit Kaia.

3.

Le salon était vide, non meublé; les portes, cinq au total, manquaient, les fenêtres étaient identiquement percées, de sorte que les gens pouvaient aller et venir à leur guise, ou bien jeter un œil à l'intérieur. Quand Peter posait un doigt, même délicat, sur la cloison du fond, elle coulissait sans peine et ouvrait sur un grenier tout en longueur, presque plus grand que le salon, au plafond pentu dont le Velux laissait filtrer la lueur de la lune et plongeait le reste de la pièce dans des ombres profondes.

— Ben avait raison.

Peter se retourna. Helene était appuyée contre l'encadrement de porte, un verre à la main.

— À propos de quoi ?

— Une solution ouverte.

— Tu es sûre ?

Il referma la cloison, avec la même précaution que tout à l'heure. Elle finit son vin et s'approcha de lui.

— Ibsen m'énerve, avec sa manie d'être indirect, tu trouves pas ? Tout a lieu ailleurs. Ou tout a déjà eu lieu.

— C'est sa méthode.

— Et ?

— Tu veux réexaminer Ibsen ?

— Il ne montre que les conséquences. Et c'est pas seulement chiant comme la pluie, c'est d'une lâcheté sans nom. Moi je veux que les spectateurs puissent tout voir. Ils doivent voir ce putain de moment lorsqu'un enfant se suicide à cause de son connard de père.

Helene pinça la cloison, provoquant l'effondrement du salon et du grenier ; on aurait dit un champ de ruine.

Cela la fit rire.

— Et voilà, dit-elle. C'est exactement à ça que la scène doit ressembler à la fin de la pièce.

Peter posa une main sur son épaule. Helene demeura ainsi un petit moment, sans bouger, en silence, le dos tourné.

— Kaia dort ?

La voix de Helene était soudain à peine audible, accablée de fatigue :

— Elle dormira dans ma chambre, cette nuit.

— Pas moi ?

Elle se tourna vers Peter qui, une fois encore, se sentit rejeté, exclu ; il aurait aimé qu'elle lui demande ce qu'il lui avait pris dans le parc, lorsque le chien avait attaqué Kaia, et en même temps il espérait qu'elle s'abstienne, car il n'était pas en mesure de lui fournir d'autre explication sinon qu'il n'avait pas réussi à bouger d'un millimètre, comme s'il avait pris racine sur le sentier, entre les arbres. Une réponse nullement satisfaisante au demeurant.

Mais Helene ne l'interrogea pas à ce sujet, au lieu de quoi elle demanda :

— Je croyais que tu voulais dormir dans l'atelier ?

Peter secoua la tête.

— Je préférerais dormir avec vous.

Helene posa brièvement sa joue contre le dos de sa main et, pour Peter, ce simple geste suffisait, qui équivalait à une forme de pardon ; il aurait voulu la serrer contre lui, l'avoir pour lui, or elle le repoussa, dans un mouvement non pas d'inimitié ou de rejet, mais avec un sourire beaucoup trop las, quoique assez convaincant, puis elle se dirigea vers la porte.

Elle pivota une seconde vers lui.

— Tu nous as surprises aujourd'hui, glissa-t-elle.

Peter détourna le regard, consterné et cependant soulagé; autant qu'elle l'exprime de cette manière en effet : il les avait trahies.

— Oui, chuchota-t-il. Je me suis surpris moi-même.

— Au fait, en quoi Kaia devait-elle t'aider?

Peter la regarda; ainsi donc, c'était là où elle voulait en venir : pour elle, le fait qu'il ait laissé entrer Kaia dans son atelier était une surprise plus grande encore que le fait qu'il ne lui ait pas porté secours lorsqu'elle avait été attaquée par le chien.

— C'est une surprise, répondit-il.

— Une surprise?

— Oui, une petite surprise.

Helene hésita avant de dire :

— Ça ne te ressemble pas.

4.

Novembre sait aussi briller.

Même si les jours diminuaient, la lumière était encore forte et claire, au moins le temps qu'elle durait. Peter se levait tous les matins de bonne heure, avant que la nuit n'ait desserré son étreinte, ne quittant pas l'atelier où il travaillait à ses toiles, les peaufinait à tour de rôle, jusqu'à ce qu'entre ses mains la lumière s'évanouisse à nouveau et qu'il ne puisse guère se fier qu'à sa mémoire visuelle. Il continua le portrait de Kaia, dont elle avait dit qu'il ressemblait à un chien. Le souvenir du chien escamotait le reste, tout le reste et même elle, sa fille, et Peter crut bon de consigner sur le bord d'une feuille la réflexion qui lui vint à l'esprit, peut-être pourrait-il la réutiliser dans les interviews puisqu'à elles aussi il allait devoir se soumettre, quand leur heure viendrait : *nous voyons ce que nous sommes*. Il l'effaça sitôt notée car il admit que c'était une phrase douteuse, au pis mensongère, et lui préféra : *nous voyons en même temps que nous avons vu*, toutes les visions que nous avons eues s'amalgament, nos regards sont impurs et, dès l'instant où nous ouvrons les yeux, pour la toute première fois, plus rien n'est tout à fait neuf. Tout au bas de la feuille, il écrivit : *Ne réfléchis pas, regarde.*

Kaia jouait dans le jardin.

Le chien, avait-elle dit.

Peter déchira son croquis, en commença un nouveau.

Helene était au théâtre, elle rentrerait tard.

Ainsi passaient les jours et chaque jour passait plus vite que le précédent.

Peter n'avait plus de temps à perdre tant celui-ci était pour lui identique à la lumière : Peter n'avait plus de lumière à perdre.

Autrement dit, Peter remisa sa cécité passagère, ainsi qu'il la qualifiait, car en dépit des événements rien n'était comme avant, tout en était au même point : il se levait, il travaillait, l'œil, la pensée et la main formaient un équilibre stable – et il était le premier surpris d'observer combien l'être humain est une créature organisée de manière si ingénieuse, ou peut-être le contraire, conçue d'une façon si affreusement sommaire que tout ou presque finit par passer; et il n'était pas uniquement en train d'oublier, il allait jusqu'à se dire qu'il pourrait utiliser cette expérience, comme s'il s'agissait d'un motif, la lumière qui d'un seul coup s'était désagrégée en lui puis l'interminable nuit qu'il avait furtivement aperçue dans cette cassure et qui, avec le temps, constituait le troisième côté d'un autre triangle, appartenant à la géométrie des coïncidences : le chien noir et Thomas, le garçon haïssable propulsé hors du monde de l'enfance.

Et, à nouveau, cela se produisit.

La lumière s'éteignit en lui.

Cette fois, le noir dura plus longtemps.

Lorsqu'il se réveilla, Kaia le fixait, debout derrière la porte-fenêtre. Peter gisait dans un coin de l'atelier. Le chevalet était renversé. Une couleur se déversait sur le tapis, du jaune, à moins que ce soit du violet. Sa blouse était entortillée autour du corps. Kaia ne devait pas le voir dans cet état. C'est la seule pensée qui le traversa. Elle ne devait pas le voir dans cet état. Il tenta de se redresser, en vain. Son bras gauche l'élançait. Il n'arrivait pas non plus à le lever. Un bourdonnement résonnait dans un coin de sa tête, lui donnant la sensation qu'un branchement électrique venait de griller dans la région du cerveau, que des fils frottaient les uns contre les autres, que des crépitements fulgurants emplissaient la pièce d'un bruit blanc, d'un larsen incessant.

Kaia pressa son visage contre la vitre, elle serait bientôt retranchée dans l'ombre.

Combien de temps avait duré son absence ?

Peter regarda sa montre, le cadran, les chiffres, les aiguilles, il le voyait distinctement, les instants, tout ça qui ne lui disait strictement rien désormais et à quoi se substituait une soudaine et irrépressible nausée. Tout était désolidarisé, disloqué, le bracelet en cuir, le poignet auquel il était fixé, les doigts tachetés qui grattaient par terre, de la même manière qu'il était lui aussi disloqué, déconnecté de ses habitudes, de son travail, de son entourage, alors qu'il aspirait à l'exact opposé, aujourd'hui, à bientôt cinquante ans, il désirait non pas l'amputation mais la jointure, non pas la rupture mais le raccordement.

Il y eut un silence.

Son regard passa de sa montre à la pendule au-dessus de la porte. Cela ne lui fut d'aucun secours.

Il ferma les yeux.

Et pourtant il entendait un bruit, tout proche, qui ne cessait pas.

Il rouvrit les yeux.

Kaia tapait ses paumes contre la vitre.

Et, enfin, Peter parvint à se remettre d'aplomb, il tituba vers elle, tira les portes, prit une profonde inspiration et, là, se retrouva auprès d'elle.

Kaia recula d'un pas.

Peter s'entendit dire :

— Tu n'as aucune raison d'avoir peur.

Figée, elle le fixait, comme si elle aussi cherchait dans le visage de son père un centre de gravité, car n'était-ce pas ce qu'il souhaitait, peut-être ? qu'elle le soulève, qu'elle le tire de ce qui l'engloutissait, de ce qui le tiraillait de l'intérieur, que la légèreté soulève la lourdeur.

Peter se rapprocha.

L'herbe était froide et humide sous ses pieds nus.

— On va s'asseoir un peu sur le banc.

Ce qu'ils firent.

Peter lui prit la main. Elle était chaude. Il avait une question à lui soumettre, qui lui brûlait les lèvres. Il dut s'armer de courage pour la lui poser.

— Ça fait longtemps que tu me regardes ?

Elle pencha la tête.

— Je ne sais pas, murmura-t-elle.

— Tu as froid ?

Elle fit signe que non.

Aux fenêtres, les lumières irradiaient de plus en plus, du moins au premier coup d'œil, alors que c'était plutôt l'inverse : l'obscurité du dehors s'épaississait et laissait toute latitude à chacun de s'imaginer que d'autres habitaient cette maison, d'autres personnes qu'eux, comme dans un rêve ; assis sur un banc blanc, ils étaient plongés dans leur sommeil et les fenêtres étaient des rêves, leur présence ici s'expliquait par leur désir de voir comment ces inconnus vivaient, derrière les lourds rideaux, dans les pièces au-delà des murs.

Le téléphone sonna dans le vestibule.

Personne ne décrocha. De toute manière, il n'y avait personne à l'intérieur. La maison était vide. La sonnerie finit par s'arrêter.

Peter tenait toujours la main de Kaia.

C'est lui qui avait froid.

— On ne dira rien de tout ça à maman, hein ?

Kaia secoua la tête pour la deuxième fois.

Puis ils entrèrent.

Car nul autre qu'eux n'habitait cette maison.

Après avoir pris une douche, en évitant de se regarder dans la glace, et après s'être changé, Peter remarqua qu'une ombre d'un bleu tirant sur le noir s'étalait depuis son épaule jusqu'au niveau du coude, du côté qui, heureusement, ne correspondait pas au bras dont il se servait pour peindre, et il songea, le dos tourné au miroir de la chambre à coucher, qu'il n'avait pas assuré ce bras, à l'instar notamment des pianistes qui assurent leurs mains – et ses yeux ? se demanda-t-il, combien valaient-ils ? quel était le montant de la prime à laquelle il pourrait prétendre pour son regard ? et que ferait-il d'un bras sain s'il ne pouvait voir ? ou l'inverse d'ailleurs : à quoi lui servirait sa vue si sa main était endommagée ?

Voilà à quoi pensait Peter, pour éviter de penser.

Il prépara ensuite le dîner, se cramponnant à la routine, à ces faits et gestes simples, nécessaires, répétés avec le même intervalle, un rythme de vie qui endiguait le chaos : à savoir l'eau qui bout, le sel, les légumes, le poisson, le couteau, tandis que Kaia mettait le couvert. C'est alors qu'elle fit tomber une assiette et éclata en sanglots.

— Ça ne fait rien, ma chérie, murmura Peter.

Il le répéta à plusieurs reprises : ça ne fait rien.

Accroupis, ils balayaient les débris qu'ils jetèrent soigneusement dans la poubelle.

Le téléphone retentit de nouveau.

Peter se leva.

— Décroche donc, c'est sûrement maman.

Kaia courut dans le vestibule pour prendre l'appareil.

Et Peter se dit que l'enfant, s'il veut devenir un être humain complet, doit apprendre à oublier, non pas à se souvenir, mais bien à oublier.

Elle revint.

— C'est pas maman.

— Qui c'est alors ?

— Thomas.

— Thomas ?

Peter éteignit les plaques et alla au téléphone. Il n'aimait pas ça, que Thomas l'appelle ici, il n'aimait pas que les gens l'appellent ici, et surtout pas Thomas.

Il souleva le combiné, déclina son identité, à toute vitesse, d'un ton dissuasif.

La voix de Thomas lui parvint immédiatement.

— Bonjour, Peter. C'est à ta fille que je viens de parler à l'instant ?

— Oui.

— C'est un joli prénom, Kaia. Un peu vieillot. J'aime bien.

— Qu'est-ce que tu veux ?

— Comment va-t-elle ?

— Très bien, merci. Qu'est-ce que tu veux ?

— Tu me dois une explication, Peter.

— Une explication ?

— Oui. Qu'est-ce que tu as rêvé à propos de moi ?

Peter dut changer de main pour tenir le combiné ; son bras l'élançait.

— Je t'ai demandé d'oublier ce que je t'avais dit.

Thomas pouffa à l'autre bout du fil, il avait l'air ivre.

— Oublier ? Tu te fous de moi ? Comment veux-tu que j'oublie qu'un vieux copain de classe me dit qu'il a rêvé de moi alors que je ne l'ai pas revu pendant quarante ans ?

Peter raccrocha. Il resta planté là un petit moment encore, morfondu, agacé, espérant néanmoins que cela n'allait pas se reproduire, que le téléphone n'allait pas se remettre à sonner – et, pour la seconde fois, il remarqua à quel point il réagissait de manière épidermique, quasi allergique face à ces impressions, face précisément à la symétrie des événements : l'obscurité, l'assiette qui se casse, Thomas ; des événements qui n'avaient guère en commun que de se situer dans une succession déterminée, dans un laps de temps donné, à l'image du rêve, du réveille-matin et de la pluie.

Mais Thomas ne retéléphona pas ce jour-là.

Peter retourna à la cuisine où Kaia attendait, assise à la table. Il s'arrêta pour considérer la toile fixée au mur derrière elle, comme s'il la découvrait aujourd'hui seulement. Il l'observa avec un malaise phénoménal car elle était mal accrochée, voilà des années et des années qu'elle était mal accrochée – et il fut époustouflé de s'apercevoir qu'il n'en avait pas pris conscience plus tôt, qu'il ne s'était pas rendu compte que cette toile, *bras II*, peinte vingt-cinq ans plus tôt, à l'occasion de son exposition inaugurale, et qui représentait un bras tout ce qu'il y a de plus commun, le droit, démembré du corps, une représentation presque anatomique des muscles, de la chair, des tendons, bref, un bras insignifiant, exclusivement décoratif, aurait dû être accrochée partout ailleurs sauf ici, dans la cuisine.

Kaia, pendant tout ce temps, ne le quittait pas des yeux.

— Qu'est-ce qu'il y a, papa ?

Peter ôta la toile qu'il rangea dans la remise, derrière les bouteilles, et referma la porte.

Puis il alluma une bougie.

Ils mangèrent.

La flamme se dressait entre eux, droite, fixe.

La pièce donnait l'impression de s'agrandir.

Helene rentra alors que le dîner était froid. Elle repéra aussitôt le changement, il était impossible de déplacer un cendrier ou un livre sans qu'elle le remarque, et, d'un air d'abord surpris puis légèrement crispé, elle désigna le mur vide.

— Pourquoi tu as enlevé la toile ?

Peter se leva.

— Elle gênait.

— Elle gênait ?

— Exactement. Elle gênait. Tu as faim ? Je peux te réchauffer le reste.

— Et qu'est-ce que tu vas mettre à la place ?

— J'y travaille.

Il regarda Kaia à la dérobée, d'un œil secret ; elle n'avait pas fini son dessert, des groseilles du jardin, nappées de crème à la vanille, du rouge et du jaune, les couleurs dans le saladier bleu ressortaient avec un éclat tranchant, éblouissant au point qu'il dut mettre une main devant ses yeux – et une pensée fugitive lui traversa alors l'esprit : voilà, c'était toujours comme ça, c'était soit tellement sombre qu'il en devenait aveugle, soit tellement lumineux qu'il en était aveuglé.

— Pas vrai, Kaia ? murmura-t-il.

Kaia approuva sans les regarder.

Helene avait déjà mangé à la cantine du théâtre, Kaia la suivit dans le salon où elles se calèrent devant une émission pour enfants et riaient de ce qui se passait dans le poste.

Peter, lui, fit la vaisselle, rangea, prépara du café ; tous ces gestes routiniers, sacrés, une immense cadence faite de choses minuscules, qui maintenait les pensées à distance, qui le retenait lui, qui lui permettait de tenir.

Il laissa en évidence le saladier bleu avec les groseilles à la vanille, dans le cas où l'un d'entre eux souhaiterait en reprendre plus tard.

Les baies et la crème se mélangeaient en formant un motif très particulier bien que fluctuant, composaient une nouvelle couleur, à mi-chemin entre le sucré et le bleu.

Un silence se déposa, aussitôt interrompu par les larmes silencieuses de Kaia.

Peter leur apporta le café. Le son était baissé. Kaia était allongée, la tête sur les genoux de Helene.

— Qu'est-ce qui se passe ? demanda-t-il.

Helene leva les yeux vers lui sans cesser de caresser délicatement la nuque de Kaia.

— Elle a vu un chien à la télé.

— Éteins-moi ça.

— C'est ce que j'ai fait.

— Tu as éteint le son uniquement. Il y a encore l'image, tu ne vois pas ?

Il dévia le regard vers le téléviseur muet où aucun chien n'était à l'écran mais les prévisions météo locales, les températures étaient annoncées à la baisse.

Ils se couchèrent tôt ce soir-là.

Peter ne trouvait pas le sommeil. Helene était logée à la même enseigne. Il lui suffisait d'écouter sa respiration pour le savoir, d'entendre l'inquiétude qui suintait de chacun de ses mouvements. Ils partageaient leur lit depuis plus de dix ans, n'avaient découché qu'à de très rares occasions, quand l'un d'eux était en voyage ou après une dispute exceptionnelle, l'insomnie faisait partie de leur patrimoine commun, si l'un ne dormait pas alors l'autre ne pouvait non plus s'endormir ; ce qu'on appelle une union conjugale, quoi.

— Et qu'a dit le grand metteur en scène de la solution ouverte ? s'enquit Peter à voix basse.

Helene sourit dans le noir.

— Il l'a appelée le bureau paysager d'Ibsen.

— Autrement dit ça lui a plu ?

— Il veut en tout cas essayer.

Ils gardèrent le silence un petit moment, écoutant chacun ce que l'autre disait.

— Et qui va jouer Hedvig ? finit-il par demander.

— Une fille de dernière année, de l'institut.

— Et qui fait quatorze ans ?

De nouveau, Peter entendit Helene sourire dans le noir.

— Ce n'est que du théâtre, au fond...

Voilà ce qu'ils disaient, quand ils ne savaient plus quoi dire, ou quand ils ne savaient plus comment le dire.

Peter ricana à voix basse.

Et Helene s'appuya sur son bras, son bras douloureux, il poussa un gémissement, plus proche du cri, elle alluma aussitôt de son côté et aperçut l'ombre noire sur la peau, autour de l'épaule.

Elle le toisa.

— Qu'est-ce qui s'est passé ?

Il aurait pu lui dire, là, tout de suite, qu'il s'était évanoui, ou qu'il avait été en dehors de lui puisque c'était bien ce qui s'était passé : il avait été hors de lui, ce qui n'est autre que la plus grande des solitudes ; il avait été ailleurs, mais maintenant il était revenu et, cette fois non plus, il ne voulut pas l'inquiéter.

— Je me suis cogné. Contre le chambranle de la porte. Dans l'atelier.

— Mais comment ? Tu es tombé ?

— On s'en fiche...

— Non, on ne s'en fiche pas. Tu es tombé, oui ou non ?

— J'ai trébuché. Je me suis pris les pieds dans le tapis. Il faut qu'on s'en débarrasse.

— Tu t'es pris les pieds dans le tapis ?

— Oui.

— Et tu as heurté le chambranle qui se trouve quatre mètres plus loin ?

Peter fut pris d'un violent énervement, à la limite de la rage, pas tant à cause de l'entêtement dont faisait preuve Helene, mais parce qu'il était un piètre menteur.

— Ce n'est que du théâtre, au fond...

Sans crier gare, Kaia se profila dans l'ouverture de la porte. Son visage était invisible, elle était réduite à l'état de frêle silhouette. Elle tenait sa couette dans une main.

Helene se redressa dans le lit.

— Qu'est-ce qu'il y a, mon chou ? Tu n'arrives pas à dormir ?

Kaia secoua la tête, fit un pas en avant, se montra dans l'obscurité.

Helene soupira.

— Tu ne peux quand même pas dormir toutes les nuits avec nous ! Tu le sais pourtant, nom d'une pipe !

Kaia s'immobilisa, baissa les yeux, mais ne dit rien.

Helene tendit la main, sans parvenir à l'atteindre.

— Allez, Kaia, retourne dans ton lit maintenant, chuchota-t-elle. Tu n'auras qu'à laisser les deux portes ouvertes.

Peter se redressa à son tour.

— Non, viens t'allonger auprès de nous, dit-il.

Et Kaia s'approcha, s'installa entre eux deux, sous sa couette, et s'endormit sitôt que Helene éteignit. Peter s'efforçait d'être aussi immobile que possible et tendait l'oreille. Il aurait aimé pouvoir se brancher à son enfant, à Kaia, se brancher sur son sommeil régulier, tranquille, sur les battements de son cœur dans le noir.

Là, Helene se lova contre lui, avec précaution, et lui murmura tout contre son oreille :

— Je ne sais pas ce qui t'arrive en ce moment, Peter, mais je te préviens : ne me contredis plus jamais, tu m'entends ? Plus jamais.

5.

Peter, dans son atelier, se tient devant la toile la plus foncée, un pinceau à la main.

Émeraude et cobalt.

Crayon de papier et couteau à peindre dans la poche de poitrine de sa blouse, foulard, sandales, chaussettes aux pieds – le plancher est trop froid.

Peter est prêt.

La lumière semble venir de toutes parts.

Il le dit lui-même, à voix haute : Je suis prêt.

Et pourtant il hésite.

L'angoisse. C'est elle. Elle absorbe toute son attention, capture chaque réflexion, chaque mouvement, confisque la moindre atmosphère. L'angoisse n'est pas un ustensile, qu'il peut exploiter et perfectionner dans la seconde qui suit, l'angoisse est un outil de sabotage, qui mène un travail de sape, qui torpille la géométrie sacrée, l'angoisse est une armée qui envahit le corps et l'esprit si bien que, au final, c'est lui qui se retrouve exploité par elle, car l'angoisse ne perfectionne pas elle enlaidit, et nul n'y échappe.

L'angoisse est chaos.

L'angoisse est présent.

Puisque n'en va-t-il pas ainsi de l'angoisse qu'elle trouve sa forme, que ce soit dans l'art, dans le verbe, dans la musique ou n'importe où ailleurs, à partir du moment où on l'a dépassée, vue, éprouvée, où l'angoissé est enfin guéri, s'est enfin endurci, mais demeure toutefois affecté par cette même angoisse ?

Peter se dit : ça ne doit pas recommencer, ça ne doit pas recommencer pour la troisième fois ; ce qu'il attend et redoute le plus, ça ne doit pas se reproduire.

Il n'arrive pas à se dire autre chose.

Kaia a accompagné Helene au théâtre.

Mieux vaut encore ça.

Peter, dans son atelier, lève la main, cette main qui tient le pinceau plat, émeraude et cobalt, il s'approche de la toile mais la distance est trop grande pour qu'il l'atteigne.

Il se tourne vers la porte-fenêtre et ne s'en aperçoit que maintenant : la neige s'est mise à tomber.

Il pose son pinceau et sa palette et marche vers l'entrée.

Une fine et jolie couche de neige se déploie sur le jardin et le banc, sur les feuilles mortes qui brûlent et pourrissent en cachette. Les arbres sont encore plus noirs. La dernière pomme qu'ils avaient laissée pendue à son bout de branche a enfin lâché prise, une pomme rouge sur un tapis blanc avec un oiseau qui la picore, et cet oiseau tout d'un coup s'envole puis disparaît et lui, Peter, distingue autre chose : des traces de pas qui partent du portail, qui vont bientôt être effacées par la neige qui continue de tomber.

Ben se matérialise brusquement derrière la porte-fenêtre. Il est si maigre que même la neige ne se pose pas sur ses épaules. Il cramponne des deux mains un cartable contre lui, il a l'air de s'impatienter, peut-être a-t-il froid. Peter s'inquiète. Depuis combien de temps Ben attend-il ?

Peter le fait entrer.

Ben s'assoit dans le fauteuil confortable, pose son cartable sur ses genoux et se frotte les mains.

— Putain de temps !

Peter ne bouge pas, lui tourne le dos.

— J'aime la neige.

Ben désigne ses sandales.

— Tu t'es mis aux chaussettes à ce que je vois. Et dépareillées en plus !

— Je devrais peut-être songer à faire mettre un chauffage au sol.

Ben s'esclaffe.

— Tu sais ce que j'adore chez toi, Peter ?

— Je t'écoute.

— C'est que tu ressembles à un peintre, vraiment. La blouse couverte de taches. Le foulard. On risque pas de te confondre avec quelqu'un d'autre.

— Est-ce que, ça aussi, c'est un échantillon de ta gamme de compliments ? Ou est-ce qu'on est juste là pour rigoler ?

— Mais je suis très sérieux. C'est un compliment. De toute façon aujourd'hui, on n'arrive plus à différencier personne. Qu'ils soient traders, troglodytes ou rock stars. Toi tu as du style, Peter. Ne change rien, je t'en supplie.

— Et comment va... bordel de merde... c'est quoi son petit nom déjà ?

— Tu te souviens très bien de son petit nom, comme tu dis. Ne fais pas le malin.

— Ah oui : Patrick. Celui qui communique.

— Couci-couça.

— Couci-couça ?

— Je me contente de ce que j'ai. Mais je suis persuadé que tu n'as pas envie que je m'étende sur le sujet.

— Tu veux dire que, à notre âge, on devrait se contenter des rogatons ?

— À mon âge, Peter. Oserais-je te rappeler le 6 avril ? Tu t'en souviens de cette date ?

— Tu n'as pas besoin de me rappeler la date de mes cinquante ans, Ben.

— Ce que je ne fais pas non plus, Peter. Je te rappelle simplement la date du vernissage. Vendredi 6 avril. À dix-neuf heures.

Peter se tourne vers lui.

— Qu'est-ce que tu essaies de me dire, là ?

Silencieux un moment, Ben jette un regard circulaire dans l'atelier, avec cette lenteur dans le geste qui n'augure jamais rien qui vaille.

Il finit par dire, d'une voix sourde :

— Tu n'as pas avancé.

Peter s'assied dans le fauteuil inconfortable.

— Je suis en panne.

— Les peintures sont en panne.

Peter se relève.

— C'est la même chose ! Les peintures, c'est *moi* !

— Et alors ? C'est toi, peut-être, que je vais foutre au mur ?

Les deux hommes se toisent.

Ben ouvre son cartable, dont il vide le contenu par terre.

Sur le plancher gisent les douze derniers tubes du blanc de titane de Becker.

— Tiens, le voilà ton hiver de merde.

— La neige fait durer la lumière plus longtemps. Merci, Ben.

Peter ramasse les tubes et va les poser sur la table.

Ben, qui à son tour s'est levé, lui emboîte le pas.

— Qu'est-ce qu'il y a, Peter ?

— Tu le sais très bien. Le blanc de Becker est ma boussole.

— Je parle de toi. Qu'est-ce qui t'arrive ?

Et, là, Ben pose la main sur l'épaule de Peter. Il est rarissime, sinon extraordinaire, qu'un contact de cette nature s'établisse entre eux. Cela s'est produit à trois reprises : lors de la parution dans les journaux de la capitale des premières critiques sur son exposition inaugurale, lors de son mariage, et à la naissance tardive de Kaia.

C'est le contact le plus intime qu'ils puissent avoir : une main sur l'épaule.

Peter se penche au-dessus de la table.

— Une lacune, murmure-t-il.

Ben ne comprend pas le mot qu'il vient de prononcer, ou plutôt : il croit avoir entendu de travers.

— Une lacune ? C'est-à-dire ?

— J'ai perdu connaissance, Ben.

— Le jour où Helene a dit que tu étais secoué ?

— Oui. Et ça s'est produit une deuxième fois.

— Pourquoi tu n'as pas tenu Helene au courant ?

— Je ne veux pas l'inquiéter.

— L'inquiéter ? Mais tu nous inquiètes tous, Peter.

Voilà, c'est maintenant qu'il doit le dire, maintenant ou jamais, le choix est simple, c'est d'ailleurs la seule chose qui soit simple en cet instant très précis, car il sait qu'il n'en a pas, de choix ; aussi se tourne-t-il vers Ben, qui fait tomber sa main de son épaule.

— C'est pire que ce que tu crois, dit Peter.

— Pire ?

— Je suis devenu aveugle.

Ben éclate d'un rire sonore, comme si Peter venait juste de lui raconter une blague ; il n'empêche, il retrouve immédiatement son sérieux.

— Aveugle ? Mais tu vois, là ?

Peter sort alors de ses gonds et, déchaîné, montre ses yeux.

— J'ai perdu la vue ! Tu tiltes ? Deux fois je l'ai perdue, cette putain de vue de merde, et je suis tombé dans les pommes !

Ben essaie de retenir la main de Peter mais celui-ci se dégage et évite soigneusement de croiser son regard. Ben le laisse tranquille. Peter plonge la tête entre ses mains, il pleure. Il vient de raconter ce qui s'était passé, ça y est, c'est confirmé, et il ignore laquelle de l'angoisse ou de l'autocommisération explique qu'il ait un tel comportement. Il est planté là, et il pleure. Et lorsqu'il sèche ces larmes saugrenues, il voit Ben dans le jardin discuter dans un portable, mais Peter n'entend rien tout comme il ne se souvient pas que Ben ait ouvert la porte-fenêtre et soit sorti, il a la très nette impression que tout ce qui survient survient sans cohérence aucune, les lignes sont rompues – et il repense à ce mot, à ce mot bien précis : lacune.

Sa vie est pleine de lacunes.

Il doit être restauré.

La neige a cessé. Le silence est plus dense que tout à l'heure.

Les pas de Ben s'arrêtent au niveau de la barrière.

— Je suis désolé, dit Peter.

Ben fait glisser son téléphone dans la poche de sa veste.

— Il faut que tu ailles chez un médecin.

— Je me sens déjà mieux. Ce ne sera pas nécessaire.

Mais Ben ne l'écoute pas, il a désormais la garde de Peter, ils partagent un secret, et l'un d'eux doit prendre les choses en main.

— Il faut que tu ailles chez un médecin, répète Ben.

— Quand ?

— Quand, d'après toi ? Mais maintenant, bordel ! Allez, enfile un autre vêtement. Le taxi est là dans deux minutes.

6.

Une lacune correspond à une détérioration de la toile ou, pour être plus précis, à une part manquante, absente. Ce n'est pas le fait d'un dommage ordinaire, d'une dégradation à laquelle une œuvre se voit exposée au fil du temps, cela est davantage dû au temps justement : le temps exerce lui aussi ses ravages sur l'art, lequel survit à l'instant et, ce faisant, passe au rang de sublime, est considéré comme atemporel. Une surface, guère plus grande que la dent d'un timbre, à peine visible à l'œil nu, se détache de *La Naissance de Vénus* de Botticelli puis se transforme en poussière, une poussière bleue, qui roule le long du carrelage froid de la Galerie des Offices à Florence, s'engouffre par les fenêtres chaudes au-dessus de l'Arno pour y disparaître; et voilà que la peinture de Botticelli a aussitôt perdu de son caractère, elle se retrouve altérée, elle est incomplète, elle n'est plus atemporelle. Ou bien une craquelure apparaît, plus petite encore qu'une moitié d'ongle sur l'auriculaire d'un nourrisson, à la surface de la toile du *Semeur* de Van Gogh; et c'est un gouffre au fond duquel l'image est en passe d'être précipitée, aussi la salle consacrée à Arles, au musée d'Amsterdam, doit-elle être fermée pour une période de trois mois minimum.

Voilà pourquoi, dans les caves des musées, des restaurateurs réparent patiemment les toiles, cet art atemporel que le temps a traité avec une férocité crasse. Ils ne vont pas créer du neuf, bien au contraire, ils vont se borner à régénérer l'ancien, ils vont combler les failles, ils vont remettre la main sur la poussière bleue et la refixer, de manière à ce que le temps puisse à nouveau rester suspendu.

Mais Peter Wihl, lui, n'est pas atemporel, il est captif du temps, coincé entre le réveille-matin et les cloches d'église, créé au moyen de matériaux bien plus vulgaires que ceux employés pour composer l'art, à savoir de la moelle, des os et du sang, que le temps ne va pas se contenter de craqueler, non, mais bien décomposer, pour mieux les recomposer ensuite en les amalgamant à la terre et la cendre.

Voilà pourquoi, en ce moment même, il était patiemment assis dans le bureau de Kristoffer Hall, médecin chef du *Medisinsk Senter*, une clinique privée recluse en périphérie, dans cette zone discrète de l'ouest de la ville, au-delà des banlieues. Et, dans ce bureau à l'aménagement spartiate, où les quelques planches anatomiques sur les murs faisaient office de décoration, le docteur Kristoffer Hall offrait à première vue une neutralité idoine, il n'était d'ailleurs pas sans rappeler Ben et devait approcher plutôt les soixante-dix que les soixante ans, ce dont Peter était soulagé, lui qui n'aurait pas une seconde supporté d'être passé au peigne fin par quelqu'un de plus jeune que lui – et il avait constaté avec stupeur, lorsqu'ils avaient échangé une poignée de main en guise de bonjour, qu'il n'avait pas consulté de médecin depuis qu'il s'était fait prescrire une ordonnance d'Esperal, et cela ne datait pas d'hier, loin s'en fallait, bref, il était grand temps, il était même déjà trop tard si ça se trouve. Il y avait en revanche une chose que Peter aurait préférée : voir Kristoffer Hall porter non pas un costume sombre mais une blouse blanche, de surcroît avec un stéthoscope autour du cou, c'était perturbant, un médecin doit tout de même ressembler à un médecin, que diable, et non à un vulgaire bonhomme jouissant d'une position sociale stratégique ; nous devons purement et simplement ressembler à ce que nous faisons, c'est notre identité, notre rôle le plus authentique, de sorte que nul ne puisse se méprendre sur notre compte.

Le bureau était situé au premier étage, avec vue sur un parc désert et recouvert de neige ; derrière les arbres, Peter distinguait le fjord, pareil à une large autoroute se déroulant entre les vallées.

Kristoffer Hall s'enfonça dans son fauteuil.

— Ben m'a fait un compte rendu sommaire de ce qui s'est passé, mais j'aimerais entendre votre version.

— Bien sûr.

Et Peter chercha ses mots, les mots tout à fait exacts, susceptibles de restituer fidèlement et distinctement ce qui lui était arrivé, sauf que les mots n'étaient pas son fort, la parole n'était pas son médium, elle avait plutôt le chic pour faire obstacle à ce qu'il désirait exprimer – et il songea que si au lieu de parler il avait pu dessiner, il aurait alors tracé un trait mince et blanc, horizontal, sur un fond noir, puis il aurait opéré une transition, aurait pratiqué une ouverture, percé un trou, une absence dans le dessin, une lacune donc, après laquelle il aurait prolongé le trait au-delà de l'image.

Kristoffer Hall se pencha en avant, croisa les mains sur la table et aida son patient mutique à démarrer.

— Vous vous êtes évanoui ?

— Oui. Par deux fois.

— Combien de temps s'est écoulé entre les deux attaques ?

— Trois semaines. Trois semaines et demie.

— Et vous avez perdu la vue simultanément ?

— Oui.

— J'insiste sur ce point particulier. C'est très important, monsieur Wihl. Est-ce que vous avez perdu la vue avant de vous évanouir ?

— Oui. D'abord, tout s'est obscurci. Puis j'ai perdu connaissance.

— Combien de temps ont duré ces attaques ?

— Je ne saurais le dire avec exactitude. Mais la dernière a duré plus longtemps.

— Plus ou moins longtemps que cinq minutes ?

— Moins, à ce qu'il me semble.

— Était-ce douloureux ?

— Oui. J'avais vraiment l'impression que quelque chose... comment dire ?... éclatait, voilà.

— Éclatait ? Pouvez-vous être un peu plus précis ?

— Ma vision s'est brouillée et ça a été le noir complet. Comme si j'avais reçu un coup sur la tête. Désolé. Je ne peux pas être plus précis.

— Donc c'était douloureux ?

— Oui.

Le médecin prit quelques notes sur une feuille.

Peter s'inclina en avant. Le silence qui s'ensuivit le rendait encore plus nerveux.

— Que pensez-vous que ça puisse être ? demanda-t-il à voix basse.

— Dans mon métier, on ne devine pas.

— Dans le mien non plus.

Le médecin releva la tête, esquissa un sourire et poussa la feuille sur le côté.

— Étant donné que je n'ai pas de dossier médical sur vous, je vais être obligé de vous poser toute une série de questions.

— Bien entendu.

— Avez-vous eu d'autres maladies ?

— Non, je suis en bonne santé.

Peter ne put masquer un rire en s'entendant répondre, il faisait face à un docteur à qui il jurait ses grands dieux qu'il était en bonne santé.

— Donc vous ne prenez pas de médicaments ?

— Non.

— Pas de somnifères non plus ?

— Je dors très bien, merci.

— Et l'alcool ?

— Je ne bois plus.

— Vous ne buvez... plus ? Ce qui signifie ?

— Que j'ai arrêté de boire.

— Cela vous posait un problème ?

— Quand j'ai arrêté ça n'en posait pas.

— Vous vous êtes fait aider ?

— Par de l'Esperal.

— Autrement dit, vous prenez des médicaments.

— Je ne les ai pas pris. Je m'en suis sorti tout seul.

Le docteur Hall hocha la tête et attendit un peu avant de reprendre la parole.

— Vous avez un vernissage dans quelques mois, si je ne m'abuse ?

— C'est juste. Le 6 avril.

— Vous devez ressentir une pression énorme, je présume ?

— Rien de nouveau sous le soleil.

— Mais cette fois, la pression doit être encore plus forte ?

— Elle l'est toujours plus que la fois précédente. Là n'est pas le problème. Sans quoi j'aurais consulté un psychologue.

— D'accord. Avez-vous déjà souffert d'épilepsie ? Dans votre enfance par exemple.

— Jamais.

— D'autres membres de votre famille en ont-ils souffert ?

— Pas à ma connaissance.

— Vos parents sont toujours vivants ?

— Ils sont morts. Il y a vingt-cinq ans. Et je suis fils unique.

— Je suis désolé.

— Je vous en prie. Je m'en suis remis.

— Je me vois néanmoins forcé de vous demander la cause de leur décès. Vous n'êtes pas obligé de répondre.

— Ce que je fais bien volontiers. Ils sont morts de mort naturelle. Dans un accident de voiture.

Hall baissa les yeux une seconde, comme s'il cherchait la question suivante, qu'il trouva. Peter n'aimait pas ça.

— Quel genre de toiles peignez-vous actuellement ?

— Je ne vois pas le rapport.

— J'essaie simplement de me faire une image, si j'ose dire.

— Ce sont douze toiles. Une par mois.

— En d'autres termes, vous aimez les contraintes ?

— Oui. Plus il y a de contraintes, plus il y a de liberté. Est-ce que ça peut être une tumeur ?

— Je vous l'ai dit, nous ne jouons pas aux devinettes.

Peter fut d'un coup exaspéré par ce détachement froid et correct, cette neutralité tant dans les mots que dans l'environnement.

— Ça ne nous empêche quand même pas d'utiliser notre imagination, dit-il.

Kristoffer Hall sourit.

— Je suis certain que vous n'avez pas la moindre envie de connaître le produit de mon imagination. Dites-moi plutôt à quoi, d'après vous, cela est dû.

— Je peins dans l'obscurité.

— Dans l'obscurité ? Qu'est-ce que vous voulez dire ? Vous travaillez la nuit ?

— Non, à la lumière du jour. Il n'y a pas de lampes dans mon atelier. Que de la lumière naturelle.

— Puis-je vous demander pourquoi ?

— Quelle importance ça a ?

— En soi, aucune. Je suis curieux, c'est tout.

— Dans la lumière électrique, le bleu des couleurs spectrales est absent. La lumière électrique abîme mes toiles.

— Et si cette obscurité abîme vos yeux, ce n'est pas pire, selon vous ?

— Je n'ai jamais pensé en ces termes. Jusqu'à maintenant.

— D'autant qu'il n'est pas certain que les rapports de lumière aient à voir avec les attaques.

— Mais j'ai pensé à autre chose.

Kristoffer Hall l'observa.

— Oui ?

— Aux solvants. Aux dommages qu'ils occasionnent. Plusieurs de mes collègues en souffrent. Certains ont même été déclarés inaptes au travail.

— Intéressant.

— Intéressant ?

— Il ne m'a jamais effleuré l'esprit que les artistes puissent être exposés à ce risque.

— J'insiste : les peintres. Et quand on commence à se conduire de manière un peu singulière, tout le monde croit qu'on boit trop ou qu'on essaie d'être génial. Bref, nous avons affaire à des chiffres maintenus secrets.

Kristoffer Hall, notant encore quelques mots sur sa feuille, acquiesça.

— Vous êtes-vous conduit récemment de manière... quel terme avez-vous employé ?... ah oui : singulière ?

Peter marqua un silence, ne put s'empêcher de repenser à l'incident du parc, quand il était demeuré figé pendant que Kaia était en danger. S'agissait-il d'une conduite singulière ? Il dit néanmoins :

— Si tant est que j'aie eu une conduite singulière, je pense être le dernier à l'avoir remarqué.

— D'autres l'auraient-ils remarqué ?

— Je vous laisse le soin de demander à Ben.

— Avez-vous eu des problèmes de mémoire ?

— Pas dans mon souvenir.

Peter se fendit d'un rire un peu forcé.

Le médecin qui ne riait pas, le toisa de nouveau :

— Dans la mesure où ces attaques ont eu lieu à deux reprises, il va falloir que vous preniez quelques mesures préventives.

— Parce que vous estimez que cela peut se reproduire ?

— Tout ce qui se produit peut se reproduire. Je vous invite instamment à vous reposer. À ne pas trop vous dépenser.

— Je n'en ai pas le temps.

— Je ne peux pas non plus vous forcer. Autre chose : vous devez rester à proximité de votre famille.

— L'atelier est juste à côté de la maison.

— Parfait. Donc on fait comme ça.

Kristoffer Hall se leva et contourna la table. Peter le suivit du regard.

— Comme ça ? Et qu'est-ce qui se passe maintenant ?

— Maintenant ? Nous allons vous confier à nos machines pour un petit examen, histoire de voir si ce qu'elles ont à nous apprendre nous rend plus intelligents.

Le petit examen prit trois bonnes heures.

Ben attendait toujours dans le foyer lorsqu'il descendit.

La secrétaire leur commanda un taxi.

Ils sortirent dans le parc plongé dans le silence.

— Alors, qu'est-ce qu'il a dit ? s'enquit Ben.

— J'aurai le résultat des tests dans deux semaines.

— Il n'y a pas meilleur médecin que Kristoffer.

— Donc toi aussi tu le consultes, si j'ai bien compris.

— Naturellement. Je fais un check-up tous les six mois.

— Ça ne manquera pas de rassurer Helene.

Ben eut un petit rire.

— Rassurer Helene ?

— Elle se fait du souci pour tout et n'importe quoi, tu la connais.

Peter forma une boule de neige qu'il lança contre le premier arbre venu. Un écureuil traversa la route à toute vitesse, juste devant les roues du taxi noir qui se garait devant le portail.

Ben prit son bras.

— C'est pour toi qu'elle doit se faire du souci dorénavant.

Peter pivota vers lui.

— Surtout : on ne lui dit rien.

— Est-ce que tu lui adresses la parole ces temps-ci ?

— Ne commence pas à me faire des leçons de morale, s'il te plaît.

— Ne commence pas à me pousser à mentir, Peter. C'est tout ce que je te demande.

— Et moi tout ce que je te demande, c'est de te tracasser le moment venu. Et puis lâche-moi, tu veux.

Ben obtempéra.

— Le moment venu ? Je trouve plutôt qu'il est passé, ton moment.

— Dans ce cas je te demande simplement de la fermer. Tu devrais y arriver, non ?

Assis sur la banquette arrière, ni l'un ni l'autre ne décrocha un mot, et, tandis qu'ils se rapprochaient du centre, dans ce quartier où l'habitat était peu élevé, alors qu'ils passaient devant un centre commercial tape-à-l'œil sur le toit duquel un sapin de Noël, avec au moins un mois d'avance, pivotait sur son axe, Peter se rappela un point précis :

— Tu as pensé au catalogue ?

Ben se tourna vers lui, abasourdi.

— Écoute, là, je trouve qu'on devrait prendre les problèmes un par un, Peter.

— Tu as peur que je meure entre-temps ?

Ben soupira et se colla contre l'appuie-tête.

— Ce que je vais te dire ne va sûrement pas te plaire, mais j'avais songé à Patrick pour écrire la présentation.

— Qu'est-ce que tu me chantes, là ? Patrick ? Ce bon à rien ?

— Patrick a de nombreux talents, Peter.

— Tu ne serais pas en train de m'utiliser pour rendre service à ce garçon ?

— Non. J'utilise ce garçon pour *te* rendre service.

— Tu lui en as parlé ?

— Bien sûr que non, pas avant d'en avoir discuté avec toi.

— Merci. Pour ta prévenance.

— Et je te rappelle qu'au moins une toile doit être terminée d'abord, tu me promets ? Bon, on va te raccompagner chez toi.

— Je descends ici.

Il descendit à hauteur de l'Université.

Les étudiants fumaient sur les marches. Il fut une époque où certains l'auraient reconnu. Cette époque était révolue.

Ça n'avait pas d'importance.

Plus rien n'avait d'importance.

Et Peter Wihl continua de marcher dans les rues, au hasard, sans diriger ses pas vers un endroit particulier, jouissant ainsi d'une liberté qu'il désirait s'accorder depuis longtemps, se souvenant à peine de la dernière fois où il se l'était octroyée; cela devait remonter à ses jeunes années, lorsqu'il partait en voyage d'études dans d'autres villes européennes, juste après sa première exposition, *Amputations*, à l'époque où ses collègues le surnommaient Le Boucher. Toujours est-il que Peter ne se contentait pas de s'asseoir devant les œuvres des maîtres exposées aux Offices, au Prado, au Louvre, au Guggenheim, non, il préférait de loin errer dans les rues étrangères qu'il arpentait d'ailleurs des heures durant, dès le matin, aux aurores, avant que les villes ne s'éveillent, avant que les villes ne redeviennent elles-mêmes, avant que les villes ne s'habillent, et ce jusque tard dans la nuit, lorsque ces mêmes villes, tout comme lui au demeurant, étaient ivres de lumière, de bruits, de senteurs, puisque, à leur instar, il était ivre de toute cette nouveauté qui jamais ne l'épuisait, jamais il ne se sentait fatigué car à chaque coin de rue il découvrait une nouveauté : une corde à linge pendue entre deux fenêtres au-dessus de lui, un cimetière, un bar, un cerisier en fleurs, un mendiant sur un pont – et, tant et tant de fois, Peter avait secrètement espéré qu'il en viendrait à se perdre, à s'égarer, alors que, pourtant, il finissait toujours par revenir, tôt ou tard, à la porte de son hôtel, comme s'il avait les poches pleines de copeaux métalliques et qu'un aimant l'attirait irrépressiblement pour le ramener à son point de départ. Qu'avait-il fait depuis cette époque? Ah, si : il s'était efforcé de recoller les morceaux; pendant toutes ces années il avait l'impression de n'avoir voulu que ça, recoller les morceaux démembrés afin qu'ils reforment un corps intact. Et voilà qu'à présent il marchait, au hasard lui semblait-il, dans sa propre ville, tout en faisant des rêves identiques à ceux qu'il avait faits alors, dans d'autres villes. Il s'amusait de constater combien la première neige, déjà sale dans cet endroit du centre, provoquait panique et confusion, dans la circulation, parmi les piétons, les mendiants, les vendeurs ; c'était toujours la même histoire, les habitants n'étaient jamais préparés, à croire que cette lourde dépression était une anomalie météorologique, une curiosité, une exception, quand bien même ils vivaient dans une nation située si loin au nord que la moitié du pays était privée de soleil pendant trois mois de l'année.

Il n'empêche : Peter avait, dans ce charivari, retrouvé son calme. Si étrange que cela puisse paraître il avait retrouvé un calme, un équilibre aussi instable qu'infime, où même l'éventualité d'un texte dans le catalogue, écrit sur lui par ce balourd de Patrick, devenait une pensée supportable. Pour l'heure en tout cas. Il se trouvait entre les mains d'autrui. Il s'en remettait à leur grâce. De toute manière, il ne pouvait guère entreprendre autre chose sinon, pendant deux semaines, attendre le résultat des prélèvements et autres examens : les fluides corporels étaient en cours d'analyse, l'activité cérébrale avait été mesurée, le cerveau photographié en autant de séquences qu'il y avait d'images, le rythme cardiaque illustré par des courbes sinusoïdales le long d'interminables rouleaux de papier, les rétines avaient subi un balayage lumineux et le côlon avait été soumis à l'œil scrutateur d'une sonde ; il n'y avait pas un point, pas une cavité dans son corps qui n'ait été exploré.

Il ne restait qu'à attendre.

Il serait invulnérable deux semaines durant puisque, n'est-ce pas, il ne pouvait mourir avant d'avoir obtenu le diagnostic. Ils avaient besoin de lui. Il était indispensable deux semaines durant.

C'était d'une somptueuse logique inversée.

Et là, il vit une lumière grêle dégringoler sur un bout de verre dans le caniveau, être ensuite réfractée, ou plutôt rejetée, soulevée et renvoyée contre un mur blanchi à la chaux, juste en dessous d'un panneau publicitaire accroché de travers, pour achever sa course sur le capot d'une voiture garée un peu plus loin, lequel réfléchissait le ciel où les nuages, enfin, s'écartaient pour libérer cette même lumière qui brillait dans un tesson de bouteille vert.

Jamais il n'avait vu pareil spectacle avec autant de clarté, ces cercles de lumière dans la lumière elle-même.

Il passa devant le magasin d'un ferrailleur, l'un des derniers dans son genre, derrière l'église, où il acheta un masque à gaz.

Après quoi Peter comprit évidemment qu'au bout du compte il n'avait pas marché au hasard. Sa liberté était somme toute limitée, sinon comment retrouverait-il son chemin ? Il arriva devant le Théâtre. C'est précisément là qu'il voulait venir. Helene était son aimant. Il entra. Mais pour y être autorisé, il devait d'abord presser une sonnette puis franchir les deux écluses faisant office de portes. La dame de l'accueil voulut savoir son nom avant de lui donner plein accès au secteur.

Peter Wihl fut d'un coup assommé de fatigue.

— Mais c'est moi ! soupira-t-il. Peter Wihl.

Elle vérifia sur son écran, puis se retourna vers lui.

— Vous n'êtes pas un employé de la maison.

— Non.

— Vous avez rendez-vous ?

— En fait, non.

— Dans ce cas, je crains de ne pas pouvoir…

Peter Wihl se pencha vers elle et l'interrompit.

— Mais nom de Dieu de bon Dieu ! Peter Wihl, ça ne vous dit rien ce nom ?

De toute évidence ce nom ne disait strictement rien à la réceptionniste qui le dévisageait d'un air affolé, effrayée à l'idée de commettre une bourde, ou, pis encore, d'avoir déjà commis cette bourde fondamentalement impardonnable, le plus grand péché dont on puisse se rendre coupable en ces lieux, dans ce lieu de travail et de fatuité, à savoir ne pas avoir reconnu une personnalité qui à la seconde près et en tout état de cause devait l'être, et dès lors avoir offensé ladite personnalité qui en aucune circonstance ne devait l'être : un acteur, par exemple, en arrêt de travail depuis plusieurs semaines pour maladie ou ayant bénéficié d'un congé de la part du théâtre pour tourner une publicité ou une sitcom. Mais en même temps la réceptionniste était effrayée à l'idée de ne pas faire son travail, qui consistait aussi à éconduire les indésirables, cela pouvait aisément lui coûter son travail de ne pas faire son travail. Bref, elle était confrontée à un sérieux problème, que seul Peter Wihl pouvait résoudre.

Et ce problème, il le résolut en lui passant devant, en filant droit vers l'ascenseur où, heureusement, il rencontra le vieux Régisseur ronchon, le seul qu'il appréciait en fin de compte dans cette maison où il travaillait depuis que le théâtre s'était rendu célèbre pour ses vaudevilles aussi patriotiques qu'inoffensifs et ses comédies musicales attrape-public.

Eux en tout cas se reconnaissaient.

— Alors ? Tout roule ici ? demanda Peter.

— Ici rien ne roule jamais.

Peter posa une main sur l'épaule de cet irremplaçable râleur qui avait par ailleurs le don de concentrer l'odeur du théâtre dans son entier. Elle s'était fixée à ses vêtements, à ses bretelles, ses cheveux fins, son étui à lunettes rangé dans la poche arrière : une odeur de peluche, de sueur, de cirage, de sherry, de costumes, de tabac, de poudre, sans oublier celle de vinaigre, autrefois utilisé pour ôter le maquillage, et il allait sans dire que le vinaigre lui allait à ravir.

— Mais ça ne peut pas être pire que la dernière fois ?

Le Régisseur secoua la tête.

— Ah bon ? Je vais vous faire un aveu, jeune homme : c'est toujours pire que la dernière fois.

— C'est possible ?

— Tu sais ce que m'a dit la petite Hedvig quand je lui ai refilé les dates des répétitions hier ?

— Qu'a dit la petite Hedvig ?

— La petite Hedvig a dit qu'elle ne pouvait répéter avec le vieil Ekdal mercredi prochain car elle avait un cours de conduite.

— Tu rigoles ?

— Tu trouves que j'ai l'air de rigoler, Wihl ? Et cette foutue peinture qui s'écaille partout sur les murs.

— C'est si mal entretenu ?

— Que veux-tu, plus personne ne veut être peintre de théâtre. Tu devrais songer à reprendre du service pour nous, Wihl.

— Tais-toi, je t'en prie.

Le Régisseur poussa un profond soupir.

— Mais tu sais ce qu'il y a de pis encore ?

— Pis encore ?

— Parfaitement, Wihl. Figure-toi que la scénographe n'a rien trouvé de mieux que d'emmener sa fille au travail. Cet endroit est devenu un vrai jardin d'enfants.

Peter ricana puis lui donna une tape sur l'épaule.

— Bon, on va y mettre le holà de ce pas.

Un sourire se forma sur le visage du Régisseur, un phénomène bien rare chez lui.

— Helene est la meilleure, dit-il. Helene est la meilleure pour tous.

— Où sont-elles ?

— En haut, dans la salle.

Peter grimpa l'escalier, découragé d'avance à l'idée de se retrouver comprimé dans l'ascenseur où deux personnes logeaient à peine et qui montait d'une allure poussive et bringuebalante. À la cantine, les gens racontaient à qui voulait l'entendre l'histoire suivante : lors de la première, en 1956, de la pièce anniversaire, *Une veste*, un titre qui, en outre, donnait une description éloquente de l'état du théâtre à cette époque, l'acteur légendaire qu'était Claussen prit l'ascenseur pendant l'entracte histoire d'aller s'acheter quelques bières et des alcools forts au bar de l'hôtel à quelques pâtés de maisons. Resté coincé entre le premier et le second étage, il ne recouvra sa liberté qu'après la représentation, ce qui valut le lendemain au critique du plus grand journal national d'écrire que cela avait été un délice d'assister tout particulièrement au deuxième acte, surtout grâce à la remarquable prestation de Claussen.

Il n'y avait aucun bruit nulle part.

Se faufilant dans les loges, il chaparda au passage à la fontaine un gobelet d'eau qu'il but en retrait dans les coulisses. Le décor était presque terminé, il reconnaissait grosso modo, pour en avoir vu le modèle réduit, l'intérieur dont les portes et fenêtres avaient été retirées. On aurait dit une espèce de maison de poupée grandeur nature, certains accessoires étaient d'ailleurs déjà en place : les appareils photo, un perroquet, un sofa, un rideau bleu, la cloison menant au grenier était ouverte de sorte que le lieu de l'accident où Hedvig, à la fin de la pièce, met fin à ses jours à l'aide du pistolet appartenant au vieil Ekdal, soit visible le plus possible du public. Sinon la scène était vide, déserte. Peter avisa les morceaux de scotch collés sur le plancher noir, correspondant aux emplacements où les acteurs devaient se tenir pour prononcer les répliques, écrites quelque cent ans auparavant, qu'ils avaient répétées et apprises par cœur.

C'est alors qu'il les repéra, en contrebas, dans la salle, avant qu'elles-mêmes n'aient remarqué sa présence au point qu'il en devenait presque un espion en embuscade. C'était une habitude qu'il avait, et qu'il avait toujours eue, pour peu que cette habitude n'en soit une mauvaise, qu'il s'agisse en fait d'une manie, lui qui était observateur de nature et qu'on aurait pu, s'il n'avait nourri de nobles intentions, taxer de voyeur – et il songea, de son poste d'observation, dissimulé dans les coulisses, que jamais nous ne sommes plus beaux que lorsque nous croyons passer inaperçus, lorsque nous sommes inattentifs, une attitude que d'aucuns qualifient de naturelle mais qui n'est rien qu'une posture d'un autre ordre, et que pourtant nous sommes aussi vulnérables, surtout sans doute dans ce moment très précis, comme si le moindre mouvement, voire un simple clin d'œil, était en mesure de nous mettre à jour, de nous tordre et nous retordre. Aussi se sentait-il soudain coupable de se tenir là, il exposait ceux qu'il observait pour ainsi dire en douce, il les transformait en individus exposés, sans défense, et ce qui jadis encore suscitait chez Peter une joie certaine le remplissait à présent d'un certain malaise, cette esthétique du trou de serrure perturbait le calme fragile, quand bien même ce qu'il voyait était banal et à cent lieues du spectacle dramatique : Helene, assise au troisième rang, emmitouflée dans un châle, étudiant la maquette de la scène installée sur une table basse provisoirement posée devant elle, sous une lampe qui déversait une lumière tamisée blanchâtre ; derrière, dans l'obscurité, Kaia, ayant elle aussi gardé son manteau, donnant l'impression de dormir alors qu'elle essayait vraisemblablement de garder la chaleur – et ce ne fut qu'à cet instant-là que Peter se rendit compte combien il faisait un froid polaire dans le théâtre. Il n'y avait personne d'autre dans la salle. Elles ne l'avaient toujours pas vu.

Il écrasa entre ses doigts le gobelet vide puis s'engagea sur la scène.

— Vous économisez l'électricité ?

Et enfin elles l'aperçurent.

Kaia se leva. Finalement elle ne dormait pas.

Helene se redressa, avec ce regard interrogateur, toujours inquiet de savoir si quelque chose n'allait pas, pour autant elle ne posa pas la question, pour savoir justement si quelque chose n'allait pas, au lieu de quoi elle sourit, peut-être était-elle contente de le voir.

— Coucou, Peter. Tu as froid ?

— Il fait plus chaud dehors.

— Ça ne m'étonne qu'à moitié. Le théâtre économise l'électricité en attendant l'arrivée du public.

— Si tant est qu'ils puissent entrer. C'est une véritable forteresse ici.

— Le directeur du théâtre a mis en place de nouvelles règles de sécurité.

— Oh, et moi qui croyais que c'était juste pour embêter les acteurs...

Helene éclata de rire.

— Chut ! Ils pourraient t'entendre.

— Ils sont où ?

— En pause. Tu pourrais remettre la cloison en place, s'il te plaît, Peter ? Pendant que tu es là-haut.

— Tu es sûre que je ne vais pas avoir le syndicat sur le dos ?

— Si jamais quelqu'un te voit faire, tu diras que c'est moi qui te l'ai ordonné.

Peter s'exécuta. Bien que la cloison fût montée sur rails, il dut employer toute sa force pour la faire coulisser. Puis il sauta de la scène et vint s'asseoir à côté de Helene.

— Comment tu trouves ? demanda-t-elle.

— Comment je trouve quoi ?

Elle désigna la scène.

— La couleur de la cloison. C'est la bonne, d'après toi ?

La cloison, le mur du fond, était peinte en rouge. Peter hésita une seconde avant de répondre, car qu'est-ce qu'il en savait, lui, si c'était la bonne couleur, qui plus est une couleur dans un espace vide ? Et soudain il eut l'impression qu'elle aussi coulissait, ou plutôt qu'elle se dissolvait jusqu'à révéler non seulement un grenier, mais une obscurité dont personne ne parvenait à discerner les contours et qui, de ce fait, pouvait être aussi immense que l'univers et plus petit qu'un dé à coudre.

Il dut se cramponner aux accoudoirs élimés.

— La couleur est impeccable, elle au moins, répondit-il.

Helene posa une main sur son épaule.

— Quand tu le formules de cette manière, je sais automatiquement qu'elle n'est pas impeccable du tout. Dis-moi ce qui cloche.

— Tu trouves pas ça un peu grossier de laisser ce mur en rouge ?

— Grossier ?

— Pendant que vous y êtes, autant accrocher un panneau où il est écrit que, dans pas longtemps, ici même, il va se passer quelque chose de terrible.

Helene soupira.

— Mais ça le public le sait déjà, voyons ! Le monde entier sait pertinemment que, dedans, Hedvig va se tirer dessus. Je te demande juste si la couleur est bien.

— Elle me rappelle les anciennes cabines téléphoniques.

— Et quoi de mal à ça ?

— Absolument rien. Mais j'aurais préféré une tapisserie ordinaire.

Ils n'ajoutèrent rien pendant un petit moment.

Puis Helene montra le sac de chez le ferrailleur.

— Qu'est-ce que tu t'es acheté ?

— Un masque à gaz.

Helene ne parvint à contenir un léger ricanement, qui ressemblait davantage à une petite toux, puis elle se repencha sur ses dessins.

— Ne me dis pas que toi aussi tu es en train de tourner paranoïaque, Peter ? Le directeur n'est pas loin de croire que le théâtre va être la cible des terroristes.

Il regarda autour de lui.

— Où est Kaia ?

— Derrière nous.

— Non, elle n'y est pas.

Kaia n'était plus là, la salle était vide, mis à part eux deux, et Peter vit Helene soudain prise de panique, non pas comme dans le parc, en ce dimanche de début octobre où il ne s'agissait pas de panique mais du contraste de la panique, à savoir une colère froide, focalisée sur quelqu'un, alors qu'ici l'impénétrable et l'imprévisible régnaient en maîtres, le théâtre était un piège, plein de chausse-trapes, de dédales, de fausses portes, de lucarnes et de cordes. Kaia avait disparu et Helene se leva d'un bond, l'appela d'une voix haut perchée, stridente, méconnaissable, et Peter eut beau s'efforcer de la tranquilliser, elle s'insurgeait, elle s'arrachait à ses mains, elle refusait d'être calmée, et surtout pas par Peter, à moins qu'elle en fût incapable, elle continuait de crier, encore plus fort, elle hurlait le prénom de Kaia. Tout ceci ne dura guère plus que quelques secondes.

Ce fut Peter qui la découvrit le premier.

Elle était debout sur la scène noire, juste devant la cloison rouge, tenant un gobelet des deux mains, en les fixant d'un air à la fois terrorisé et coupable, leur terreur l'avait contaminée et donc elle se sentait coupable, elle avait mauvaise conscience d'être responsable de cette terreur.

— J'avais juste soif, murmura-t-elle.

Rien de plus.

Mais brusquement le plateau où était installée la scène se mit à pivoter, le moteur du théâtre venait d'être mis en branle, et Kaia se figea, tandis qu'elle s'éloignait d'eux en tournant.

Peter s'élança vers la scène, Helene lui emboîta le pas, et, ensemble, ils soulevèrent Kaia et la déposèrent délicatement un peu plus loin; Peter la serra contre lui, plongea son visage dans les cheveux de sa fille et tenta de dissimuler ses larmes, de cacher le fait que, tout à coup, il ne pouvait plus s'empêcher de pleurer.

7.

Certaines peintures se composent d'une infinité de peintures, d'une quantité de couches stratifiées ; l'artiste a peint telle image sur telle autre, l'une en dessous de l'autre, et ainsi de suite jusqu'à ce qu'il trouve l'image la plus juste, celle-ci et pas une autre, qui elle seule est visible, qui apparaît par superposition, cette mince surface que tous admireront, qui dissimule une histoire de l'art à elle seule, qui recèle une profusion de couleurs, de formes et de narrations, et dont il n'est jamais question qu'elles soient vues.

Alors qu'elles existent.

Une image commence par un mouvement, une secousse, un écart dans la fine géométrie qui englobe l'œil, la pensée et la main.

Une image commence dans l'invisible.

Et Peter Wihl recommença de zéro.

Il se trouvait dans l'atelier, dans l'obscurité, le masque à gaz sur le visage, où il tartinait sur les toiles le blanc de Becker, il extrayait des derniers tubes le blanc de titane de Becker, il commençait par le support, pour la énième fois, il voulait entreprendre l'impossible, c'est-à-dire commencer par le blanc, non pas par l'ocre mais par le blanc, et il travaillait à un rythme effréné, il partait à l'attaque, il était un soldat, il allait catapulter ce faisceau de lumière blanche au creux de l'obscurité, il allait lancer une grenade de soleil et celle-ci allait exploser comme un arc-en-ciel au cœur du regard de l'ennemi.

Dans quatorze jours, non, dans pas plus de treize jours, quand minuit aurait sonné depuis belle lurette, quand les investigations seraient terminées et que les réponses se présenteraient à lui, il pourrait alors poursuivre et s'atteler à l'art en tant que tel.

Peter arracha le masque à gaz et s'effondra, exténué, dans le fauteuil confortable.

Autour de lui les toiles brillaient, pareilles à des fenêtres, des fenêtres d'hiver.

Il ignorait néanmoins ce qu'il voyait à travers elles.

L'obscurité qu'il avait vue, cette absence, demeurait inutilisable, qu'il le veuille ou non, c'était une vision périmée – et un autre qualificatif s'imposa à lui : une vision amputée.

Une voiture passa sur la route derrière le jardin, la lumière des phares avant balaya l'atelier, glissa de toile en toile, lécha les panneaux les uns après les autres.

En attendant, il sortit son bloc de croquis dans lequel il avait esquissé les premiers traits, les courbes, du portrait de Kaia – et il songea à l'élément impossible dans le portrait, dans tous les portraits, qui n'est autre que le paradoxe du portrait, à savoir que le modèle vieillit au fur et à mesure que l'artiste avance dans son travail, le temps devient d'un coup l'ennemi de l'artiste, le visage se transforme, les traits s'écartent, la peau se resserre ou se replie et se constelle de taches, la bouche se rétrécit, les rides se manifestent comme autant de coutures minuscules ou de sillons profonds, les cheveux se couvrent de gris ; l'être humain visible n'est bientôt plus reconnaissable et l'artiste travaille dans une lutte contre le temps, le sien propre comme celui du modèle, voilà pourquoi un portrait se doit d'englober tous les âges, le germe de la mort qui se niche dans l'instant, le ver qui se loge dans le fruit.

Peter regagna la maison.

Il s'arrêta devant la chambre à coucher de Kaia.

Elle dormait, la porte entrebâillée ; sur l'oreiller blanc son visage semblait se ramollir, presque soumis à des fluctuations.

Voilà, se dit Peter, c'est exactement comme ça que je veux la peindre.

Kaia leva la main dans son sommeil, avec un geste donnant l'impression qu'elle attrapait quelque chose.

Peter continua d'un pas pressé.

Helene faisait semblant de dormir, la lumière allumée.

Peter s'allongea à côté d'elle, ils restèrent un moment étendus ainsi, sans rien dire, écoutant le silence de la maison et s'écoutant réciproquement, elle, lui offrant son dos ; puis elle se tourna enfin vers lui, alors qu'il éteignait la lampe, et c'est maintenant seulement qu'elle put verbaliser ce que ses yeux avaient demandé, depuis le moment où il se tenait sur la scène vide du théâtre, sauf que désormais ce n'était plus une question, c'était davantage une confirmation, qui ne laissait place à rien d'autre qu'une explication.

— Je suis allé chez le médecin aujourd'hui.

Helene s'assit dans le lit.

— Pourquoi ? C'est ton bras qui te fait toujours mal.

— J'ai des migraines.

— Des migraines ? C'est-à-dire ?

— Des migraines. Ça fait longtemps que j'en ai.

— Et qu'a dit le docteur ?
— Il a fait des prélèvements.
— Mais il a bien dit quelque chose !
— Dans sa branche, ils ne jouent pas aux devinettes.
Peter ne mentait pas, il se contentait simplement de ne pas tout raconter, il retranchait ; mentir consistait justement à faire l'inverse : ajouter, ou remplacer.
Helene lui caressa délicatement le front.
— Tu as consulté ton médecin habituel ?
— Non. Celui de Ben.
Elle se redressa.
— Alors comme ça tu tiens Ben au courant, mais pas moi.
— Je ne voulais pas t'inquiéter.
— Ah, commence pas, hein ! Tu essaies de te comporter en gentleman ou quoi ?
— Et toi ? Qu'est-ce qui te tracasse le plus ? Que j'en aie d'abord parlé à Ben ?
Helene se pencha sur lui, furieuse.
— Que tu fasses des petites cachotteries avec ton art machin, là, je m'en contrefous. Mais pas avec ce qui te concerne directement, pigé ?
Peter répéta :
— Je ne voulais pas vous inquiéter.
— Vous ? Parce que maintenant tu te montres prévenant à l'égard de Kaia ?
— Je le suis à votre égard à toutes les deux.
— Et comment veux-tu que moi je sois prévenante à l'égard de Kaia si je ne sais pas ce qui se passe, hein ?
— J'ai juste un peu mal au crâne.
— Et depuis quand tu as mal au crâne ?
— Depuis un moment. Je peux vivre avec.
— Et moi je ne peux pas vivre avec un type qui me tient à l'écart. C'est compris ?

— Oui, c'est compris.

Elle posa ses lèvres contre son oreille et chuchota :

— Tu ne vas pas chez le médecin sous prétexte que tu as *un peu* mal au crâne. Tu ne me la fais pas à moi, celle-là, je te connais assez, Peter.

Il évita de répondre, puis demanda au bout d'un moment :

— Tu trouves que j'ai une conduite singulière ?

— Singulière ?

— Est-ce que tu as remarqué une différence ? Est-ce que j'ai changé ?

De nouveau elle le toisa, mais cette fois avec ce regard inquisiteur, presque agacé.

— Où est-ce que tu veux en venir ?

— Ça fait pas loin de cinquante ans que je suis exposé à l'humidité, à la chaleur, à la lumière, au froid, aux explosions intérieures, aux influences extérieures et à Dieu sait quoi, et tu oses me demander où je veux en venir ?

Helene rit.

— Toujours est-il que tu n'es pas exposé dans un musée...

— Les solvants, lâcha Peter. C'est à ça que je veux en venir. Peut-être que mon cerveau a la gueule d'un marécage.

— Ah... Je comprends maintenant pourquoi tu t'es acheté un masque à gaz.

— Mais putain ! Je vais quand même pas me mettre à peindre avec un masque à gaz ! C'est des conneries pour abrutis qui exposent des rats morts et des moitiés de vache !

Helene posa une main sur son front.

— Tu deviens toujours hypocondriaque quand le vernissage se rapproche. Mais cette fois, tu commences drôlement tôt.

— Et ça veut dire quoi ?

— Que tu es égocentrique, partial, distrait, sentimental, anxieux et insupportable. Pour résumer : comme tu as toujours été.

— Je te remercie. Tu en as oublié un : lâche.

— Lâche ?

— Exactement, lâche. Tu n'osais pas le dire ? Que j'étais lâche. Dans le parc. Quand le chien a attaqué Kaia.

Elle hésita, rien qu'une demi-seconde, pas plus qu'il ne faut pour prendre une inspiration, mais assez pour qu'il comprenne que, oui, elle le sous-entendait aussi : qu'il était lâche.

— Il y a mille et une manières d'être courageux, Peter.

— Ne me rends pas plus minus que je ne le suis déjà, s'il te plaît.

— Que veux-tu que je dise alors ? Que tu étais nul, minable et bon à rien ? Que je ne veux surtout pas que Kaia te voie dans un état pareil ?

Peter dit :

— Elle ne me reverra plus jamais dans un état pareil.

Helene, de nouveau, se pelotonna contre lui et, de nouveau encore, ils restèrent étendus sans rien dire, dans le silence autour d'eux.

— J'adore cette odeur, finit-elle par dire à voix basse.

— Laquelle ?

— Celle que tu as quand tu reviens de l'atelier et que tu n'as pas pris de douche.

— Peut-être que c'est toi qui es atteinte par les solvants.

— Voilà. Viens, j'ai envie de toi. Si tu n'as pas trop mal au crâne.

Au même moment, le téléphone sonna.

Ce devait être une erreur, quelqu'un qui se trompait de numéro, car personne n'appelait ici, à cette heure-ci, et pourtant le téléphone retentissait bel et bien. Helene relâcha Peter et courut jusqu'au salon, à moitié nue. Il entendit la sonnerie s'arrêter, Helene parler tout bas, pour ne pas réveiller Kaia, si tant est qu'elle ne le soit pas déjà, mais l'instant d'après Helene était déjà revenue, qui se tenait dans l'embrasure de la porte de la chambre à coucher et le regardait, livide, inquiète.

— C'est ton médecin.

— Mon médecin?

— Oui, Peter. Il a dit qu'il était ton médecin.

Et Peter passa devant Helene, d'une allure aussi stoïque que possible, rejoignit le salon, en s'efforçant de dissimuler sa peur, sa peur des mauvaises nouvelles qui d'une seconde à l'autre allaient s'abattre sur lui, car sinon pourquoi le médecin lui téléphonerait, maintenant, si c'était pour lui dire que tout allait bien? Non, il téléphonait pour lui dire qu'il lui restait peu de temps, voilà pourquoi il appelait si tard, il n'y avait même plus de temps à perdre; or Peter n'y arrivait pas, il ne parvenait pas à la dissimuler, sa peur, Helene ne manqua pas de s'en rendre compte, il se cogna contre le seuil de la porte, poussa un juron, plus proche du cri que de l'exclamation, clopina sur une jambe en tenant le combiné des deux mains – et tout ce qu'il entendit se bornait à un rire, il était complètement dépassé par les événements : là, au milieu de la nuit, le médecin rigolait au bout du fil.

— Allô?

— C'est toi, Peter?

— Qui est à l'appareil?

Inutile de poser la question, il le savait déjà.

— C'est Thomas, ton copain de classe. C'était ta femme à qui je viens de parler, là ?

— Non mais tu as vu l'heure qu'il est ?

— Elle m'avait l'air un peu... disons... agacée.

— Il est presque deux heures.

— Déjà ? C'est con, ça. Qu'est-ce que je voulais dire ?

— Oublie.

— C'est tout ce que tu trouves à dire à un vieux pote, Peter ? Oublie ?

— Oui. Oublie.

— Mais oublier quoi, Peter ?

— Ce que tu voulais dire.

Thomas repartit dans un éclat de rire.

— Les copains font une petite réunion demain. Je passe te prendre à dix-huit heures.

— C'est hors de question.

— Si.

— Non. Et tu n'es pas mon médecin. C'est clair ?

Et Peter lui raccrocha au nez.

Helene, toujours dans le couloir, n'était plus blanche de peur, mais de colère.

— C'était qui ce crétin ?

— L'emmanché que j'ai rencontré aux urgences.

— Mais qu'est-ce qu'il te voulait ?

— La dernière chose que je voulais. Une fête de classe.

— Quand ?

— Demain.

Peter s'avança vers elle, posa une main délicate sur sa poitrine.

— Allez, va prendre une douche, dit-elle.

Il laissa retomber sa main.

— C'est vrai, j'ai oublié la douche.

Helene le retint.

— Comment est-ce qu'il s'appelle, déjà ?
— Qui ?
— L'emmanché des urgences.
— Thomas. Thomas Hammer.
— Lui, tu aurais plutôt intérêt à t'en débarrasser.

8.

Inquiétude.

Un matin en noir et blanc.

Il existe plus d'une centaine de milliers, et vraisemblablement davantage, de nuances de couleurs, d'harmonies, d'ombres, de pigments que personne n'a encore découverts ; dans la poussière d'un tesson de poterie qui traîne dans le sable du Sahara, dans les écailles d'un serpent qui se coule le long d'une fougère au creux de la forêt tropicale, dans le regard d'un enfant qui se détourne et s'en va.

Toujours est-il que Peter Wihl ne parvenait pas à travailler.

Pour la première fois depuis qu'il avait fait construire l'atelier, il n'y mettait pas les pieds, contrairement à ses habitudes qui le voyaient s'y rendre chaque matin sans exception, peu importait qu'on fût un 24 décembre, un jour de mariage ou de naissance ; c'était une possession, nul autre mot que celui-ci ne décrivait aussi justement ce qui l'animait, une possession factuelle dans le sens où elle ne renfermait aucune part de mystère, il comptait simplement parmi ces gens qui ont fait le choix de passer leur existence à débusquer la bonne couleur, la forme juste, un objectif impossible au demeurant, celui, n'est-ce pas, de trouver la bonne couleur et la forme juste.

Mais c'était justement pour cette raison qu'ils se levaient chaque matin sans exception, et continuaient.

Il était assis à la table de la cuisine, dans la maison vide, sous le rectangle pâle laissé par la toile qu'il avait retirée, sous le manque de lumière. Par quoi allait-il la remplacer ? Un calendrier ? Oui, un calendrier, c'est exactement ce qu'il allait faire, un calendrier ferait l'affaire, en attendant. Il n'en avait plus eu depuis son enfance. Un jour, son père lui en avait offert un, pour Noël, un cadeau ridicule pour un garçon sachant encore à peine lire et compter, ce genre de vieux calendrier, une éphéméride en réalité, dont on détache une feuille par jour qui passe et qui, à la fin de l'année, se réduit à une boîte vide ; il le détestait, il pleurait, refusant de détacher les feuilles et ainsi de les détruire. Puis il avait commencé l'école, obtenu son emploi du temps, ce qui ne l'empêchait nullement de ne jamais arriver à l'heure, car il lambinait toujours, systématiquement quelque chose le retardait, comme on dit, quelque chose qu'il voyait et devait impérativement étudier de plus près, un nuage biscornu dans le ciel, un ver de terre sur le trottoir, et ses retards survenaient avec une telle fréquence qu'il fut au final renvoyé, pendant quinze jours, un peu comme une prime d'assiduité se disait-il. Une opinion que ses parents, bien entendu, ne partageaient pas, être renvoyé était une honte, aussi lui infligèrent-ils en complément une interdiction de sortie, avec l'injonction expresse de lire ses leçons quatre heures par jour au minimum, de sorte qu'il soit encore mieux préparé lorsqu'il retournerait à l'école, oui, peut-être même pourrait-il gagner de l'avance sur les autres élèves de sa classe. Et Peter, âgé de quatorze ans, installé à la même place qu'aujourd'hui, feignait de faire ses devoirs, au lieu de quoi il rêvassait, se laissait emporter par ses rêves, loin de la chaise sur laquelle il était assis, loin de la cuisine, de la maison, du jardin, des rues du quartier, de la ville dans son entier, il s'éloignait de tout en suivant ses rêves même s'il n'était pas le seul à rêvasser ainsi, sauf que ce rêve était le sien et qu'il était par conséquent unique, et de cette manière Peter s'efforçait de visualiser ce que le reste de sa vie allait devenir, une opération évidemment impossible puisqu'il ne voyait pas plus loin que sa main frêle qui tenait le stylo plume, comme si le temps dressait un mur devant lui, seconde après seconde. Mais d'ici, à bientôt quarante ans d'intervalle, il voyait le chemin parcouru, il remontait le fil, sans rencontrer aucun obstacle, et retrouvait le garçon courbé au-dessus de ses manuels scolaires, qui faisait semblant de lire ses leçons alors qu'en réalité il se laissait emporter par ses rêves.

Y a-t-il un point qui, comme un précipité, se sépare du flot d'émotions dans lequel nous nous trouvons, un flot d'or et d'ordures, une expérience, une connaissance, limité dans le temps et l'espace, pur et brillant, qui fait de nous précisément celui ou celle que nous sommes ?

Peter fut changé d'école et sa prestation y fut tout aussi désastreuse. Il avait en effet découvert autre chose, qui le détournait vers une autre voie, celle des galeries. Il préférait de loin faire le tour des galeries de la ville car là on lui fichait la paix, là il avait la paix, c'est-à-dire un autre type d'inquiétude. Et puis un jour il vit une toile de Nicolas de Staël, *Le Concert*. Il allait sur ses dix-sept ans quand il la vit pour la première fois, un mercredi, en octobre, il pleuvait, il avait séché la dernière heure de cours et, plus tard, il n'aura de cesse de répéter que les couleurs de cette peinture inachevée l'avaient rendu « abruti », c'est littéralement le mot qu'il avait employé : abruti ; le piano noir, la contrebasse quasi jaune, le mur rouge, et enfin les espaces blancs, où la couleur manquait, l'avaient rendu abruti – et c'est sans doute à cet instant très précis que tout commença, au moment où il vit le chef-d'œuvre inachevé de Nicolas de Staël, dans le cadre d'une exposition européenne itinérante, sans doute est-ce à cet instant très précis que la ligne commença, cette ligne qui allait devenir le reste de sa vie. Toujours est-il que Peter Wihl traversa la rue, jusqu'au magasin en face, où il dépensa tout l'argent qu'il avait en cahier de croquis, crayons, fusains ; et il garda ceci pour lui, il n'en parla à personne, cela impliquait une grande liberté que d'avoir ce secret, le dévoiler aux autres pouvait impliquer la perte de cette liberté. Peter Wihl dessinait.

Au bac, il échoua dans deux matières et n'eut aucune envie de les repasser, de *se représenter*, comme on disait alors. Il préféra de loin prendre la mer, mettre les voiles, se barrer d'ici, tout bonnement, au grand désespoir de sa mère mais avec l'accord sans enthousiasme de son père, arraché de haute main : si la vie de marin pouvait enfoncer un peu de discipline dans la caboche de ce je-m'en-foutiste, cela valait peut-être la peine ; c'était une espèce d'expulsion, il devait se purifier, il devait s'endurcir et, de cette manière, apprendre la discipline et surtout la peur, d'abord la peur et ensuite la discipline, dans cet ordre, aussi son père finit-il par lui dégoter une place de marmiton, à bord du *M/S Cuyahoga*, qui acheminait de l'ilménite à Marina de Carrara. Peter était persuadé que ce serait la liberté. Or sitôt qu'ils se colletèrent avec la mer du Nord, ils eurent mauvais temps, du moins Peter trouvait que le temps était mauvais, il ne savait même pas qu'il pouvait exister un temps pareil, il était infichu de tenir la poêle à frire à l'horizontale, autrement dit il avait le mal de mer, il ne se nourrissait que de craquepain et vomit tout du long, jusqu'à Gibraltar, excepté durant le petit répit qui lui fut accordé lors de la traversée de la Manche et qui ne fit toutefois qu'empirer sa situation car, pendant ces heures, il était assez lucide pour comprendre qu'il n'aspirait qu'à une chose, être chez lui ; il n'aurait jamais cru possible, qu'il pût être démoralisé, abattu au point de vouloir rentrer chez lui, de vouloir entre tous les endroits du monde être chez lui. Puis ils repartirent dans le mauvais temps. Peter avait dix-huit ans et ce n'était pas à rentrer chez lui qu'il aspirait mais bien à trouver la mort, il était tout à fait possible d'avoir dix-huit ans et de vouloir trouver la mort à bord du *M/S Cuyahoga* quand on passait son temps les quatre fers en l'air sur le pont, infoutu de tenir debout, à dégueuler bleu, mais pour autant, il ne faisait de peine à personne, c'était même plutôt l'inverse, ils en avaient ras-le-bol de ces bleus-bites inaptes et inadaptés, que des paternels friqués envoyaient en mer pour leur apprendre à vivre ; c'est pas qu'ils croyaient qu'on allait les caresser dans le sens du poil, ces jean-foutre bien de leur personne, non : on allait les mener à la baguette, on allait leur en faire baver, pour qu'ils ressortent en petits monstres parfaits dès qu'ils accosteraient, et donc ils l'attrapèrent par le colback pour le relever de sa merde, du taf l'attendait : une poêle à frire à tenir bien droite, mais si t'as le malheur de dégobiller dans le ragoût, on t'envoie en vigie jusqu'à minuit histoire de te faire passer l'envie, et de toute manière demain t'as corvée de chiottes et corvée de service. Peter chancelait donc aux cuisines, tenait sa poêle des deux mains, portait le plateau à gâteau au mess des officiers, tous les mercredis et tous les dimanches, jours de corvée, plus jamais après il n'a touché un cake de sa vie, il récurait les chiottes et gerbait dans les chiottes qu'il venait de récurer, le chouff le butait s'il avait le malheur de lui renverser sa bière sur ses genoux – et enfin ils passèrent Gibraltar. Et passer le détroit de Gibraltar équivalait à remettre le nez dehors et à retrouver un vrai plancher. Peter se tenait sur le bâbord du bateau pendant qu'ils faisaient leur entrée en mer Méditerranée et, pour la première fois, il éprouva une sensation qui s'apparentait à du bonheur, autrement dit il se sentait libre et affamé. Deux jours plus tard ils mouillèrent à Marina de Carrara et y déchargèrent le minerai directement dans des poids lourds qui attendaient sur le quai, puis, au quatrième jour, ils eurent la permission de quitter le bord, et c'est là que Peter fut découvert tandis que, assis sur une bitte d'amarrage, torse nu, un mouchoir blanc noué autour de la tête, par plus de trente degrés, il dessinait. Il dessinait les jeunes garçons en train de se jeter du haut du gaillard pour plonger dans la rade, une chute d'au moins quinze mètres ; les corps souples et basanés brillaient comme du bronze en plein soleil, ils s'étiraient de tout leur long, les bras tendus sur le côté qu'on aurait pris pour des ailes filiformes, épousant des flottements parfaits, comme si en l'espace de quelques secondes ils défiaient les lois de l'apesanteur et se voyaient soulevés par la lumière avant de fendre la surface de l'eau, sans un bruit, semblables à des flèches d'or. Voilà ce que dessinait Peter quand, brusquement, il sentit une présence dans son dos, celle du commis aux vivres, un gars rouspéteur au demeurant mais qui, là, zieutait par-dessus ses épaules bronzées et alla même jusqu'à appeler les autres qui rappliquèrent du café où ils sirotaient dans l'ombre une bière italienne légère, et Peter eut beau s'incliner au-dessus de son bloc et s'escrimer à dissimuler ses dessins, il savait pertinemment que c'était trop tard, il avait été découvert, percé à jour, il avait été vu.

S'agissait-il d'un tel point qui, comme un précipité d'or noir, se sépare du flot d'émotions dans lequel nous nous trouvons toujours ?

Il n'empêche que lorsqu'ils repartirent sur leur lest et mirent le cap vers Barcelone où ils chargèrent du minerai, Peter fut traité en roi, nul ne touchait à un seul cheveu de sa tête, bénéficiant d'une promotion il jouissait du statut d'intouchable et, une fois dans le café où ils avaient pris leurs quartiers, le Tequila Bar, le long des Ramblas, il en comprit la raison : ils voulaient tous qu'il les dessine, voilà ce qu'ils avaient décidé, Peter devait purement et simplement les dessiner, c'était moins cher que les photographies, plus commode et, surtout, il pouvait les portraiturer exactement selon l'apparence qu'ils souhaitaient adopter. Ainsi, depuis le Tequila Bar de Barcelone, Peter les dessinait, les uns après les autres, le cuisinier, le commis aux vivres, le graisseur, le soutier, le mécanicien, le timonier, des portraits qu'ils pouvaient envoyer chez eux, à leur femme, leur fiancée, leur petite copine, leurs parents, leurs fils et leurs filles, même la replète serveuse voulait le sien, seulement... si Peter pouvait la faire un tout petit peu plus mince, chuchotait-elle, juste pour cette fois... et, oui, Peter le pouvait sans problème, il pouvait très volontiers transformer la serveuse en sylphide si elle le souhaitait. Et pour la première fois Peter se rendit utile : il dessina, en faisant ce qu'il savait faire il se rendait utile et finit par se dessiner lui-même, torse nu, les bras musclés, une bouteille à la main, la clope au bec, les cheveux en brosse, un dessin qu'il signa *Peter W., Tequila Bar, sept. 1969*, qu'il glissa dans une enveloppe et adressa à ses parents, sans un mot, il n'envoya que le dessin, puis, quand il débarqua, six mois plus tard, non pas réincarné en monstre obéissant mais en jeune homme qui enfin savait ce qu'il voulait, il ne rentra pas chez lui directement, non, il se rendit d'abord chez le professeur de l'Académie, patienta devant son bureau pendant trois heures après quoi il eut la permission d'entrer, montra ses esquisses d'où il avait tiré tout son courage, son arrogance comprendrait-il plus tard, ce qui n'était sûrement pas sans rapport avec le fait qu'il n'avait rien à perdre mais seulement tout à gagner, car la modestie, qu'elle soit feinte ou authentique, vient avec les années, quand le succès rend suspect et qu'alors on a tout à perdre car plus on est capable et plus on a peur. Et donc Peter avait pris place dans le bureau spacieux cependant que le professeur feuilletait les croquis d'une mine désintéressée, somnolente semblait-il, avant de redresser son regard vers le jeune garçon déterminé, à l'assurance presque agaçante, qu'il toisa longuement pour finir par dire, non sans avoir pris soin d'ôter ses lunettes qui, stoppées dans leur chute par le cordon, pendouillaient de travers autour du cou gracile, que Peter Wihl pouvait intégrer la classe de peinture après le Nouvel An.

Peignez une surface en rouge d'alizarine monochrome.

Le père tenta de persuader le fils qu'il serait plus avisé d'avoir de quoi retomber sur ses pieds, un titre universitaire, un truc convenable, c'étaient ses mots, tout le monde devait avoir de quoi retomber sur ses pieds, à commencer par ceux qui choisissent en pleine possession de leurs moyens de marcher en équilibre sur un pied. C'était ainsi que le père de Peter s'était exprimé, sauf que Peter ne voulait pas avoir de quoi retomber sur ses pieds, cela ferait de lui un flemmard, un mollasson, cela ferait de lui un vulgaire amateur, une poule mouillée, s'il devait tomber, eh bien qu'il dégringole, mais bien profond alors, avec un bruit tonitruant de préférence – et c'est ce qui arriva : il loua un studio dans le centre-ville et, cinq années durant, il fréquenta l'Académie, ne parla pour ainsi dire pas à ses parents, hormis quelques dimanches ou à l'occasion de rares solennités qu'il était impossible d'esquiver. Peignez une surface en rouge d'alizarine monochrome. Ne réfléchissez pas, regardez. Et Peter regardait en ne réfléchissant pas pendant que les autres étudiants, grosso modo, réfléchissaient en oubliant de regarder. Puis, l'année de son diplôme de fin d'études, une de ses toiles fut prise à l'exposition d'automne, en 1976, une peinture à l'huile humblement intitulée *Étude, 1,20 x 65*, représentant une scène vide, des surfaces assemblées pour former un espace, sans autre lumière que la saturation des couleurs. Elle fut achetée par le Riksmuseet et remporta le Prix du meilleur artiste débutant alors que Peter avait vingt-quatre ans et déjà un avenir, alors qu'il entrait en contact avec Benjamin Rav, le galeriste quelque peu excentrique, constamment en quête de jeunes et nouveaux artistes à harponner pour les faire entrer dans son écurie, ce qui tombait bien puisque Peter était jeune et nouveau, puisqu'il incarnait tout ce qu'un présent impatient peut souhaiter, puisque, n'est-ce pas, il était l'avenir. Ben prit Peter en charge, dans tous les sens du terme, et le printemps suivant vit la tenue de sa toute première exposition, *Amputations*, à la *Nye Galleri*, la *Nouvelle Galerie*. Or à trois heures du vernissage on sonna à la porte de son studio et Peter crut que c'était Ben qui venait le chercher, en réalité c'était un pasteur escorté de deux policiers car, voilà, ses parents étaient décédés dans un accident de voiture, le matin même, une sortie de route, à deux pas d'où ils habitaient, le véhicule s'était retrouvé sur le toit. Incompréhensible tout ça. Pas de circulation dans l'autre sens, un bitume sec. Insensé tout ça. Le pasteur répéta le dernier adjectif à plusieurs reprises si bien que Peter se remémora brusquement le mot préféré de son père : convenable. Tout ça avait l'avantage pour le pasteur de ne pas avoir à se décarcasser pour replacer l'accident dans un contexte religieux, il pouvait le balayer à l'aune de ce qu'il était, un accident donc. Toutefois il était impératif, hélas, que Peter les suive à l'hôpital pour identifier les dépouilles – et Peter songea, en regardant sa montre, que, là, décidément, ils n'arriveraient pas à temps pour l'exposition, laquelle fut du reste un triomphe, à tous les égards : avant la fermeture des portes des points rouges étaient collés au bas de l'ensemble des tableaux, ces marqueurs discrets mais néanmoins ostensibles qui chuchotent, non, qui crient, désolé, cette toile est occupée, cette toile est fermée, ces gommettes que l'artiste déteste et à la fois désire voir. La Nye Galleri ce soir-là vrombissait d'une exultation générale, c'était champagne à tous les étages, c'était les flashs et l'histoire de l'art dans un même éclair, c'était le ban et l'arrière-ban du capital radical qui lui aussi escompte bien que ça lui rapporte, c'était le lustre et les taux d'intérêt et la renommée posthume rassemblés en ces quatre murs tapissés de membres arrachés, une boucherie coloriste signée Peter Wihl lequel, en outre, ne dit pas un mot de l'accident. Et c'est seulement après le vernissage, vers minuit, tandis que les autres continuaient la fête ailleurs, qu'il prit un taxi pour se rendre à l'hôpital où il identifia le corps de ses parents, à la morgue, au sous-sol. C'étaient eux, en effet, étendus l'un à côté de l'autre, sur leurs lits respectifs en acier chromé, recouverts de draps blancs, ils avaient l'air dignes de confiance, oui, dignes de confiance, pourtant si on se donnait la peine d'observer d'un œil plus attentif on se rendait compte que tout l'humain en eux les avait délaissés, ils étaient disjoints et ne formaient plus un tout cohérent – et Peter se dit, dans une pensée impossible et claire, à l'intérieur de cette morgue glacée, sous la lumière crue, devant le cercueil de ses parents, que ce n'est pas l'art qui imite la mort, c'est l'inverse : c'est la vie, et surtout la mort, qui imite l'art. En sortant, on lui remit les effets personnels de ses parents, tout ce qu'ils portaient lors de leur mort, excepté les vêtements et les chaussures enveloppés dans un sac en plastique transparent : les montres, les alliances, les bijoux de sa mère, le portefeuille de son père, l'épingle de cravate, un peigne, les clés. Et Peter reprit un taxi pour rentrer, non pas à son studio mais à la maison de son enfance, le jour commençait déjà à se lever, le soleil se hissait au-dessus des vallées, à l'est, et inondait d'un brouillard à la lueur blafarde la cuvette au fond de laquelle cette ville s'étendait. Il ramassa le journal posé sur le paillasson, déverrouilla la porte, pénétra à l'intérieur, se figea quelques secondes dans le silence inédit, faillit appeler ses parents, par habitude, s'abstint de le faire, s'assit à la table de la cuisine, déposa les affaires sur la nappe, les alliances, une petite et une grande, le peigne légèrement busqué, la vieille épingle de cravate frappée de l'emblème automobile, les bijoux simples et sévères de sa mère, le portefeuille élimé de son père, qu'il ouvrit, et où il trouva, dans le compartiment plastifié, le dessin qu'il leur avait envoyé alors, l'autoportrait réalisé au Tequila Bar ; son père l'avait toujours sur lui, auquel cas il était peut-être, au bout du compte, fier de son fils, et Peter se mit, malgré tout, à chialer, il retira doucement la feuille et la déchira en mille morceaux tout en lisant, dans la maison vide, la critique grandiose dans le journal : *un formidable débutant* – et aujourd'hui, vingt-cinq ans plus tard, dans cette même maison, il repensa à la ligne qu'il avait tracée dans son sillage, ce trait fin qu'il avait commencé un jour, en cachette, dans le plus grand secret, était-ce ici qu'elle s'arrêtait ?

Peter se leva, d'un bond, enfila son manteau, quitta la maison, on était fin novembre, il descendit vers le centre-ville, dans le tourbillon de neige, il ne marcha pas au hasard, puisque personne ne marche au hasard, au petit bonheur la chance, tout le monde a un but final, un lieu vers où guider ses pas, et les siens l'arrêtèrent devant la Nye Galleri.

Peignez une surface en rouge d'alizarine monochrome.

Vous pouvez y passer le restant de vos jours et ne jamais en avoir terminé.

Peter entra.

Tous les spots au plafond étaient allumés, la lumière puissante et les murs nus l'aveuglaient. La porte du bureau, au fond du local, était ouverte, il n'y voyait personne. Dans l'angle situé entre les fenêtres obstruées par du papier métallisé s'entassaient des sacs poubelle, des sacs en plastique bleus, blancs, noirs, une vraie décharge, qui s'échappaient d'un seau et se déversaient sur le plancher où était posée une caméra sur un pied. Patrick était assis dans l'autre coin, méconnaissable, vêtu d'un costume sombre, strict, d'une chemise mauve, d'une cravate, de chaussures lustrées, de lunettes de soleil, il semblait avoir maigri du visage, à moins que ce ne fût l'effet du maquillage ; il resta assis.

Rien ne concordait dans ce que Peter voyait, il ne comprenait pas : les sacs poubelle, la nouvelle garde-robe de Patrick, le papier métallisé aux fenêtres ; quoi qu'il dise à partir de maintenant serait déplacé, autant faire d'emblée sa mauvaise tête.

— Où est Ben ? demanda-t-il.

— Chez son coiffeur. Vous voulez que je lui passe un message, peut-être ?

— Ne me dis pas que Ben a encore l'intention de changer de coiffure ?

— Ce n'est pas ce qu'on fait d'habitude chez le coiffeur ?

— Pas nécessairement.

— Qu'est-ce que vous faites, vous, d'habitude, chez le coiffeur ? Vous refaites du neuf avec l'ancien ?

Cet échange verbal épuisait quelque peu Peter.

— Chez mon coiffeur, nous parlons surtout de la section dorée.

— Vraiment ?

— Et tu fais les poubelles, à ce que je vois ? Ou est-ce que tu rêves d'installations ?

— Pourquoi êtes-vous autant de mauvais poil, Peter ?

Assis par terre, dans le coin, Patrick releva les yeux vers lui, en souriant.

Peter avança d'un pas.

— Je ne suis pas de mauvais poil et je t'emmerde, Patrick. Pourquoi voudrais-tu que je sois de mauvais poil ?

Patrick haussa les épaules.

— Je ne fais ni les poubelles, ni le ménage. Je m'occupe du montage de la prochaine expo.

Peter se tut quelques secondes, dans la lumière brutale, la neige qui fondait dégoulinait de son manteau, ses chaussures étaient détrempées, auréolées, elles avaient dû rétrécir, elles lui serraient au talon et au cou-de-pied, une de ses chaussettes avait glissé et godaillait autour des orteils – et il eut ce pressentiment, non, pas un pressentiment, qui surgirait de façon approximative et floue, mais bien une inquiétude, qui s'imposait à lui de manière évidente et pesante, cette inquiétude d'être en marge, d'être le dernier à connaître la dernière que tout le monde connaissait depuis belle lurette.

— Est-ce que Ben t'aurait aussi promu curateur ?

— Ne vous faites pas de bile pour rien, Peter. Le démontage de l'exposition aura lieu bien avant que ne vienne la vôtre. *Aussi*, vous venez de dire ?

— Il a dit que tu avais de nombreux talents.

Patrick écarta les bras.

— C'est juste. Et quel est votre avis ?

Peter n'avait aucune envie de s'esquinter à regarder autour de lui, il avait déjà tout vu, les sacs poubelle, la caméra vidéo, les fenêtres condamnées, nul besoin de regarder pour la deuxième fois.

— Je suis surpris.

— C'est bien, Peter.

— Je suis surpris que Ben charrie cette merde dans sa galerie.

Patrick se contenta d'un rictus.

— Vous aussi, à une époque, vous avez été nouveau. Je me trompe ?

— Nouveau ? Parce que c'est une qualité en soi, peut-être ?

— Ah non ?

— Dans ce cas c'en est une mauvaise, de qualité.

— Pourquoi ?

— Parce qu'elle finit par passer. Et plus vite qu'on ne croit.

— En effet, je le vois. Je le vois en ce moment même.

— Je te demande pardon ?

— Vous savez, Peter, on vous appelle toujours Le Boucher. Mais on dit aussi que votre couteau aurait besoin d'être un peu aiguisé.

Peter avait conscience qu'il aurait mieux valu partir tout de suite : n'en rajoute pas, restes-en là ; sauf qu'il ne parvenait pas à déguerpir, il était planté comme un piquet, dans ce local confiné, quasi hermétique, à la lumière éblouissante.

— Dommage que les déchets ne puent pas.

— Vous avez dit ?

— Même les déchets ne puent pas. Les déchets sont censés puer.

Patrick pointa un doigt vers lui, sans se départir de son sourire.

— Ça y est, là, c'est le moment où vous allez me resservir votre histoire de vie de marin et d'expériences horribles ? Comme quoi il faut du noir sous les ongles et du dégueulis dans les cheveux pour créer un produit authentique ?

— Et toi ? Tu la tiens d'où, ton expérience ? Du sauna du Grand Hotel ?

— Non. De la London Academy of Arts.

L'espace d'un instant, Peter fut mis hors jeu, il manqua de trébucher mais il n'avait rien à quoi se retenir, il entendait distinctement le crépitement du papier métallisé et le vrombissement, à moins que ce ne soit un bourdonnement, de la caméra.

Il dit :

— Ah oui... C'est là-bas que les pinceaux sont interdits et que seuls sont autorisés les doubles décimètres.

Patrick ne le quittait pas des yeux, il s'adressait à lui d'une voix calme, presque amicale. Et c'était ça le plus énervant : cette suffisance arrogante.

— Vous êtes accroché dans les salles de réunion.

— Et alors ?

— Dans les halls d'accueil. Dans les bureaux ministériels. C'est là que vous vouliez finir, Peter ?

— Je peins. C'est tout.

Patrick bâilla.

— Des bibelots pour la bourgeoisie. Vous êtes devenu commun.

— Parce que tu crois qu'elle scandalise qui cette merde ?

— Vous.

Peter s'esclaffa et fit une révérence.

— Merci, merci. Oserais-je te demander qui est l'heureux artiste ?

Patrick releva une paupière.

— Moi.

Peter se tut, quelques secondes seulement, avança d'un autre pas pour se pencher à la hauteur du garçon déguisé.

— C'est donc pour ça que tu suces Ben depuis deux mois ?

Patrick se leva, lentement, à contrecœur, comme si tout ceci l'ennuyait à mourir, et, enfin, il se retrouva face à face avec Peter.

— Et donc c'est le moment où je dois vous frapper, là ?

— Tu demandes avant de frapper, toi ?

Patrick leva la main, serra le poing. Peter ferma les yeux, attendit le coup. Oui il le voulait du plus profond de son âme, ce coup, qui lui donnerait raison en tout, qui justifierait n'importe quelle extravagance. Ils restèrent donc ainsi, figés l'un devant l'autre, dans la galerie vide, entre les sacs poubelle et la caméra vidéo, là où un jour il avait eu sa première exposition. Peter attendait, il n'en finissait pas d'attendre, mais Patrick ne frappa pas, hélas. La merveilleuse douleur libératrice ne fut pas au rendez-vous, Peter avait attendu en vain et finit par rouvrir les yeux.

Patrick avait croisé les mains dans son dos.

— J'espère bien sûr que vous serez des nôtres au vernissage.

— C'est prévu quand ?

— Vendredi.

— Impeccable, vendredi. Et au fait, quel est le titre de l'exposition ?

— Business and Pleasure.

— Super !

— Vous trouvez, vous aussi ? Je me fais une telle joie !

Patrick fit mine de partir. Peter sourit et le retint.

— Mais il y a une chose avec laquelle tu n'as pas intérêt à plaisanter. Pigé ?

Patrick inclina la tête sur le côté.

— Laquelle, si je puis me permettre ?

— Ben.

Et c'est pile le moment qu'il choisit pour arriver, Ben. Ben qui s'était rasé les cheveux, dont le crâne brillait dans la lumière puissante comme s'il était comprimé par un casque, Ben qui subodora évidemment le conflit sitôt qu'il les vit et posa un bras autour des épaules de Peter.

— Puis-je inviter ces messieurs à déjeuner ?

Peter se libéra de son étreinte.

— Volontiers. Ça nous donnera l'occasion de discuter un peu de ce que ce cher Patrick a l'intention d'écrire dans mon catalogue. Il m'a l'air bien motivé.

Ben fit volte-face pour s'adresser à l'intéressé.

— Oui, c'était aussi de ça que je voulais te parler.

— Désolé, Ben. Je vais à la piscine.

— À la piscine ? À l'heure qu'il est ? Pour bousiller ton maquillage ?

Patrick l'embrassa sur la joue.

— Ta nouvelle coiffure te va à ravir.

Il alla dans le bureau chercher un sac qu'il accrocha en bandoulière puis se dirigea vers la porte devant laquelle il s'immobilisa.

— Au fait, Peter. Il y a un truc que j'ai appris à Londres.

— Raconte. Je suis sûr que ça ne prend qu'une minute.

Patrick sourit.

— Arrêtez de vous enfoncer. Vous risqueriez de toucher le fond.

Sur ce, il s'éclipsa.

Peter et Ben restèrent un long moment plantés là, en silence. Et lorsque ce silence devint trop gênant à force de durer, Peter dit :

— C'est pas de la coiffure, ton machin, Ben.

— Non, c'est de la transformation.

— Erreur. C'est de la panique. Et la panique ne te va pas si bien. Au revoir.

Ben rattrapa Peter et l'emmena au restaurant d'en face où ils s'installèrent à leur table attitrée, celle près de la fenêtre, là où la dernière interview de Peter Wihl aurait lieu, dans quatre mois ; le vieux serveur s'inclina cérémonieusement avant de poser le menu sur la table que Peter envoya balader, renversant un verre par la même occasion.

— Je t'en supplie, ne fais pas de comédie, chuchota Ben.

— Je n'ai pas faim.

— Tu ferais mieux de manger quand même. Tu es blême.

Peter se pencha vers Ben.

— Pourquoi tu ne m'as pas dit que ton foutu blanc-bec va exhiber ses legos chez toi ?

— Parce que tu avais d'autres choses à penser, Peter.

— Ah oui, d'accord. Donc tu l'as fait par égards pour moi ?

— Je n'ai d'égards pour personne.

— Seulement pour Patrick, tu veux dire.

Ben souffla bruyamment.

— Je n'ai peut-être pas toujours pris soin de toi ? Hein ? C'est pas ce que j'ai fait, peut-être ?

Peter se remit d'aplomb dans sa chaise.

Le serveur revint avec un pichet d'eau et leur en versa.

Ils burent, la neige tombait dru le long de la fenêtre, la visibilité serait bientôt nulle.

Ben prit sa main.

— Excuse-moi. Nous avons visiblement été tous les deux un peu trop bousculés ces jours derniers.

— Je voudrais surtout ne pas me retrouver à être le dernier tenu au courant de ce qui se passe.

— Évidemment. Mais ton médecin ne t'a pas conseillé de te ménager ?

— Parce que tu parles aussi à mon médecin, maintenant ?

Ben serra ses doigts et répéta :

— Je n'ai peut-être pas toujours pris soin de toi ?

— Si, Ben.

— Même quand personne ne voulait prendre soin de toi, moi j'étais là pour prendre soin de toi. C'est pas vrai ?

— Si, Ben.

— Même quand tu n'avais rien d'autre à peindre que les murs du théâtre, je n'ai pas perdu ma foi en toi.

— J'ai peint le plafond.

— As-tu autre chose à dire de Benjamin sinon qu'il a bien pris soin de toi pendant toutes ces années ?

Peter retira son bras, passablement agacé.

— Et donc c'est ce Patrick qui est censé m'envoyer à la casse ?

Ben le regarda au fond des yeux.

— Non, Peter, c'est toi qui vas les aplatir tous autant qu'ils sont. D'un coup de pinceau, d'un seul ! Maintenant, tu vas rentrer chez toi, tu vas aimer Helene, tu vas chanter des chansons pour Kaia et tu vas rincer tes pinceaux. C'est un ordre !

Peter se leva.

— Que tu puisses te raser la tête pour cet énergumène me dépasse.

Ben se caressa le sommet du crâne en souriant.

— Y a rien de tel pour la natation.

Peter prit un taxi pour rentrer. Les nuages étaient si bas qu'il ne fallait que quelques minutes pour s'extraire du brouillard et que tout prenne une apparence belle et abandonnée : les routes blanchies, les jardins intacts, les forêts à la lisière de la ville. Le soleil traçait une courbe pâle le long du ciel. Puis, enfin, il pénétra dans son atelier, enfila ses habits de travail, fixa la palette sur sa main : orange cadmium, rouge d'alizarine, noir d'ivoire, bleu cobalt ; ces ondes de lumière qui n'existent pas, qui ne prennent pas de place, que l'on peut traverser, et qui pourtant représentaient tout ce qu'il possédait, tout ce à partir de quoi il créait. Je n'existe pas, pensa-t-il, je dois me trouver chaque fois. Mais l'inquiétude était toujours présente, elle ne le lâchait pas, l'inquiétude qui d'abord se manifeste dans les pensées, la pensée de l'inquiétude, puis ne tarde pas à être visible, à l'œil nu, concrète et proche, à exactement un bras de distance, dans la main qui sensiblement tremble dans l'obscurité du fond des tableaux.

9.

Et pourtant la journée n'avait pas fini son petit bonhomme de chemin dans l'horreur.

Assise par terre dans le salon, Kaia jouait avec le modèle réduit qu'elle avait eu la permission de rapporter du théâtre. Elle faisait coulisser la cloison puis la refermait, déplaçait les petits cubes censés représenter les gens qui y habitaient, tout en ne cessant de papoter, de parler toute seule, de se perdre dans les détails d'un dialogue ininterrompu, à moins qu'il ne s'agisse d'un monologue, où il était question de savoir qui était untel et comment s'appelait unetelle, leur donnant des prénoms peu courants, riant lorsqu'elle les faisait entrer par la trappe du grenier et non par la porte comme les gens bien élevés en ont l'habitude, sans oublier de leur administrer une sérieuse correction pour que ça ne se reproduise plus, qu'ils ne se radinent plus par la trappe du grenier mais bien par la porte lors de leur prochaine visite, vu qu'il n'y a que le Père Noël qui en a le droit, si jamais il ne trouve pas de cheminée par où descendre – et elle rit de nouveau aux éclats.

Peter était à la fenêtre.

Il écoutait la voix de sa fille, son rire ; sa pièce de théâtre était jeu et raison, lui aussi aurait aimé, par ces mains, être transbahuté de pièce en pièce.

Allongée dans le canapé, Helene lisait son texte de travail.

— Le vieil Ekdal est encore en crise, dit-elle.

Peter ne bougea pas, continuant de lui tourner le dos.

— Les acteurs sont toujours en crise. C'est pour ça qu'ils sont devenus ce qu'ils sont. Acteurs.

— Mais cette fois c'est sérieux. Il refuse de jouer si on ne lui permet pas de fumer.

— Et ?

— Et il est interdit de fumer dans tout le théâtre, Peter. Y compris sur la scène.

— Et le vieil Ekdal d'aujourd'hui est accro au tabac ?

— Ce vieil Ekdal-là n'a jamais fumé de sa vie. Non, c'est le principe : la loi contre le tabagisme n'existait pas à l'époque d'Ibsen et donc il estime que plaquer les règles de notre temps sur l'univers d'Ibsen revient à briser les illusions.

— Il commencerait presque à me plaire, ton vieil Ekdal.

— Werle, Mme Sörby, Relling et Molvik sont loin de partager ton avis. Ils refusent de monter sur scène si le vieil Ekdal fume.

Peter ne put s'empêcher de rire.

— Il ne peut pas faire semblant de fumer ? Il est acteur, non ?

Helene lut à haute voix un passage de la pièce :

— « Le vieil Ekdal rentre, fumant une pipe. Il est en robe de chambre. »

— Ça a le mérite de clore le débat.

— Mais attends ! Je t'ai gardé le meilleur pour la fin. Figure-toi que, si le vieil Ekdal ne peut pas fumer sur scène, il exige en contrepartie que le pistolet soit retiré de la pièce. Puisqu'il est illégal de conserver des armes chargées dans une maison.

— J'ai hâte d'être à la première.

— Comment vas-tu ?

Et tout à coup Peter se rendit compte du silence dont il ne comprit pas immédiatement la provenance, il ignorait si ce silence se logeait à l'intérieur de lui, si Helene pouvait l'entendre. Il prit peur. Il s'appuya contre le rebord de fenêtre. Puis il comprit. Kaia ne parlait plus toute seule. Elle s'adressait à lui.

— Il faut que tu les peignes pour moi, papa.

Se tournant vers elle, Peter la découvrit debout, les poings serrés, le visage fermé, quasi en proie à la colère.

— Qui ?

— Mais les gens qui habitent dans cette maison, tiens !

Kaia ouvrit la main et fit tomber par terre les cubes qui roulèrent de tous côtés.

L'instant d'après, le silence se redéposa.

— Bien sûr que je vais les peindre.

Kaia se mit à genoux pour ramasser les cubes.

Helene s'approcha de lui.

— Tu ne m'as pas répondu, murmura-t-elle.

— À propos de quoi ?

— De comment tu vas.

— Bien.

— C'est sûr ?

— Oui, très bien. Sûr et certain.

Elle prit sa main.

— Et moi je ne suis pas certaine de devoir te croire.

Sentant une soudaine rage monter en lui, une pointe

d'impatience lui contracter le visage, il s'efforça de sourire et d'un calme qu'il voulut aussi olympien que possible, demanda :

— Tu as parlé à Ben ?

Maintenant assise, Kaia rangeait les cubes.

Helene se rapprocha de Peter.

— C'est à toi que je parle au cas où tu ne l'aurais pas remarqué. Et toi, à qui tu parles, hein ?

Au même moment, une voiture se gara devant le portail. L'homme qui en sortit laissa tourner le moteur, alluma une cigarette et leva les yeux vers la maison.

Peter tira Helene vers lui pour les écarter de la fenêtre.

— Merde ! Il nous a vus.

— Qui c'est ?

— Thomas Hammer. Il veut que je l'accompagne à la fête de classe. Fait chier !

La seconde d'après, l'intéressé sonna à la porte.

Helene retint Peter.

— Tu n'iras nulle part. Et ça ne me dérange pas du tout de lui dire, à ce type imbuvable. Que tu ne te sens pas bien.

— Je me sens très bien, affirma Peter.

— Dans ce cas je vais être franche et lui dire que tu n'as pas envie.

La sonnette retentit de nouveau.

Kaia se releva.

— Pourquoi vous n'allez pas ouvrir ?

Peter fit volte-face et chuchota à l'oreille de Helene, comme s'il craignait que Thomas ou Kaia ne l'entendent :

— Si je ne pars pas maintenant avec lui, jamais je ne m'en débarrasserai.

Sur ce, il sortit ouvrir.

Thomas Hammer était en smoking. Il jetait des regards fureteurs vers l'intérieur. Son visage paraissait gonflé, par le froid, par l'alcool, voire par les deux.

— T'es prêt, Peter ?

— Non.

— T'es content de venir ?

— Non.

Thomas Hammer pouffa et balança sa cigarette dans la neige.

— Les copains sont en train de poireauter. Tu viens ? Ou il faut que j'emploie la force ? Libre à toi.

Peter désigna son smoking.

— Il vaudrait peut-être mieux que je me change d'abord.

— T'inquiète, Peter. Viens comme t'es. Après tout, c'est toi l'artiste, hein.

Et même si Thomas Hammer lui sortait plus que jamais par les yeux, Peter jeta son manteau sur ses épaules, le suivit à la voiture, se retourna dans une seconde d'hésitation vers la fenêtre où, entre les rideaux, il aperçut Helene et Kaia, et, voyant celle-ci agiter sa petite main, il leva à son tour le bras pour lui faire au revoir.

Thomas Hammer s'arrêta pour l'attendre.

— Est-ce que j'ai perturbé l'idylle familiale ?

— Ne te préoccupe pas de ça.

Thomas Hammer préféra montrer du doigt l'atelier.

— C'est dans cette cabane que tu peins ?

— Oui. C'est ma cabane.

Les phares de la voiture, deux faisceaux parallèles qui toutefois se croisaient, juste devant la porte-fenêtre, en formant une surface jaune et inerte, firent trembloter l'une des toiles, comme si une pierre venait de la heurter et que les teintes se diluaient en de lentes vagues blanches.

Ils étaient toujours debout devant la voiture.

— C'est un don, déclara Thomas Hammer, à voix basse.

Peter avait froid.

— Quoi ?

— De pouvoir créer quelque chose.

— Un don de qui ?

— De Dieu. Du Diable. De nous. Ça n'a pas d'importance. L'essentiel est que tu en prennes soin. De ce cadeau.

Ils prirent la direction du centre-ville.

Dans le rétroviseur extérieur, Peter aperçut son visage reflété, tordu, méconnaissable, n'importe quel autre passager aurait pu être assis à sa place, or c'était lui ; puis le portail et la maison disparurent de son champ de vision.

Thomas alluma une autre cigarette.

Peter ferma les yeux et la seule circonstance atténuante qu'il parvint à trouver consista à se dire que cette soirée finirait elle aussi par se terminer.

— Tu peux m'expliquer où on va ?

— Un peu de patience, tu vas voir.

Thomas se gara devant la vieille école qu'ils avaient un jour fréquentée. Lorsqu'il sortit du véhicule, Peter le suivit. Avec ses fenêtres plongées dans le noir, le bâtiment ressemblait à un château abandonné. Ils y pénétrèrent en toute hâte. Rien n'avait changé : les longs couloirs, les portemanteaux où une veste avait été oubliée, leurs pas dont l'écho fusait puis s'estompait dans toutes les directions, les murs lépreux dont le crépi s'émiettait. Tout était comme avant, excepté eux qui essayaient d'effleurer une époque remontant à bientôt quarante ans, tentative qui laissait sur leurs doigts une brûlure passagère – et Peter d'éprouver une soudaine et irrépressible nausée, la sueur dégoulinait sur sa peau et le chauffait au passage, il dut quelques secondes se cramponner à Thomas quand celui-ci lui montra la grande salle de réception, vide, la scène, le rideau, les chaises empilées le long des murs où une peinture composée par Peter était accrochée, un bras, que certains élèves avaient singé, à moins que, le comble, ce ne soit l'œuvre d'un professeur, s'efforçant de dessiner une main sur le bras démembré. Le résultat laissait Peter froid, il s'en foutait, il en avait fini avec cette peinture, d'autres pouvaient s'en emparer, la prolonger. Grand bien leur fasse ! Thomas ricana.

— Tu vois, Peter, toi aussi tu es représenté ! Dans le musée de l'école.

Ils grimpèrent le large escalier où le bord de chaque marche était rogné par les récréations successives, dont la somme formait une vie entière, puis Thomas s'arrêta devant la classe 7c du deuxième étage, il ouvrit la porte et poussa Peter à l'intérieur.

Quatre hommes, tous vêtus d'un smoking, avaient pris place devant leurs pupitres respectifs. Ils se levèrent aussitôt. Peter ne les reconnut pas d'emblée, mais leur figure d'enfant ne tarda pas à affleurer sur leur visage d'adulte, à émerger des rides, des plis de la peau, des taches, des vaisseaux sanguins ; les jeunes garçons déguisés dans leur corps chétif et endimanché d'hommes approchant la cinquantaine, il les reconnaissait mais ne se souvenait pas d'eux, ils ne le concernaient plus.

Peter ne quitta pas la zone de la porte.

Thomas s'installa sur l'estrade, derrière le bureau, et sortit du tiroir le cahier de présence, lourd et vert. Il commença l'appel. Il y avait beaucoup d'absents. Seuls Anders Nilsen, Ivar Hovden, Gunnar Gulden et Preben Sundt levèrent la main et s'assirent, l'un après l'autre, à leur pupitre depuis longtemps trop petit pour eux mais où leur prénom demeurait gravé dans l'abattant.

Thomas posa son regard sur eux.

— Bon. Est-ce que depuis la dernière fois certains d'entre vous ont fait faillite, fait dans leur froc, fait cavalier seul en quittant les chiards et la bonne femme ou fait la manche par manque de fric ?

La classe réduite à sa plus simple expression répondit à l'unisson :

— Peau de balle et peau de zébi !

— Impec. Bon, les gars, je voudrais pas dire mais nos petites réunions sont une peau de chagrin. Si mon compte est bon, on en a perdu deux depuis l'année dernière. Par contre, un élève désobéissant vient enfin de revenir après avoir séché pendant toutes ces années. Peter Wihl.

Thomas referma le cahier de présence.

— Est-ce qu'on va lui infliger une punition sévère ou l'accueillir à bras ouverts ?

Ivar Hovden leva le doigt.

— Les deux !

— Parfait, Ivar.

Thomas fit signe à Peter.

— Tu peux aller t'asseoir pour l'instant.

Et Peter de gagner la place qu'il occupait autrefois, tout au fond de la rangée près de la fenêtre, c'est en l'occurrence le geste qui lui semblait le plus juste.

Thomas écrivit au tableau, en lettres capitales, l'emploi du temps du jour : *Hygiène, histoire, gymnastique*. Puis il se tourna vers la classe.

— Avant de continuer avec les cours de la journée, je voudrais vous informer que notre professeur d'éducation physique, le patriarche Holm, a passé l'arme à gauche depuis la dernière fois. L'enterrement a eu lieu pendant les grandes vacances, bref, à l'occasion d'une petite sauterie pas franchement courue. En mémoire de ce vieux connard, je vous propose d'observer vingt secondes de bonne poilade.

Anders, Ivar, Gunnar, Preben et Thomas s'esclaffèrent pendant vingt secondes.

Puis le silence se fit.

Thomas leva les deux mains.

— J'ai aussi le regret de vous annoncer que Stian Borg, qui était des nôtres l'année dernière encore, optimiste et branquignol comme d'habitude, s'est encore fait porter pâle. Et cette fois, je crois qu'il va avoir du mal à se relever puisqu'il loge en ce moment dans un trois mètres carrés en Thaïlande. Je propose donc qu'on verse une petite contribution financière à sa femme pour qu'elle puisse au moins acheter des cadeaux de Noël aux gosses.

Thomas déposa une liasse de billets sur le cahier de présence, aussitôt imité par les autres qui ensuite se retournèrent comme un seul homme vers Peter. Celui-ci trouva de l'argent dans son manteau, s'avança jusqu'à l'estrade et ajouta sa quote-part au reste de la somme.

Ils en profitèrent pour lui serrer la main.

— C'est chouette de te revoir, déclara Anders.

Ivar, Gunnar et Preben lui dirent la même phrase. C'était chouette de le revoir.

— Jamais j'aurais imaginé que tu serais célèbre, embraya Gunnar.

— Parce que, dans le genre péteux et distant, tu te posais là !

Ivar venait de faire cette remarque, à moins que ce ne soit Preben.

Puis on frappa à la porte.

Ils se dépêchèrent de regagner leur pupitre.

Thomas cria :

— Entrez !

C'était l'infirmière. Les garçons étaient déjà au garde-à-vous. Vêtue d'une blouse blanche hyper-moulante, ouverte environ jusqu'au nombril si bien que sa forte poitrine avait tout juste assez de place, les cheveux teints en un blond jaunasse, la bouche lippue fardée d'un rouge à lèvres très rouge et très gras, elle ressemblait à... à qui d'ailleurs ?... à une vieille star porno italienne, et poussait devant elle une desserte sur laquelle se trouvaient cinq assiettes de Noël, de la bière, de l'eau-de-vie, des cigares et des seringues. Elle commença par Thomas et finit sa tournée devant le bureau de Peter.

— Ouvre la bouche ! ordonna l'infirmière.

— Non merci.

Elle se rapprocha.

— C'est que t'es vilain comme garçon, toi !

— Oui.

— Tu vas peut-être être obligé de rester en retenue.

— Peut-être.

— Et peut-être même que je vais t'enfoncer cette méchante aiguille dans des endroits qui font vraiment mal ! Qu'est-ce que t'en dis, hein, vilain garçon ?

Peter voyait à présent qu'elle avait un regard vitreux, absent, estompé dans un sfumato, un brouillard, elle était enveloppée dans une brume où les lignes s'étaient diluées, les traits dissous, la peau se fissurait, le contour des lèvres grossièrement tracé au crayon s'épatait et mordait sur les dents en formant un sourire rouge. Il chuchota :

— Merci, mais je suis déjà guéri.

— C'est moi qui décide ici, mon chéri.

Se tordant de rire, elle lui aspergea sans prévenir le visage d'un liquide vert, âcre, de l'absinthe, ça sentait l'absinthe, Peter la repoussa, Thomas se précipita pour lui prêter main-forte, lui tendit une serviette en papier et conduisit l'infirmière vers la porte où elle disparut.

Puis la cloche sonna, sans que l'on sache trop si c'était pour signaler le début ou la fin des cours, toujours est-il que la fête pouvait démarrer.

Peter entrouvrit la fenêtre. Le froid le frappa en pleine figure. Le ciel était noir et clair. Jaune, la lune surplombait l'ombre basse de la ville en décrivant des cercles de glace brillants. Il compacta dans son poing la neige qui recouvrait l'appui de fenêtre. Elle fondit dans sa bouche. Peter buvait la neige.

Les bruits des couverts entrechoqués contre les assiettes se concentrèrent jusqu'à atteindre un point paroxystique de stridence, une piqûre brûlante.

Thomas fit tinter son verre et se mit debout.

— Je propose qu'on porte un toast de la main droite à tous les absents, qu'ils soient morts, portés disparus, en voyage d'affaires ou en tôle, et que, de la main gauche, on trinque à notre bonne santé.

Ils levèrent leur verre des deux mains.

Thomas tourna les yeux vers Peter.

— Tu veux peut-être que je te commande une bouteille de neige, Peter ? Tu préfères de la rouge ou de la blanche ?

Rires.

Peter se contenta de secouer la tête.

Les autres trinquèrent et burent.

Thomas rouvrit le cahier de présence.

— Puisque Peter Wihl est celui parmi nous qui s'est absenté le plus longtemps, je suggère qu'on commence par l'interroger en histoire. Tu peux venir au tableau, Peter, s'il te plaît.

Peter se leva et s'avança vers l'estrade d'un pas lent et récalcitrant.

Tout sourire, Thomas embrassa la salle du regard, les quatre survivants qui vidaient les verres, les bouteilles, s'affalaient sur leur pupitre, déjà ivres, ivres d'impatience.

— Je n'ai pas fait mes leçons, dit Peter.

Thomas pivota vers lui et soupira.

— On s'en branle de ce qui a figuré sur toi dans les journaux. Ta vie de marin, ton succès, ta renommée, l'accident de tes parents, que Dieu les bénisse d'ailleurs, tout ça on n'en a rien à foutre. Parle-nous plutôt de ce que nous ne savons pas.

— C'est ça la punition ?

Nouveaux éclats de rire dans la classe.

Thomas s'approcha.

— La punition ? Oh que non ! La punition et la récompense arrivent ex æquo ici. Tu verras.

Peter voulait s'en aller. Il faisait déjà mine de s'en aller. Thomas le retint.

— Tu aurais l'amabilité de me lâcher ?

Silence dans la classe. Non sans un rire, Thomas le lâcha.

— Raconte-nous donc comment tu as rencontré ta femme, Peter. C'est là-dessus qu'on a l'habitude d'être interrogé. Nos gonzesses.

Peter s'adossa au tableau, épuisé, c'est ce qu'il songea : je n'en peux plus, je suis épuisé.

Il amorça son récit.

— Je l'ai rencontrée au théâtre. J'étais peintre de théâtre. Il y a dix ans. *Le Voyage dans l'étoile de Noël.* Elle était scénographe. J'ai peint le ciel.

Thomas mouilla l'éponge.

— Est-ce qu'on peut qualifier cet épisode, sans que ce soit trop tiré par les cheveux, d'abîme dans ta carrière artistique et de sommet dans ta vie amoureuse ? Genre : tu as connu en même temps des hauts et des bas.

Peter acquiesça.

Thomas posa l'éponge humide sur le rebord au bas du tableau.

— C'est ce que je dis. La punition et la récompense arrivent ex æquo. Et puis, à un âge qu'on peut qualifier de mûr, tu es devenu le père d'une petite fille.

La lune, qui jusqu'ici nappait la rangée près de la fenêtre d'une lueur brillante, s'éclipsa et projeta à la place des ombres sur le sol.

Peter sourit.

— Oui, Kaia. Elle a six ans.

Thomas s'essuya les mains dans la serviette en papier.

— Et quand elle aura dix-huit ans, tu auras toi la soixantaine bien tassée.

Peter prit une inspiration.

— Quel âge ont tes enfants, Thomas ?

— Des questions ?

Ivar tendit la main.

— Pourquoi t'étais toujours péteux et distant ?

Toujours adossé au tableau, Peter se sentait presque étourdi par les odeurs de craie, de nourriture de Noël, de tabac et d'absinthe, qui se mélangeaient aux relents d'un parfum bon marché.

— Distant ?

— Ouais. On aurait dit qu'il fallait toujours que tu fasses ton intéressant.

— Ah oui ? Faire mon intéressant ?

Ce fut au tour d'Anders de prendre la parole :

— Pas qu'un peu, ouais ! Péteux et distant, voilà ce que t'étais.

Peter éprouva une soudaine et violente hargne, un instant plus forte que son propre épuisement, à l'égard de ces anciens camarades de classe, non : pas des camarades, plutôt des passagers, embarqués dans un voyage au cœur de l'enfance et à côté desquels, par un concours de circonstances, il était forcé de s'asseoir le temps du parcours.

Il dit :

— Peut-être que c'était moi qui étais proche.

Il y eut une minute de silence.

Preben avait le bras levé.

— Proche de quoi, si je puis me permettre de demander ?

Peter le désigna.

— Si ça se trouve, c'était vous qui étiez distants ?

— Nous ?

— Oui, peut-être qu'en fait c'étaient vous les péteux, vous qui étiez distants et moi qui étais proche ! Personne ici n'y a réfléchi ?

Ivar l'interpella :

— Tu veux dire que c'est toute la classe qui s'est trompée et toi qui avais raison ?

— C'est pile ça, ouais !

— Mais de quoi t'étais proche, alors ? redemanda Preben.

Peter voulut répondre, il avait le mot sur le bout de la langue mais il lui échappait, ce foutu mot lui échappait chaque fois qu'il s'apprêtait à le prononcer, au lieu de quoi quelqu'un frappa à la porte et Ivar interrompit Preben.

— Tu te rappelles la fois où t'as bandé au moment où le prof t'a demandé de réciter la dynastie des rois de Norvège ?

Peter rit.

— Raconte pas de conneries.

Ivar rit encore plus fort.

— Mais c'est pas des conneries ! T'as eu une putain de trique, même que tout le monde l'a vu !

Anders interrompit Ivar.

— De quoi t'étais proche, Peter ?

Preben interrompit Anders.

— À quoi tu pensais, Peter ?

Et Peter songea qu'il pensait à Helene, Helene dont il n'avait pas encore fait la connaissance mais qu'il rencontrerait bien des années plus tard, sous le ciel du théâtre, voilà à quoi il avait pensé ce jour-là, au tableau, lorsqu'il avait été interrogé à propos des rois de Norvège : c'était elle, Helene, dont il ne cessait de se rapprocher, Helene et Kaia, mais il ne le dit pas puisque c'était impossible à dire sinon impossible à penser.

Thomas ouvrit la porte.

La femme de ménage fit cette fois son entrée, vêtue d'un fichu, d'une longue blouse grise, de grosses chaussures et de gants jaunes, elle débarrassa aussitôt assiettes et couverts, vida les cendriers dans une poubelle, nettoya pour finir le tableau avec l'éponge jusqu'à ce qu'il brille, qu'il scintille comme la surface d'un lac, puis elle pivota vers un Peter impassible, inclina la tête sur le côté, sourit, sortit sa langue et lécha ses épaisses lèvres fraîchement fardées, ces deux limaces luisantes et rouges, c'était en fait la même pute, l'infirmière, juste habillée d'un costume différent, qui s'empara de l'éponge, massa lentement le visage de Peter, descendit ainsi jusqu'au menton, glissa le long de sa gorge, frotta les taches vertes sur la chemise, caressa le ceinturon, s'arrêta sur la braguette dont elle défit un à un les boutons, y introduisit ses doigts, et au même moment la vue de Peter se brouilla, il fut plongé dans le noir, s'effondra au pied du tableau, l'obscurité se referma doucement sur lui pour le propulser dans un univers que nulle vague ne transperçait, et quand il revint à lui il se retrouva assis à côté de Thomas Hammer, dans la voiture garée devant le portail de sa maison – et Peter se dit que c'était la troisième fois. Cela s'était reproduit. Pour la troisième cela se produisait.

Thomas l'éclairait avec une Maglite.

— Dieu soit loué, Peter. Tu étais parti longtemps.

— Comment je suis revenu ici ?

— Tu as pris des trucs ?

— Pris des trucs ?

— Des cachets. Des substances. Des drogues. J'ai bien cru que j'allais te perdre.

Secouant la tête, Peter sentit son cerveau cogner avec une cadence molle, lourde, et lui envoyer, à chaque battement, un goût de sang chaud dans la bouche. Thomas l'avait vu pendant qu'il évoluait dans les ténèbres, ce qui était une pensée insupportable.

— Comment je suis revenu ici ? répéta-t-il.

Thomas éteignit la petite lampe torche qu'il rangea dans la boîte à gants.

— Je t'ai ramené, bien sûr.

— Merci.

— Tu veux que je t'accompagne jusqu'à la porte ?

Peter s'enfonça dans le siège.

— Tu sais de quoi j'ai rêvé à propos de toi ?

— Vas-y, dis, je t'écoute.

— Tu venais vers moi pendant la grande récréation. Et puis tu me demandais : tu veux être aveugle ou sourd ?

— Et qu'est-ce que tu as répondu, Peter ? Dans le rêve ?

— Je ne suis pas arrivé jusque-là. Je me suis réveillé avant.

Thomas sourit et posa une main sur son épaule.

— Je me souviens en revanche de ta réponse. Dans la réalité. Tu as répondu sourd.

Peter envoya sa main balader.

— Ce n'était pas une question. C'était une menace.

— Parce que la plupart des choix ne le sont pas, peut-être ? Seuls quelques rares privilégiés ont la chance de pouvoir choisir entre deux biens.

La maison était toujours éclairée alors que l'atelier était plongé dans le noir.

Peter ouvrit la portière.

— Merci de m'avoir ramené chez moi.

— Tu veux que je t'accompagne jusqu'à la porte ? répéta Thomas Hammer.

Peter se retourna pour lui dire :

— Je ne veux plus jamais te revoir.

Thomas se fendit d'un haussement d'épaules.

— Ils disent tous ça.

Peter s'arracha de la voiture et resta sur le trottoir pendant tout le temps qu'il fallut à Thomas Hammer pour enfin disparaître dans le virage en haut de la côte qui remontait vers la ville. Il s'assit ensuite sur le banc du jardin, afin de se reposer, afin de reprendre ses esprits avant de regagner la maison, mais une réflexion s'imposa à lui, sans qu'il y fût nullement préparé, sans qu'il soit prêt à affronter cette réflexion, à croire qu'elle avait été formulée par un autre : il pensait à ces ténèbres auxquelles il n'échappait pas, se demandant s'il s'agissait des mêmes ténèbres qui avaient frappé son père et l'avaient aveuglé au point de perdre le contrôle du véhicule et de quitter la chaussée, sur une route rectiligne, où la visibilité était parfaite, ce jour-là, par une soirée calme de printemps, en mai 1977, emportant avec lui la mère de Peter dans cette mort violente, dans cet amas de tôles pliées, dans le fossé où ils furent retrouvés quelques heures plus tard; et, si tel était le cas, il se demanda s'il avait hérité de ces ténèbres, d'une multiplicité de ténèbres. Voilà à quoi il pensait, sur le banc, dans le jardin, dans le froid, sous le ciel noir et étincelant, puis il tomba à genoux et cracha dans la neige blanche.

Lorsqu'il se remit d'aplomb, il aperçut Ben à travers la fenêtre. Installé à la table de la cuisine, il avait le visage entre les mains. Helene, assise à côté de lui, ne cessait de caresser son crâne rasé. Peter ne parvenait pas à interpréter cette image. Il la voyait ainsi que tous les éléments qui la composaient, il la reconnaissait dans ses détails les plus parcellaires : la cuisine, Ben, Helene; et pourtant, fusionné dans cet ensemble, de cette façon, tout ce qui lui était familier devenait soudain insaisissable, il ne le comprenait pas. Avaient-ils parlé de lui? Pourquoi Helene consolait-elle Ben?

Peter gagna la maison, ouvrit et s'immobilisa dans l'embrasure de la porte, entre le salon et la cuisine.

— Qu'est-ce qui se passe ? s'enquit-il.

Ben resta assis, le visage toujours caché entre ses mains.

Helene se tourna vers lui.

— Patrick est mort.

Peter posa son manteau sur un dossier de chaise.

— Mort ?

— Il s'est noyé dans la piscine du Grand Hotel.

— C'est possible ?

Helene le dévisagea, surprise.

— Il a dû heurter le fond du bassin quand il a plongé. Il était seul.

Des sanglots, un brusque hoquet, secouèrent Ben, et Peter fut frappé de constater que jamais il n'avait vu cet homme pleurer.

— Au moins, il n'écrira pas dans mon catalogue, lâcha Peter.

Helene s'approcha de lui, leva la main, furieuse, déçue, voire les deux, il crut même un instant qu'elle allait le frapper.

— Non mais je rêve ! Quelle goujaterie ! Tu es devenu dingue ou quoi, Peter ?

Ben laissa retomber ses mains.

— Pour une fois tu viens d'être franc.

Il avait le visage ravagé. En l'espace de cette seule soirée, il était devenu plus vieux que le nombre d'années qu'il totalisait, il avait rattrapé son âge, l'avait même dépassé et, pour peu qu'il daigne se retourner, maintenant, rien qu'une seconde, il se serait rendu compte qu'il était en train de quitter à une vitesse phénoménale son enveloppe corporelle, transporté à tombeau ouvert par le chagrin.

Peter baissa les yeux.

— Pardonne-moi, murmura-t-il.

— Tu es pardonné.

Peter posa une main sur son épaule et ils demeurèrent ainsi, silencieux, tous les trois, jusqu'à ce que Kaia se montre dans l'encadrement de la porte et les observe, à moins qu'elle n'ait assisté à la scène depuis le début, dans son pyjama jaune, avec ses petits pieds nus et ses cheveux noirs décoiffés, tout emmêlés, une enfant en tenue de sommeil mais néanmoins bel et bien réveillée – et Peter se dit qu'il n'était qu'un fragment de ce qu'elle voyait, que Kaia était dans l'impossibilité de reconstituer et d'interpréter cette composition disloquée, menaçant de s'écrouler, dans la cuisine, sur les coups de minuit.

— Tonton Ben est triste ? demanda-t-elle.

Helene se tourna vers elle.

— Oui, mon trésor. Ce soir tonton Ben est triste.

Kaia vint vers lui.

— C'est pour ça que tu parles pas fort ?

Ben esquissa un sourire.

— Oui, ma chérie. C'est pas facile de parler fort quand on est triste. Mais apparemment je t'ai quand même réveillée.

— Pourquoi tu es triste, tonton Ben ?

Ben eut une seconde d'hésitation.

— Parce que je viens de perdre quelqu'un que j'aimais.

Oui, songea Peter, il vient de perdre sa jeunesse.

Kaia leva les yeux vers Ben et quelque chose se produisit dans son visage, quelque chose s'y brisa, dans les traits, dans le regard.

Elle chuchota :

— Tu as aussi perdu tes cheveux.

Ben rit.

La seconde d'après, Kaia fondit en larmes, en proie à un chagrin étouffé, profond, qui bouleversa Peter ; or, avant même qu'il ait eu le temps de réagir, de se pencher, de la consoler, de la protéger, Helene l'avait déjà soulevée et prise dans ses bras pour la ramener dans leur chambre à coucher.

— Je suis désolé, dit Ben, à voix basse.

Peter alluma un feu dans la cheminée et resta debout devant la chaleur des flammes qui montaient dans l'âtre.

Ils entendaient les sanglots de Kaia, un chagrin désormais sonore, ne provenant pas de cette région au plus profond d'elle-même où émanaient la désobéissance, les égratignures ou la peur du noir, mais d'un territoire encore intact, que nul et rien n'avait à ce jour frôlé ou effleuré ; Helene lui fredonnait une chanson pour apaiser cette douleur.

Et Peter se remémora le chien noir du parc.

Puis le silence se réinstalla, tout juste perturbé par le bruit lancinant du bois sec qui lentement s'affaisse en se consumant.

Peter s'assit. Posa ses mains sur la table.

— C'est trop con, dit-il.

— Oui, c'est trop con.

— Comment tu l'as appris ?

— Son frère m'a téléphoné.

— Pourquoi tu n'es pas chez eux ?

— Chez qui, Peter ?

— Chez sa famille.

Ben planta son regard dans les yeux de Peter, les flammes firent briller d'un reflet bleu l'anneau qu'il avait à l'oreille.

— Parce qu'ils ont dit que ma visite ne serait pas très opportune.

Ben baissa la tête. Peter posa délicatement une main sur la sienne.

— Tu peux rester chez nous cette nuit.

— Je te remercie. Tout va bien. Ne pense pas à moi.

Peter se rapprocha de lui.

— Tout ne va pas bien, Ben. Et je pense autant à toi qu'à moi.

Ben se redressa.

— Qu'est-ce que tu veux dire ?

— Ça a encore eu lieu. J'ai perdu la vue.

— C'est pas vrai ! Comment c'est arrivé ?

— Je me suis évanoui. J'ai disparu un moment. Je disparais, Ben.

Ils restèrent un moment sans parler. Le silence emplissait à présent la chambre à coucher. Le silence emplissait toute la maison.

Peter alla se changer à la salle de bains. Dans la glace, sous la lumière intense du plafonnier, son visage se décomposait en couches successives et disparaissait peu à peu au profit d'ombres optiques, jusqu'à ce que ses traits s'estompent pour ne plus former qu'une masse grise se rétrécissant puis convergeant vers un unique point : l'œil.

Kaia dormait déjà à la place qu'il occupait dans le lit.

Helene déploya la couette sur elle.

Elle se tourna vers Peter.

— Il s'est passé quelque chose ce soir ?

Il eut un rire bref.

— Quelque chose ? Je trouve plutôt qu'il s'est passé pas mal de saloperies ce soir.

Elle l'interrompit.

— Je veux dire : est-ce qu'il t'est arrivé quelque chose, Peter ?

Il regarda Kaia, son visage à moitié de profil sur l'oreiller, les bras étendus sur le lit, comme si dans son sommeil il se maintenait en équilibre. Il murmura :

— Rien.

Helene hésita avant de demander :

— Au fait, tu t'es débarrassé de lui ?

Et Peter eut un instant de doute, un doute aussi profond que honteux, puisqu'il ignorait si elle parlait de Ben ou de Thomas Hammer.

— De qui ?

— De qui ? Ne fais pas l'imbécile. De ton ami collant.

— Oui, répondit Peter.

10.

Ils étaient assis chacun dans leur fauteuil, dans le noir, dans l'atelier, et cette nuit aucun des fauteuils n'était confortable.

Les toiles, douze surfaces au total, appuyées contre les murs, les entouraient.

La lune se faufilait derrière un nuage, le ciel s'éteignait, la neige dans le jardin ressemblait à de la cendre.

Ben remplit son verre de vin.

— Puisque nous avons nos soucis respectifs, il vaut sans doute mieux que nous ne parlions pas, dit Ben.

— Ça m'a l'air raisonnable, dit Peter.

Ben sirotait son vin.

— À moins qu'on parle d'autre chose ?

— Et de quoi pourrait-on parler ?

Ben jeta un regard circulaire dans l'obscurité.

— De tes tableaux.

— Je peux te donner un truc pour dormir si tu veux. J'ai des cachets en cas d'urgence.

— Merci, Peter. Mais je préférerais être un peu présent, là, tout de suite.

— Présent ?

— En moi. Je veux savoir comment je prends la nouvelle. Je veux ressentir cette douleur.

— Tu te rappelles ce que tu m'as dit, le jour où tu avais amené Patrick chez nous, comme quoi le bonheur est dramatique.

Ben baissa les yeux, ses épaules tremblaient.

— Oui, le bonheur est dramatique. Le malheur est immobile.

— C'est l'attente qui est immobile, Ben.

Ben le fixa. Ils formaient deux ombres parmi les douze toiles dans le noir.

— Tu sais à quoi j'ai pensé en premier quand ce fichu frangin m'a appelé pour m'annoncer la mort de Patrick ?

— Finalement, tu parles quand même de lui.

Ben sourit. Toujours est-il que cela s'apparentait à un sourire.

— De toute manière tu ne veux pas parler de tes tableaux, alors...

— À quoi tu as pensé ?

— J'ai pensé que c'était ma jeunesse que je venais de perdre. Une fois pour toutes. Tu ne trouves pas ça pathétique et égoïste ? Tu ne trouves pas ça inouï d'avoir ce genre de pensée alors que tu apprends que ton amant vient de mourir ?

— Il n'est pas interdit de penser ça, Ben. Car dans ces moments-là, il n'y a plus de règles.

Ben prit une inspiration, une goutte de vin coula d'une commissure.

— Je suis devenu un vieillard dans la seconde qui a suivi. Mes joyaux ont dégringolé. Mes habits ne m'allaient plus. Cette foutue boule à zéro n'était plus à la mode, mais rien que la marque d'un homme mourant. Je ne suis pas repoussant, peut-être ?

— Ça va passer.

— Pas cette fois.

Ils ne dirent rien pendant un long moment. Ben buvait son vin, Peter regardait la pendule au-dessus de la porte, elle était arrêtée depuis longtemps, depuis dix ans, lui-même s'en était chargé, de l'arrêter, en jetant une bouteille dessus, à trois heures moins huit, dix années plus tôt, il ne comprenait pas pourquoi il l'avait accrochée là-haut, une pendule n'a pas sa place dans un atelier, et, cette nuit, elle lui faisait penser à l'horloge d'une gare désaffectée.

— Tu te souviens des dernières paroles de Patrick ? demanda-t-il.

Ben soupira.

— Arrêtez de vous enfoncer. Vous risqueriez de toucher le fond.

— Et puis il s'est noyé dans la piscine du Grand Hotel.

Ben souffla bruyamment, on aurait dit un gémissement ; il aboya contre Peter :

— N'insulte pas les morts !

Peter se pencha vers lui :

— Tout ça te va à ravir, Ben.

— Où est-ce que tu veux en venir ? Qu'être seul me va à ravir ?

— Tu n'as pas besoin de t'endimancher avec la jeunesse des autres.

Ben eut un autre sourire, ce sourire triste et fugace, puis il leva la main.

— Je me suis aussi repu de ta jeunesse, Peter.

— Si ça se trouve, c'est plutôt moi qui me suis repu de ton expérience, Ben.

— Et aujourd'hui, l'âge ne projette plus que de l'ombre.

Peter prit sa main et chuchota, car il était incapable de le dire de vive voix :

— Nous avons plus que jamais besoin l'un de l'autre, Ben.

Ben approuva, et répondit sur le même ton de voix :

— Tu veux que je sois à tes côtés quand tu recevras tes résultats d'examen ?

— Si tu veux.

— Non, pas si je veux, si *tu* veux, Peter.

— Je veux bien que tu m'accompagnes, oui.

Ils se taisaient lorsqu'une ambulance toutes sirènes hurlantes déchira la nuit.

Ben dit alors :

— En tout cas ils sont toujours en panne.

— Qui ils ?

— Les tableaux. Ils sont en panne.

Peter lui lâcha la main.

— Ils attendent, Ben.

— Tu attends.

— Voilà, c'est ça, moi aussi j'attends.

— Nous attendrons ensemble alors, mon ami.

Ben finit son vin.

Peter posa son cahier de croquis sur les genoux de Ben.

— Regarde.

Ben ouvrit.

— Est-ce qu'on a le droit d'allumer une allumette ici ?

Peter opina.

Surgissant entre les doigts de Ben, la flamme vint éclairer le visage de Kaia. Ben ne bougea pas, jusqu'à ce que l'allumette s'éteignît d'elle-même cependant que la feuille blanche tremblait entre ses mains.

— Ça bouge. C'est dingue comme ça peut bouger.

— Ce sera mon cadeau pour elle, dit Peter.

Ben referma le bloc et ce fut comme si, ce faisant, il empaquetait l'unique lumière qu'ils avaient à disposition. Il se déshabilla. Peter, qui était habitué à travailler dans cette obscurité, distinguait le corps du vieil homme, maigre, l'arrondi des côtes, les plis de la peau sur les épaules, les hanches saillantes pareilles à des angles pointus, le petit ventre légèrement bombé, qui s'incurvait ensuite vers l'ovale du pubis, les cuisses minces aussi ridées que les bras, et enfin la peau, bleue, du moins c'est l'impression qu'elle donnait ; Ben ressemblait à une sculpture de Giacometti, trop fatigué pour garder la station debout et qui, par conséquent, se coucha sur la mezzanine.

— Viens là.

Peter s'avança vers Ben qui prit sa main et la serra.

Ils entendaient le vent et, plus loin, une corne de brume, un bateau.

— Ce fichu frère m'a demandé quelque chose.

— Quoi, Ben ?

— D'organiser dans la galerie une veillée funèbre en la mémoire de Patrick.

— C'est ce que tu veux ?

Ben se tourna vers le mur et pleura en silence.

11.

Il n'était pas encore sept heures, le lendemain soir, mais la Nye Galleri grouillait de monde depuis longtemps. Les bruits concernant le brutal et tragique décès de Patrick avaient circulé à travers la ville avec une précision et une rapidité considérables, dans les restaurants, les académies, les clubs, les studios, les rédactions, les salons, les musées. En l'espace d'une seule journée, il avait trouvé la mort et la mort l'avait rendu célèbre. Et ils étaient, ces fameux *ils* autrement qualifiés de *tous*, au rendez-vous : collègues, critiques, curateurs, designers, investisseurs, danseurs, sommités et notables, hommes comme femmes, ces gros bonnets qui n'ont nul besoin d'une invitation pour être présents, cette noblesse dépourvue de titre, un cercle de gens qui pivotaient lentement sur leur axe, en état d'incrédulité face à la mort et à leur admiration de l'art, ou plutôt l'inverse, en état d'admiration face au jeune mort et en état d'incrédulité face à l'art ; nonobstant, jamais ils ne dégringolaient de leur piédestal, jamais ils n'étaient détrônés par leur rival, et ils prirent très évasivement note de la présence de Peter Wihl, lequel ne capta guère que de fugitifs hochements de tête, telles des virgules rythmant, entre les verres effilés, la conversation ininterrompue et assourdie dont personne pour autant n'écoutait un traître mot.

— J'en peux plus de tout ça, chuchota-t-il.

Helena lui pétrit le bras en souriant.

— Fais un effort, voyons. Pour Ben.

Du coup Peter arbora lui aussi son plus beau sourire, leva son verre, aperçut Ben à proximité de la porte, en costume azur, chemise turquoise, chaussures rouges, bonnet en cuir noir et près de la peau, lunettes de soleil, tout scintillant des bijoux qui lui recouvraient le corps, le cou, les doigts, les oreilles. Il s'était refait un shoot de jouvence, sauf que plus il avançait en âge et plus les doses devaient être fortes, et, depuis hier, Ben était devenu vieux une fois pour toutes.

Peter frémit.

Il faisait trop chaud à l'intérieur. La sueur lui dégoulinait le long du dos. Le papier métallisé qui obstruait les fenêtres crépitait. Posant son verre, il se retrouva brusquement seul au sein de cette foule triée sur le volet, qui se déplaçait sans bouger les pieds. Il ne voyait Kaia nulle part. Ben passa à côté de lui, hésita une seconde, ne s'arrêta pas mais souleva ses lunettes avant de murmurer :

— Je sais ce que tu penses, Peter.

— Et je pense quoi ?

— Que je suis un sépulcre blanchi.

Helene refit son apparition et embrassa Ben sur la joue.

— Tu es parfait, Ben.

Il jeta un coup d'œil rapide à sa montre.

— Tant que ça veut durer...

Et Ben devait continuer son petit tour, évoluer au gré du va-et-vient, ne pas s'arrêter, rester bien d'aplomb, se souvenir des noms exacts, articuler les mots justes, mais surtout ne jamais dévoiler son vrai visage, celui qu'il avait montré la nuit passée.

Peter lui emboîta le pas.

— Au fait, où est le fichu frère ?

Ben le prit par la taille, sa voix se fit la plus basse possible.

— Il s'occupe des parents. Ils n'ont jamais pu se réconcilier avec sa... quel terme ils ont employé, déjà ? Ah oui : sa nature.

Ben voulut aller plus loin, des gens venaient d'arriver, mais Peter le retint.

— Il y a un truc qui cloche, chuchota-t-il.

Ben serra les doigts, sa main baguée ressemblait à un poing américain.

— Tu as raison, Peter, ce soir tout va mal.

— Non, ce n'est pas à ça que je pensais.

Ils furent interrompus par le rire de Kaia. Assise entre les sacs poubelle, dans le coin, elle montrait du doigt le moniteur relié à la caméra vidéo. Une grappe de gens se rassemblait autour de l'écran, brisant ainsi la règle non écrite, la chorégraphie du vernissage et de la veillée funèbre, qui ne sont que les deux faces d'un même mouvement : l'ouverture et la fermeture ; eux se tenaient là, immobiles. Peter se dirigea vers Kaia, se fraya un chemin entre les corps chauds, récoltant au passage sur sa veste un peu de champagne. Sur le mur derrière Kaia était collé un point rouge, l'œuvre était donc achetée, acquise. Ç'aurait parfaitement pu être le mur qui avait été acheté, tout pouvait s'acheter, tout pouvait s'acquérir – et Peter se dit, plus courroucé que jamais, que l'art était devenu à la fois sénile et infantile, c'était un jeu, un jouet, il n'y avait plus d'idée, que des inventions, pas d'ouvrage mais que des cubes de construction et de l'optique, autrement dit l'art est devenu un art et Peter voulait en extraire Kaia, au plus vite. Il s'était montré, il avait montré son respect, désormais il pouvait déguerpir d'ici ; mais une jeune femme s'était entre-temps campée devant lui et lui barrait la route, visiblement une journaliste puisqu'elle était harnachée d'un bloc et d'un crayon, ces outils démodés avaient en tout cas quelque chose de touchant.

— Un commentaire ?

— À propos de quoi ?

La journaliste eut un recul d'étonnement et leva les yeux vers lui.

— Sur la mort de Patrick, bien sûr.

Elle était déjà à tu et à toi avec les morts qu'elle appelait par leur petit nom.

Peter se pencha vers elle.

— Que voulez-vous que je dise ?

De nouveau, elle ne put masquer sa surprise.

— Ce que vous voulez, bien sûr.

— Toute ma compassion va évidemment à sa famille.

Peter voulut passer, mais la jeune journaliste n'avait pas encore terminé de s'occuper de son matricule.

— Puis-je avoir votre nom également ? demanda-t-elle.

— Pardon ?

— Comment vous vous appelez ?

Les vivants ne savaient pas comment il s'appelait.

Mais avant que Peter ait le temps de répondre quoi que ce soit, et surtout pas son nom, la scribouillarde continuerait de vivre dans une ignorance dépourvue de nom mais nantie d'une injure adéquate, une offense aussi subtile qu'irréprochable, Kaia l'appela d'une voix enjouée.

— Hé, papa, t'es à la télé ! Dégrouille-toi !

Et Peter, se tournant vers le moniteur fixé au mur, se vit à l'image, dans des plans gris et tremblés, méconnaissable mais en même temps identifiable, car c'était indubitablement lui, Peter Wihl, filmé la veille dans la galerie, lors de sa petite altercation avec Patrick, sauf que Patrick avait été éliminé, à jamais coupé au montage, seul Peter subsistait, en proie à un monologue excité, en staccato, un soliloque geignard, une complainte comique, répétée en boucle, il s'adressait à un adversaire invisible, Patrick, d'une voix stridente et haut perchée : *je ne suis pas de mauvais poil et je t'emmerde, pourquoi voudrais-tu que je sois de mauvais poil, je suis surpris, je suis surpris que Ben charrie cette merde dans sa galerie, dommage que les déchets ne puent pas, les déchets sont censés puer, c'est tout, parce que tu crois qu'elle scandalise qui cette merde, parce que tu crois qu'elle scandalise qui cette merde, parce que tu crois qu'elle scandalise qui cette merde, je ne suis pas de mauvais poil et je t'emmerde* – et Peter se figea, les mains dans le dos, un sourire aux lèvres, dans cet instant absurde il se voyait de l'extérieur, au sens propre, il se regardait littéralement être un autre, méconnaissable et identifiable, porté au pinacle et foulé aux pieds, il avait été transformé en installation. Déjà des gens se retournaient sur lui, maintenant ils remettaient son visage, les rires s'estompèrent, sitôt remplacés par une ambiance délétère, cependant que, le sourire inamovible, Peter évaluait, dans une réflexion froide et logique, ce qu'il pouvait à présent entreprendre, ce qui serait le plus pertinent de faire : il pouvait débrancher la prise, défoncer l'écran, hurler, il pouvait tout bonnement quitter les lieux et pourtant il ne fit rien de tout cela, il se contenta de rester planté là, impassible, impénétrable, personne ne parviendrait à susciter la moindre expression sur sa figure, il ne jouerait pas les vierges effarouchées ; or il s'aperçut à ce moment-là que le sourire avait également disparu du visage de Kaia qui se trouvait toujours entre les sacs poubelle, sa bouche tremblait, cependant que Helene fendait la pièce, se frayait un chemin parmi la foule, soulevait leur fille, cependant que Peter entendait un chien noir aboyer, entendait un chien noir japper dans un parc un matin, cependant que Ben, tout aussi ébahi, choisit cet instant pour passer à l'action, l'image dans l'écran se pulvérisa en un fourmillement de points blancs, en de la neige, comme dans les vieux téléviseurs après l'interruption des programmes. Puis, enfin, Ben choqua ses bagues contre le verre qu'il tenait à la main et toutes les personnes présentes reportèrent leur attention sur lui.

— Mesdames et messieurs, chers amis, chers amis de Patrick, merci d'avoir pu vous libérer alors que vous avez été prévenus si tard.

Ben pencha la tête, sa voix flancha une seconde, il dut reprendre ses esprits alors que le silence alentour était absolu, mais juste en dessous de ce silence était tapie une inquiétude, un malaise, comme un léger bruit de friture, à l'instar du froissement sobre du papier métallisé contre les fenêtres.

Peter regarda Helene à la dérobée, dont la seule réaction fut de secouer la tête et serrer encore plus la main de Kaia.

Ben fixa son regard sur un point où personne ne pouvait le croiser et poursuivit :

— Alors que vous avez été prévenus si tard. Car la mort ne nous offre pas de temps de réflexion. Une vie a pris fin à la fleur de l'âge, de manière brutale et insensée. L'histoire de l'art est hélas jalonnée de jeunes morts, celles et ceux qui s'éteignent trop vite, qu'un dieu aléatoire nous a dérobés, comme si ces êtres étaient particulièrement exposés à son humeur capricieuse. Il ne nous reste qu'à imaginer ce qu'ils auraient pu créer si le temps qui leur est imparti avait été prolongé. Désormais, Patrick les a rejoints. Je me souviens de ses dernières paroles, celles qu'il m'a dites, à moi, ici même, dans cette galerie : Arrête de t'enfoncer, tu risquerais de toucher le fond.

À ces mots la porte s'ouvrit et Ben fut interrompu. Il fallut quelques secondes à l'assemblée avant qu'elle ne comprenne véritablement ce qui se passait, comme si tout avait un train de retard, comme sous l'effet d'une paresse des sens ; en d'autres termes, ils n'en crurent pas leurs yeux, pendant une demi-seconde ils faillirent tomber à la renverse, se prendre un gadin, chuter méchamment, car n'avaient-ils pas, un peu plus tôt, pleuré d'authentiques larmes ?

Patrick venait de faire son entrée.

Et il entrait vêtu d'un costume noir, le visage maquillé de blanc, le cou orné d'une croix.

Il leva les mains en l'air, tel un triomphateur.

— Hou ! hou ! Je suis revenu ! C'était chiant à mourir d'être mort !

Ben recula d'un pas, médusé, estomaqué, sidéré.

Puis les rires, les cris, l'allégresse, les applaudissements éclatèrent dans l'auditoire, Patrick s'était levé de sa tombe, de la piscine du Grand Hotel, s'était débarrassé de la terre et de l'eau qu'il avait sur lui, et il revenait, en pleine consécration, il était étreint, embrassé, soulevé, peut-être s'était-il rêvé en installation et son rêve de lui-même s'était réalisé – et Peter songea : acquis par la mort ; il ne pensa pas autre chose, sinon qu'ils venaient tous d'être achetés par la mort, ils évoluaient tous avec un point rouge collé sur la peau et attendaient qu'on vienne les chercher pour les mener au grand musée.

Mais lorsque Patrick se tourna vers Ben pour, de ses mains, recevoir l'ovation qu'il méritait, il ne l'obtint pas. Au lieu de quoi Ben le foudroya du regard, pendant une minute d'énorme embarras, de mépris, d'accablement, avant de tomber à genoux et de cacher son visage entre ses mains.

L'ouverture et la fermeture, deux faces d'un même mouvement.

Et l'assistance se retira lentement, laissant Patrick seul, debout en plein milieu de la galerie, à croire que les gens prenaient congé pour mieux céder leur place à Peter, impatients de connaître la suite.

Peter s'avança vers Patrick, puis se posta devant lui.

Il sourit.

— Ce n'est pas moi qui, cette fois, demanderai en premier, dit-il.

Et Peter ne frappa pas au nom du public, de Ben, de l'art, des ténèbres ou de lui-même, il frappa au nom de Kaia, ce coup avait pris naissance dans le parc, un matin d'octobre, lorsqu'un chien s'était matérialisé devant eux; il serra le poing, pour que sa main ne forme qu'une succession de phalanges contractées, puis il frappa de toutes ses forces et ouvrit le visage blanc de Patrick.

12.

Quand bien même Peter savait qu'il avait entendu, et parfaitement, ce que le docteur Kristoffer Hall venait de lui annoncer, il ne se renfonça pas moins dans son fauteuil, dans le silence qui s'ensuivit, dans l'instant qui allait tout faire basculer, qui allait bousiller son existence ; non pas qu'il vît sa vie défiler, dans une succession de tableaux sublimés, mélancoliques et banals, il voyait plutôt une obscurité périphérique se rapprocher, une locomotive lancée comme un bolide, que rien ne pouvait arrêter, qui fonçait droit sur lui, et comme cet instant-là ne renfermait rien d'autre qu'un lourd silence, Peter brisa ce silence en se penchant en avant, d'une humeur presque rieuse, pour demander du bout des lèvres :

— Qu'est-ce que vous venez de dire ?

— Vous allez, hélas, devenir aveugle.

Après avoir refermé le dossier contenant l'ensemble des papiers, Kristoffer Hall croisa les mains, jeta vers lui un regard furtif qu'il préféra toutefois poser sur Ben assis dans le fauteuil à côté de son ami, lequel Ben poussa un gémissement, un soupir brusque, à retardement, puis referma la bouche et posa une main sur l'épaule de Peter.

Or les mots n'avaient pas encore heurté Peter de plein fouet. Ces mots fatidiques, « Vous allez, hélas, devenir aveugle », glissèrent sur lui, esquivèrent toute tentative de leur conférer un sens quelconque, furent transmués en sons, en dissonances, en résidus acoustiques, à l'image de la pluie qui ne cessait de dégouliner le long de la fenêtre, nettoyait la neige, créait une lucarne au creux de l'hiver; il ne put réprimer un rire.

— Hélas, devenir aveugle ?

Les radiographies de ses yeux étaient posées sur une table lumineuse dont l'éclat, blanc, acéré, décalquait sur leur visage un reflet blafard ayant simultanément la propriété de se fondre en ombres anguleuses, rappelant ainsi l'apparence qu'ont les enfants lorsqu'ils plaquent une lampe de poche contre leur menton pour effrayer quelqu'un alors que toutes les autres lumières sont éteintes.

Kristoffer Hall reposa son regard sur Peter.

— Je suis foncièrement désolé de devoir être quelque peu brutal. Mais ce n'est rendre service à nul d'entre nous que de prendre des détours.

Peter l'interrompit :

— Quelque peu brutal ? Vous venez à l'instant de lire ma condamnation à mort !

— Je sais ce que cela signifie pour vous, monsieur Wihl, mais je me permets de souligner que cette maladie n'est pas mortelle.

— Mais je ne peux pas vivre sans voir !

Peter étant sur le point de se lever, Ben appuya sur sa main pour qu'il se rassoie, puis il pivota vers Hall.

— Ce diagnostic est définitif ?

— Oui.

— Mon Dieu... Et il n'y a pas le moindre espoir ?

— Tu veux dire un doute ? Non.

Kristoffer Hall sortit d'un étui une paire de lunettes qu'il se mit à essuyer à l'aide d'un coin de sa blouse blanche, heureusement il la portait aujourd'hui, il ressemblait enfin à un médecin ; et il frotta, frotta, frotta encore en prenant tout son temps, dans le but peut-être inavoué de laisser ces mots se tasser et afin qu'une signification quelconque puisse ensuite rejaillir du gouffre au fond duquel ils s'étaient fracassés.

Peter se leva malgré tout, écarta les bras, comme si quelqu'un venait de sortir une mauvaise blague ou une bêtise grotesque.

— Je ne vous crois pas, lâcha-t-il.

— Vous n'êtes pas le premier à faire cette réflexion quand tombe ce genre de nouvelles. C'est naturel.

— Inutile, en plus d'être brutal, de vous montrer condescendant.

— Si je vous ai fait cette impression, vous m'en voyez alors désolé.

— Et dans cette situation rien n'est naturel.

Hall continua de nettoyer ses petites lunettes à monture dorée.

— Je comprends votre désespoir.

— Ah oui ? Vous comprenez vraiment mon désespoir ?

Hall lâcha le coin de sa blouse et resta un long moment debout, à regarder ses lunettes qu'il tenait des deux mains, puis répondit, lentement, en détachant ses mots comme si ces derniers se structuraient au fur et à mesure qu'il les prononçait :

— Non. Bien entendu. Vous avez raison. Votre désespoir vous appartient. Je ne comprends que le diagnostic.

Ben intervint, d'un ton doux mais ferme.

— Là-dessus, Peter, t'as pas de bile à te faire. Kristoffer est le meilleur. Et maintenant, on va s'en tenir aux faits.

Hall rechaussa enfin ses lunettes et désigna un point.

— Venez voir, dit-il.

Et Peter se pencha à contrecœur sur la lumière, sur les radiographies de ses yeux, ne distinguant que deux cavités noires, les contours de son crâne, la face arrière de son visage, atomisée par les ombres et les os ; tout ceci ne lui montrait rien, tout ceci demeurait ininterprétable, son intimité profonde était abstraite, aussi recula-t-il, pris d'une nausée, d'un vertige, Ben dut le retenir.

Hall, mettant le doigt sur une tache noire, débita un discours froid, sans passion, comme s'il lisait à haute voix un mode d'emploi :

— Nous avons détecté une forme rare d'affection rétinienne. *Retinitis pigmentosa* ou rétinite pigmentaire, c'est son nom. Soit elle est congénitale, soit elle s'est développée à un très jeune âge. Cette maladie se caractérise notamment par une pression considérable sur le globe oculaire dont le durcissement devient tel que même si on effleure la rétine du bout du doigt, elle ne se contracte pas. En d'autres termes, la sensibilité oculaire disparaît lentement mais sûrement. Simultanément, le champ visuel se rétrécit. Cette dystrophie pourrait à certains égards évoquer la pathologie du glaucome, sauf que, à l'inverse du glaucome, la rétinite pigmentaire est irréversible. On assiste à une diminution progressive de l'acuité visuelle qui finit par dégénérer en totale cécité. Hélas, il n'y a rien que nous puissions faire.

Hall releva ses lunettes et regarda Peter.

— Excepté en tirer le meilleur, ajouta-t-il.

— En tirer le meilleur ? Qu'est-ce que ça pourrait être ?

— Rendre l'affection la moins douloureuse possible, monsieur Wihl.

Peter regarda ailleurs. Il ne put s'empêcher de demander :

— Pourquoi ai-je déjà perdu la vue à trois reprises ? Puisque vous dites que l'évolution est progressive.

Hall éteignit la table lumineuse sur laquelle les radios étaient toujours posées, une ombre brusque tamisa la pièce.

— Dans le stade ultime de la maladie, des douleurs peuvent se déclarer dans les régions centrale et latérales des yeux, ainsi que dans la partie gauche de la tête, des douleurs si violentes qu'elles privent brièvement le patient de sa vision.

Peter se tourna vers Hall.

— Le patient ? C'est à moi que vous faites référence ?

Hall hésita une seconde, puis demanda :

— À trois reprises, vous m'avez dit ? Cela s'est reproduit depuis ?

— Oui, ça s'est reproduit. Pour la troisième fois.

— Dans ce cas il ne reste plus beaucoup de temps.

Peter s'assit.

Ben resta debout, fixant la lumière, cette lumière inversée où brillaient les ombres.

— C'est tout ce que tu peux dire ? demanda-t-il.

— Hélas, répondit Kristoffer Hall.

— Et il n'y a pas non plus de possibilité que Peter bénéficie d'un traitement à l'étranger ?

— Non. Il est venu trop tard.

— Donc il n'y a pas d'espoir ?

— Non, Ben. Il va devenir aveugle.

Peter écoutait la conversation, il entendait son nom, et pourtant il avait l'impression que cette discussion ne le concernait pas, comme s'ils parlaient d'un autre homme, d'un inconnu, qui porterait par le plus grand des hasards le même prénom que lui, Peter, et qui lui aussi souffrirait tout aussi étrangement de la même affection oculaire, une maladie rare qui, à moyen terme, allait le rendre aveugle.

— Combien de temps reste-t-il ? voulut savoir Ben.

— Un mois. Six mois tout au mieux. Pas plus.

— Ce sera douloureux ?

— Pas nécessairement. Je peux lui prescrire des médicaments. Le plus important est qu'il se prépare. À sa nouvelle existence. Et que ses proches eux aussi se préparent. Qu'ils soient soudés pour affronter la maladie. Et il est évident que nous assurerons tout le suivi dont il aura besoin. Lui et la famille.

— Ce qui signifie ?

— Je conseille une hospitalisation dans notre clinique, durant toute la période où la vue va disparaître.

Ils se retournèrent vers Peter qui venait de se lever d'un bond.

— Je ne vous crois pas ! répéta-t-il.

Kristoffer Hall sembla hésiter avant de répondre :

— J'entends ce que vous dites. Vous pouvez consulter un autre praticien. C'est votre droit le plus absolu. Mais il aura le même jugement.

Peter éclata de rire.

— Le jugement ? Aurais-je commis un acte criminel ? Serais-je condamné à une peine ? Les ténèbres à perpétuité, c'est ça ?

— Je vous demande pardon. Ce terme était irréfléchi. Je veux, bien entendu, parler du même diagnostic.

Hall alla chercher une feuille qu'il avait imprimée, une photographie couleur représentant deux yeux, des boules incandescentes saturées d'une ramification de taches noires ; on aurait dit des planètes.

— Vous pouvez l'emporter si vous le souhaitez.

— Je n'en veux pas, de votre saloperie.

L'instant d'après, Peter changeait d'avis. Il glissa le papier dans son portefeuille et se dirigea vers la porte. Là, il se retourna, une pensée venait de traverser son esprit, et cette pensée l'effrayait encore plus que le diagnostic à proprement parler.

— Vous m'avez bien dit que la maladie était congénitale ?

Kristoffer Hall acquiesça.

— Oui, c'est probable.

— Ce qui signifie également qu'elle est héréditaire ?

— Pas nécessairement. Mais je ne peux pas l'exclure non plus.

Peter repensa à son père, lorsqu'il avait soudain, pour une obscure raison, perdu le contrôle de son véhicule, sur un parcours sans obstacles, par une soirée de printemps calme et sèche ; qu'avaient vu ses parents en dernier, avant de mourir ? l'un l'autre ou bien l'obscurité ? Puis il pensa à Kaia, aux yeux verts de Kaia, et à tout ce qu'elle n'avait pas encore vu.

— J'ai une fille, balbutia-t-il.

— Nous pouvons aussi pratiquer des examens sur elle. Histoire d'être sûrs. Mais, dans l'immédiat, vous devez penser à vous.

— À moi ? Dans l'immédiat, je pense à tout le monde sauf à moi, docteur Hall.

— Ce que j'essaie de vous dire, c'est de ne pas vous inquiéter inutilement. Les risques que votre fille soit atteinte du syndrome de Daniel sont minimes.

— Mais il y a des risques ?

— Il y en a toujours, monsieur Wihl.

— Vous essayez de me rassurer ou de me faire peur ?

— J'essaie simplement de faire preuve de la plus grande franchise.

— Merci.

— Vous allez être convoqué à plusieurs rendez-vous afin de pratiquer des contrôles réguliers. Et vous pouvez m'appeler ou me contacter à n'importe quel moment. Avez-vous besoin d'autre chose dans l'immédiat ?

— Je voudrais prendre un rendez-vous pour ma fille. Le plus vite possible.

— Je vais faire en sorte qu'elle en ait un. Le plus vite possible. Mais, comme je vous le disais, vous n'avez pas besoin de vous inquiéter.

— Je m'inquiète.

Peter tendit la main, Kristoffer Hall la prit, remarqua les pansements sur les phalanges gonflées, eut un sourire fugitif.

— J'ai lu l'article dans le journal à propos de cette mésaventure. M'autoriseriez-vous à dire que ce prétendu artiste n'a eu que ce qu'il méritait ?

Ce fut Ben qui répondit :

— Oui, il n'a eu que ce qu'il méritait.

Une fois dehors, ils restèrent sous la pluie fraîche, dans le petit parc qui séparait la clinique de la route. L'herbe, que révélait la neige en train de se tasser, était collée au sol, aplatie et glissante ; il n'allait pas tarder à geler, pas plus tard que cette nuit sans doute, une fine couche de glace se déposerait dessus, une pellicule de gel brillante et invisible, et, selon toute probabilité, des accidents surviendraient alors.

Ni l'un ni l'autre ne savaient trop quoi dire.

Peter finit par demander :

— Au fait, comment va Patrick ?

— Pour moi, quoi qu'il en soit, il est mort.

Peter secoua la tête.

— C'est un peu la mouise en ce moment, avec les artistes que tu choisis.

— Ne pense pas à ton exposition, Peter.

Celui-ci se pencha vers Ben.

— Mais je suis pas encore aveugle, merde !

— Excuse-moi.

— Et l'exposition continue comme prévu ! Tu m'entends ? Comme prévu !

— Bien sûr. Bon, maintenant on prend un taxi et je te ramène chez toi.

— Prends-le, toi. Je préfère être seul.

Il prit le chemin du portail, traversant les rideaux de pluie, cette pluie lourde et lente qui ne cessait de tomber ; un fracas tout autour de lui.

Ben le suivit et cria :

— C'est maintenant que nous avons besoin l'un de l'autre, Peter. C'est pas ce que t'as dit, peut-être ?

Mais Peter continua de marcher, franchit le portail, s'éloigna de la clinique sans se retourner, longea la route qui ramenait vers la ville, et là il remarqua combien tout se rapprochait sensiblement, dans une débauche de détails grandioses : la surface étincelante et insondable du monde, les gouttes sur l'asphalte foncé, les arbres du bosquet, les espaces encore secs au niveau des racines, un oiseau à la poitrine rouge s'envolant entre les branches. Il avait la très nette impression que, cependant qu'il portait sa lumière, avec l'obscurité en ligne de mire, sa lumière électrique et déclinante, les muscles de ses yeux, pour leur part, rassemblaient leurs forces dans un ultime effort pour lui montrer ceci et pas autre chose, à savoir les gouttes qui roulaient sur le bitume détrempé, les racines noueuses, un oiseau à la gorge rouge – et il repensa brusquement aux yeux qu'il avait un jour aperçus au Metropolitan, à New York, ces yeux égyptiens aux pupilles marron surmontées de sourcils verts, fabriqués avec du bois et du fer, enfermés dans une vitrine, tout seuls, vous donnant subitement la sensation prégnante que ce regard, qui s'était éveillé deux mille cinq cents ans plus tôt dans les mains de l'artiste et qui à présent vous scrutait, durant les quelques secondes de votre présence dans les lieux, continuerait de voir, bien longtemps après votre départ. Et, tandis que Peter marchait sous la pluie, frigorifié, une phrase le heurta de plein fouet, le frappa avec une puissance et une précision telles qu'il en fut écrasé et fut forcé de s'asseoir sur le bas-côté, sur une pierre, pour se reposer, la tête entre les mains ; cette phrase dont les mots disaient : la vue est ma manière de voir le monde, sans la vue je ne suis rien.

Peter Wihl demeura un long moment dans cette position. Il ignorait depuis combien de temps. Puis une voiture s'immobilisa à sa hauteur, une vieille Mercedes noire, aux jantes et aux pare-chocs étincelants. Le conducteur baissa la vitre et jeta un regard vers lui.

La pluie s'était arrêtée.

Peter leva la tête.

C'était un homme âgé, au visage impérieux mais non moins doux. Une femme, sûrement son épouse, se pencha par-dessus son épaule, avec un air de curiosité et de gêne mêlées.

— Qu'y a-t-il ? demanda-t-elle.

— Nous devons l'aider.

— Pourquoi ?

— Tu ne vois pas qu'il est malade ?

— Peut-être ne veut-il pas de notre aide.

— Nous allons tout de même le reconduire chez lui.

L'homme ouvrit la portière arrière et Peter monta à bord.

Ils repartirent.

Peter avait froid, mais la chaleur ne tarda pas à se diffuser dans l'habitacle chargé d'odeurs combinées : cuir, tabac, parfum. La pluie dégoulinait de ses vêtements.

— Je suis désolé, dit Peter.

L'homme se tourna rapidement et lui sourit.

— Oh, ce n'est pas grave.

Peter baissa les yeux, le plancher était recouvert de journaux défraîchis, jaunis, de vieux numéros, datant de l'enfance.

— Regarde la route, papa ! Regarde la route ! dit la femme sur un ton sévère et cassant.

Des deux mains, elle s'agrippait à un petit sac posé sur ses genoux et, de temps à autre, elle donnait un coup de pied, comme si elle essayait de freiner.

L'homme utilisait des gants pour conduire.

Le tableau de bord, en acajou, rutilait ; une lumière verte, d'un vert très pâle, dilué comme sous l'eau, brillait dans le compteur de vitesse dont l'aiguille filiforme tremblotait dès que la limite était atteinte.

Peter était assis au milieu de la banquette arrière, comme il en avait l'habitude, de manière à pouvoir suivre la route à travers le pare-brise.

— Nous n'avons rien à lui donner ? demanda l'homme.

La femme lâcha son sac, ouvrit la boîte à gants où une loupiote s'alluma aussitôt, en sortit une boîte de pastilles qu'elle tendit à Peter dans un mouvement pressé.

— Je vous en prie.

Il en accepta une, commença à la sucer puis se renfonça dans la banquette, entre les deux sièges.

— Vous êtes gentils, dit-il.

— Chut ! pesta la femme. Ne dérangez pas papa !

Personne ne parla pendant un long moment.

L'obscurité s'épaissit pendant que les nuages défilaient à toute allure, mais dès qu'ils se volatilisaient, le ciel d'un bleu profond libérait une lumière stérile, des faisceaux lumineux qui tombaient entre les grands arbres ployés par le vent. Soudain, un animal surgit sur la chaussée, un cerf très précisément, à pas plus de cinquante mètres du véhicule, il se figea, tourna la tête dans leur direction, son poil était humide et lustré, son haleine restait suspendue pareille à une fumée, à une brume autour du mufle, et donc, stoppé dans son élan, immobile, il ne les quittait pas des yeux tandis que l'homme freinait tant qu'il pouvait, que la femme hurlait, que la Mercedes dérapait sur le bitume détrempé, puis l'animal disparut dans la forêt, de l'autre côté, en décrivant des bonds lents et longs, un claquement résonna sous la voiture qui vibra, et enfin s'immobilisa.

La femme était cramponnée à son sac à main, ses épaules tremblaient, sa voix était sévère et terrorisée quand elle déclara :

— Vous allez devoir sortir.

L'homme respirait bruyamment, frottait ses gants moulants, croisa le regard de Peter dans le rétroviseur, lui fit un signe de tête.

— Pourriez-vous nous aider à pousser ?

Peter s'extirpa de la voiture, referma la portière et alla à l'arrière, il se colla contre le coffre, les roues patinaient indéfiniment sans manquer de lui envoyer des coulées de bouillasse sur ses chaussures et son pantalon, puis elles finirent par trouver prise, les roues, s'entend, et Peter resta planté là, à regarder la Mercedes noire repartir, le conducteur leva la main en guise de salut, la femme ne se retourna pas.

13.

L'herbe gelée craquait à chaque pas que Peter faisait au moment de regagner la maison.

Helene était sur la terrasse, dans l'ombre entre la lampe extérieure et la fenêtre de la cuisine, un châle jeté sur ses épaules, elle fumait une cigarette, Peter ne l'avait plus vue fumer depuis plusieurs années. Elle donna une pichenette au mégot qui alla valser dans le noir, vint à la rencontre de Peter, s'arrêta, le laissant parcourir les derniers mètres. Elle avait pleuré. Malgré l'obscurité Peter voyait qu'elle avait pleuré et il sut immédiatement que Ben était déjà passé pour tout lui raconter.

— Ben est venu, dit-il.

Elle acquiesça, d'un hochement de tête rapide, comme si elle avait froid, elle claquait des dents.

— Oui.

— Alors tu es au courant.

De nouveau, elle acquiesça.

— Oui, Peter.

— Je vais devenir aveugle. C'est trop con, hein?

— Oui, Peter. C'est trop con.

Il gloussa.

— J'aurais pu devenir sourd, merde à la fin ! J'aurais préféré être sourd. J'en aurais eu rien à foutre.

Helene le prit dans ses bras.

— Où étais-tu passé ? murmura-t-elle.

— J'étais parti faire un tour.

— On s'est fait du souci pour toi, Peter.

— Excuse-moi.

Elle rit à son tour, un rire bref, d'une voix basse, d'un ton clair, un long souffle, comme lorsqu'elle s'adressait à Kaia, quand celle-ci avait besoin d'être consolée.

— Mais c'est pas grave puisque maintenant tu es rentré, Peter. Maintenant tu es rentré, ici, chez nous. Pas vrai ?

— Où est Kaia ?

— Kaia dort.

— Tu ne lui as rien dit ?

Elle le coupa.

— Bien sûr que non, voyons.

— Qu'a dit Ben ?

— Tu le sais très bien.

— Dis-le quand même.

— Que le médecin a annoncé que tu allais devenir aveugle.

— Quand ?

— S'il te plaît, Peter.

— Quand est-ce que je vais devenir aveugle ?

— Dans un an. Dans six mois.

— C'est tout ce qu'il a dit ?

— Ou dans un mois, Peter.

Il la coupa.

— Il n'a pas dit que l'exposition continuait comme prévu ?

Peter s'éloigna, se dirigea vers l'atelier. L'herbe qui craquait sous ses chaussures était le seul bruit qui parvenait à ses oreilles. Le vent, il le voyait uniquement, en ce qu'il courbait la cime des arbres noirs et effilés, comme si le vent était un peigne qui coiffait la forêt.

Helene le retint, effarée, presque déçue.

— Où tu vas ?

— J'ai juste envie d'être un peu seul.

Elle serra les doigts autour de son bras.

— Tu te fous de ma gueule ? Tu crois pas que tu vas rester seul à l'heure qu'il est ?

— Lâche-moi, Helene.

— Nous n'allons pas rester seuls, bordel ! Ni toi ni moi, aucun de nous ! Tu m'entends ?

Helene ne lâcha pas Peter et c'est ensemble qu'ils entrèrent dans l'atelier où, avant même qu'elle ait eu le temps de découvrir les lieux, qu'elle ait aperçu les douze toiles inachevées, à peine commencées, il lui retroussa la jupe, lui arracha sa petite culotte, et, là, contre la porte-fenêtre, il la prit, comme s'il n'y avait rien entre eux et la nuit, derrière, dehors, entre la nuit et le noir artificiel de l'atelier, mais uniquement une membrane solide et invisible, susceptible d'être à tout moment percée, transpercée ; ses lèvres sentaient le tabac, sa langue était dure et glacée, puis sa bouche fondit et il jouit, dans la violence et la douleur, il voulut crier mais ne parvint pas à proférer un son, il retira sa bite déjà en train de débander, se l'entailla au passage à la fermeture Éclair, sentit le sang lui dégouliner entre les doigts, le sang chaud mélangé au foutre – et Helene se laissa glisser par terre, demeura assise dans cette position, haletante, cherchant son souffle, pendant que Peter déployait le châle autour d'eux et qu'ils restèrent ainsi, sans parler, attendant que le calme se soit redéposé.

— Tu te souviens de la surprise dont je t'avais parlé ? chuchota-t-il.

— C'était ça ta surprise ?

Elle le regarda, lui et non pas les tableaux, les toiles inachevées, et s'efforça de sourire.

Il secoua la tête, n'arriva pas à sourire lui non plus, lui tendit le cahier de croquis.

— Non, Helene, c'est ça ma surprise.

Elle tourna la couverture et resta longtemps penchée au-dessus de la large page.

— Tu vois mieux que moi dans le noir, dit-elle.

— Tu ne la reconnais pas ?

— Qui ?

— Kaia.

Et Peter prit la main de Helene et guida lentement le bout de ses doigts le long des traits, jusqu'à ce qu'elle aussi ait dessiné le visage de Kaia.

— Ça va être beau, murmura-t-elle.

— J'ai peur.

— Moi aussi, Peter.

— Il ne faut pas. Il n'y a pas de place pour deux. Un seul d'entre nous a le droit d'avoir peur dans la famille.

Elle s'avança vers lui pour l'embrasser.

— Il faut qu'on retourne auprès de Kaia.

— Ne lui dis rien.

— On doit quand même lui en parler quand le moment sera venu, tu ne crois pas ? Allez, viens maintenant.

Mais Peter ne bougea pas et dit brusquement :

— J'ai vu mes parents aujourd'hui.

— Pardon ?

Il ricana.

— Mes parents. Je les ai vus aujourd'hui.

Helene bloqua sa tête entre ses mains et essaya de le regarder dans les yeux.

— Peter, je t'en prie.

— Je t'assure. Je les ai rencontrés.

Elle renonça et le lâcha.

— Où est-ce que tu les as rencontrés ?

— Juste avant qu'ils meurent.
— Ils t'ont dit quelque chose ?
— Ils m'ont demandé de pousser leur voiture.
— De pousser leur voiture ?
— Oui. C'est eux tout craché !
— Et tu l'as fait ?
— Un peu, ouais. T'as vu mon fute ? Et mes pompes ? Bousillés.

Peter cacha son visage entre ses mains.

Helene lui caressa lentement les cheveux.

— C'est pas grave.
— Je crois pas qu'ils m'ont reconnu.

Helene hésita, avant de se relever.

— Peut-être que Kaia s'est réveillée, dit-elle.

Il releva la tête.

— Je reconnaîtrai toujours Kaia, hein ?
— Mais bien sûr. Pourquoi tu ne la reconnaîtrais pas ?

Se redressant à son tour, Peter fut pris d'un vertige, il se sentait exténué, l'entrejambe le brûlait, la tête bouillonnait, et toute douleur autre que celle suscitée par l'idée de ce qui se rapprochait aurait été la bienvenue.

Il désigna la pendule au-dessus de la porte.

— Elle a besoin d'être réparée. Ça fait au moins dix ans qu'elle est arrêtée.

Helene prit sa main, agacée, insistante.

— Tu viens ? Kaia est toute seule.
— Il faut d'abord que je finisse ici, dit Peter.
— Tu es sûr ?

Et Peter répéta, agacé et insistant aussi :

— Oui. Il faut d'abord que je finisse.

Helene le regarda, approuva, jeta le châle sur ses épaules, ouvrit la porte-fenêtre et disparut dans la même seconde.

Peter ne bougea pas.

Il entendait ses pas pressés qui à leur tour disparurent dans le froid.

Puis il s'attaqua à ses toiles.

Il grattait les empâtements et aplatissait dessus, pratiquait un aplat puis grattait dedans, il construisait et détruisait, détruisait puis reconstruisait, il défigurait le fond, à un rythme frénétique, jusqu'à ce que les couleurs épousent la nature et la texture d'une étoffe, lourde et légère, fine et compacte, il inhalait l'obscurité, il était dans le travail, il ne faisait plus qu'un avec le travail, le corps et l'art connectés à l'électricité que dégageait dans un cercle de lumière le bout de ses doigts, et tout ce qu'il manipulait ressemblait à Kaia.

Une lueur tourmentée emplit l'atelier.

Le jour découpait la nuit selon une mince rainure brillante, liserait d'ocre le ciel noir et haut perché – et Peter se dit, une nouvelle fois, que c'était vers la surface étincelante et insondable du monde qu'il devait aller, là et nulle part ailleurs.

Il transporta l'ensemble des toiles dans le jardin et les posa çà et là, continua d'y travailler sans relâche, jusqu'à ce que ses doigts soient réduits à l'état d'inutilisables paquets de froid.

Il laissa les tableaux en plan, rentra à l'intérieur, se coucha sur la mezzanine, tremblant, dormit un tout petit peu, puis, à son réveil, entendit non loin des bruits, des pas légers et rapides, comme le sifflement de patins à glace.

Il ouvrit les portes.

C'était Kaia. Elle courait entre les toiles. Peter la regarda. Kaia, emmitouflée dans un manteau rouge, une longue écharpe verte, des moufles et un bonnet noirs, courait entre les toiles, dans un matin de verre, de verre fin et friable.

D'un seul coup elle s'arrêta et se retourna vers lui. Elle semblait prise de panique, malheureuse.

— T'as pas oublié, j'espère ? demanda-t-elle.

— Non, mon trésor. Quoi ?

Elle baissa les yeux.

— Tu vois que t'as oublié.

Peter avança d'un pas.

— Dis-moi ce que j'ai oublié.

Kaia releva les paupières.

— Que tu dois peindre mes cubes.

— Mais bien sûr que je vais les peindre, tes cubes. Je n'ai pas oublié, voyons.

Et Kaia de se remettre à courir, tel un ange rouge dans le labyrinthe des toiles.

Debout sur le seuil, les cheveux en bataille, habillée d'une veste et d'une sortie de bain, tenant des deux mains une tasse de café, Helene observait avec surprise ce qu'elle venait de découvrir : un jardin habité de tableaux.

La lumière s'intensifia, lentement mais sûrement, dans ce matin de verre qui n'était pas encore brisé.

Helene lui fit un signe de main en guise de bonjour, il leva la sienne lui aussi.

Puis Peter alla à son atelier et referma la porte-fenêtre.

La blouse qu'il avait utilisée ce dimanche, après les premières gelées, lorsque le chien avait déboulé, était toujours accrochée à un clou sous la pendule. La poche contenait encore la carte de visite. Il la sortit : *Thomas Hammer. Docteur en chirurgie ophtalmologique.*

14.

La peinture était accrochée dans la salle d'attente, une main, la main gauche, 120 x 90, la surface est rouge, monochrome, une raison suffisante pour qu'on ait l'impression que la main flotte, voire, ainsi arrachée à l'humain auquel elle était reliée, qu'elle nage dans le sang. Cette main est peinte avec une méticulosité impressionnante : les doigts crochus, les ongles, les jointures jaunes, les ridules des articulations, le système veineux comme autant de courbes bleues sous la peau, les taches brunes et les petits poils noirs sur le dos de la main, le bord livide qui dépasse de sous la montre, et puis, brutalement, la coupe grossière, la mutilation, les filaments de chair, comme si un boucher négligent s'était chargé de la besogne ; c'est la main d'un homme, du moins à l'époque, quand elle a été peinte, c'était la main d'un vieil homme, sauf qu'aujourd'hui elle ressemblait à la sienne. Plus Peter se rapprochait de son motif, pour ainsi dire, plus il éprouvait à revoir cette peinture de la répugnance envers elle : elle avait un côté poseur, un côté fabriqué, séducteur, une espèce de douleur virtuose censée susciter répulsion et admiration à la fois, mais elle le débectait et il n'avait qu'un désir, suturer la dilacération, rajouter le bras, l'épaule, le cou, le torse, le visage, compléter minutieusement l'être humain, c'était une intime conviction, oui, une vocation – et jamais à ce jour Peter n'avait ressenti ça, ni n'avait pensé à ça, avec une telle évidence, comme quoi il lui fallait compléter l'être humain. Il se souvint même, subitement, du prix, vingt-cinq ans plus tôt la peinture avait coûté quatre mille couronnes, un prix exorbitant selon Ben eu égard tant à l'identité de l'artiste qu'à l'état du marché, et voilà qu'aujourd'hui l'Amputation était accrochée ici, dans la salle d'attente de Thomas Hammer.

Celui-ci ouvrit la porte, tout en enfilant son manteau, une manche de travers, il jura puis tomba nez à nez sur Peter, le seul assis là, dans la salle d'attente, il eut un mouvement de recul, le manteau toujours de traviole au-dessus de son épaule et qui pendouillait par terre, mais l'effet de surprise ne dura qu'une seconde puisque, l'instant d'après, sur un ton ronchon quasi désintéressé, il demanda :

— Tu avais rendez-vous ?

— Non.

— Je ne prends que sur rendez-vous.

— Dans ce cas je téléphonerai pour en avoir un. Si c'est possible.

— Il est quatre heures passées. J'ai déjà fermé boutique.

Peter se leva, soulagé à la réflexion, il n'aurait jamais dû se pointer ici, il s'en mordait déjà les doigts, mais il n'était pas trop tard, il pouvait ficher le camp, tout simplement.

— Il vaut mieux que je passe un coup de fil demain, dit-il.

Thomas Hammer réussit enfin à glisser son bras dans la manche, poussa un profond soupir, son front était ruisselant de sueur, les gouttes de transpiration dégoulinaient sur ses joues gonflées ; sans être au courant du reste on aurait pu croire qu'il pleurait, puis il se passa une main rapide et sur le visage et pouffa.

— Déconne pas, Peter ! Ça sert à quoi sinon, les vieux potes ?

— Je peux passer un coup de fil demain, répéta-t-il.

Thomas Hammer se contenta de retourner dans son bureau. Peter hésita mais décida de le suivre. Ils s'assirent de chaque côté d'un bureau vide. Les murs étaient tout aussi nus, à l'exception de l'inévitable planche avec ses lettres qui rétrécissent de plus en plus au point de se confondre puis de s'atomiser à la dernière ligne.

— Est-ce que l'art que tu as pu contempler là-bas t'a plu ? voulut savoir Thomas Hammer.

— Non.

— C'est aussi ce que disent mes patients.

— Pourquoi tu l'as accroché alors ?

— Pour les distraire. Leur donner autre chose à penser pendant qu'ils attendent. Ne serait-ce pas, pour l'art, une mission judicieuse ?

— Je ne suis pas un peintre de salle d'attente.

— Mais la vie n'est-elle pas, en soi, une seule et même grande salle d'attente ?

— Là, tu me déçois.

Thomas Hammer rit puis croisa les mains sur la table.

— En Espagne, pendant l'Inquisition, les meilleurs peintres ont été condamnés alors que les médiocres ont eu le droit de vivre. Ils ont pu continuer de vaquer à leurs petites occupations. Ils ne représentaient aucun danger. Qu'est-ce que tu aurais préféré, Peter ?

— Préféré entre quoi et quoi ?

— Être le meilleur et mourir ou être médiocre et survivre ?

— Être médiocre.

Thomas Hammer se rapprocha, comme pour tendre l'oreille.

— Qu'est-ce que tu viens de dire ? Médiocre, c'est ça ?

— Oui. Tu as parfaitement entendu.

— Tu pouvais pas me sortir une réponse plus médiocre que celle-là !

Peter en avait soupé de ce petit jeu. Il demanda :

— Et sinon, tu as beaucoup de patients ?

Thomas Hammer se redressa.

— J'ai quelques fidèles. Je suis le médecin qu'on vient consulter en dernier recours. Exactement comme toi.

Peter détacha ses yeux de lui, de ses mains grasses et pâles, de son visage prisonnier d'un lacis de veines éclatées.

— Pourquoi tu dis ça ?

— Parce que tu es venu pour prendre un verre avec tes vieux copains, peut-être ? Je me trompe ?

Peter regarda vers la fenêtre. Les stores étaient baissés, une lamelle était cassée. Dans une autre pièce, à l'étage du dessous peut-être, ou celui du dessus, c'était difficile à dire, résonnait une musique, quelqu'un jouait du violon, s'arrêtait, recommençait à zéro, mais à part cette mélodie aucun autre son ne perçait les murs du cabinet. Il s'agissait de l'un de ces immeubles un peu décatis, construits dans les années 1930, fonctionnalistes et mystérieux, en plein centre-ville, dont personne ne savait avec certitude à quoi il servait ; il y avait de longs couloirs, un placard à balais, une odeur de lino et d'enduit rance, on trouvait des avocats sans affaires à défendre, des experts-comptables sans comptabilité à vérifier, des musiciens sans orchestre, des portes sans nom, et ici exerçait enfin l'ophtalmologiste Thomas Hammer, avec ses fidèles patients.

— Je suis venu parce que je vais devenir aveugle dans moins de six mois.

— Aveugle ? Quel est l'abruti qui t'a dit ça ?

— Mon médecin.

Thomas Hammer sourit et pointa un doigt vers lui.

— Qu'est-ce que je t'avais dit ?

— Qu'est-ce que tu m'as dit ?

— Que je suis le médecin que tu viens voir en dernier.

Peter se sentit d'un seul coup groggy, flapi par ce coupeur de cheveux en quatre. Il dut se redresser pour ne pas s'enfoncer dans le fauteuil et s'endormir puis, à tout prendre, se réveiller dans un autre lieu, dans un autre temps, dans un autre corps. Il dit :

— Tu es le deuxième médecin que je consulte, Thomas.

— Et à l'heure qu'il est tu veux entendre un autre avis ?

— Ou bien avoir une confirmation.

— Non. Disons plutôt un miracle, si minuscule soit-il.

— Je ne crois pas aux miracles.

— Oh que si ! Plus tu es malade et plus grands sont les miracles auxquels tu veux croire. Le monde grouille de malades qui dépensent des fortunes pour trouver un toubib capable de leur dire qu'ils sont en bonne santé. Même s'il faut les pousser en fauteuil roulant alors qu'ils ont un masque à oxygène sur la figure et une perf dans le bras. Nous sommes des créatures étranges, pas vrai ?

— Tu es le deuxième médecin que je consulte, c'est tout.

Thomas Hammer s'esclaffa.

— Je sais ce que tu veux entendre. Que tu n'es pas aveugle, mais sourd.

Peter se leva.

— Bon, je me tire. Je n'aurais jamais dû mettre les pieds ici.

Thomas Hammer se leva à son tour, bondit en réalité, puis il tendit la main.

— Je suis désolé. J'ai franchi la ligne jaune. S'il te plaît, Peter, rassieds-toi.

Peter resta debout. Il pouvait partir. Il ne partit pas. Il aurait pu tourner le dos à Thomas Hammer et s'en aller. Au lieu de quoi il ne bougeait pas, observait la pogne de l'ophtalmologiste, ses doigts boudinés et inertes – et il était impossible de ne pas penser que ces doigts disgracieux, qui auraient plutôt convenu à réparer un tracteur, traitaient la fine mécanique du corps, les muscles des sens, les yeux. Mais Peter ne s'en alla pas. Il fit tout le contraire de ce qu'il voulait, car il croyait qu'il n'avait rien à perdre.

— Bon, d'accord, concéda-t-il.

Ils marquèrent tous deux un instant d'hésitation avant de se rasseoir.

— Puis-je te demander le nom du premier médecin que tu as vu ?

— Kristoffer Hall. À la clinique privée.

À ces mots, Thomas Hammer ne sembla plus avoir envie de rigoler.

— Hélas, il a pour habitude d'avoir raison.

— Merci. C'était ça le miracle ?

— C'était un fait, Peter. Quel diagnostic a établi Hall ?

Peter posa la radiographie sous le nez de Thomas Hammer. Il examina longuement les taches noires en forme d'étoiles, se pencha en avant et appuya son pouce sans rien demander sur les paupières de Peter, délicatement, à deux reprises. Puis il se rassit, garda le silence, les mains sur les genoux, sans un sourire.

Peter s'impatienta.

— Qu'est-ce que tu as à dire ?

Thomas Hammer poussa les radios sur le côté et le regarda.

— Glaucome. C'est le célèbre ophtalmologue von Graefe qui, en 1856 à Berlin, a trouvé le premier remède contre cette maladie : l'iridectomie, c'est-à-dire une ablation partielle de l'iris.

Peter enroula la radio et la cala dans sa poche.

— Donc pour toi je souffre d'un glaucome ?

Thomas Hammer sourit.

— Non, hélas tu n'as pas cette chance. Mais en tout cas ça y ressemble. On est plus proche de la vérité si on détecte une rétinite pigmentaire, puisque c'est de ça qu'il s'agit. Et si cette affection n'est pas un déshonneur, toujours est-il que l'issue en est fatale.

Peter l'interrompit, fatigué de sa logorrhée.

— Donc toi aussi tu affirmes que je vais devenir aveugle.

Thomas Hammer opina.

— Tu es allé consulter le premier praticien trop tard. Et le second encore plus.

Peter demanda :

— Est-ce qu'il existe une forme de traitement ?

Thomas Hammer appuya ses coudes sur la table et croisa les mains.

— Maintenant je comprends : c'est ce qui s'est passé l'autre soir ? Tu as été atteint d'une cécité temporaire.

— C'est la troisième fois que je perds la vue.

— Je crains qu'on ne se rapproche à grands pas du point ultime.

— Kristoffer Hall m'a dit la même chose.

Thomas Hammer dévisagea Peter.

— Tu es déçu ? Tu croyais que j'allais t'apprendre autre chose ?

Peter secoua la tête.

— Il vaut mieux savoir où on en est exactement. Avant de tomber.

— Tu as faim ?

— Si j'ai faim ?

— Dans ce cas allons manger.

Thomas Hammer s'était déjà levé, Peter le suivit.

Ils prirent l'ascenseur qui, à la vitesse d'un escargot, les fit traverser l'immeuble déserté, tout juste habité par un violoniste répétant la *Sicilienne* de Bach. Ils sortirent dans la lumière tremblée et tape-à-l'œil des rues détrempées et décorées à l'approche des fêtes de Noël. Ils marchèrent jusqu'au carrefour suivant et entrèrent dans un troquet glauque, où ils trouvèrent une place dans le coin, dans l'obscurité décrépite entre deux appliques, diffusant assez de lumière pour que les clients puissent voir le fond de leur verre, le cendrier et la monnaie qu'on leur rendait.

Peter garda son manteau. Il n'avait pas faim. Il n'allait pas tarder à rentrer.

Thomas Hammer posa le sien sur le dossier de sa chaise.

— Je te conseille l'assiette de Noël.

— Non merci.

— Ou la morue séchée. Elle est très tendre cette année.

— Je vais rentrer dans pas longtemps.

Un vieux serveur, vêtu d'une veste blanche maculée, s'approcha de leur table.

— Je vais prendre la même chose que mon ami, dit Thomas Hammer.

Le serveur déplaça son regard vers Peter.

— Et que prendra l'ami de Hammer ?

— Une eau pétillante. Avec une rondelle de citron.

— Une eau pétillante ?

— T'as entendu ce qu'il a dit, bon sang de bois !

— Avec une rondelle de citron ?

— Mais oui, putain ! Deux eaux pétillantes avec une rondelle de citron. Et remets ça chez Olsson, il m'a l'air bientôt déshydraté et plus bourré du tout, le bougre.

Thomas Hammer fourra des billets dans la main du serveur qui passa derrière le comptoir et prit tout son temps. Sur le chemin du retour, il posa une bière et une aquavit devant un vieillard décharné tenant son verre vide des deux mains. Un mince sourire jaune fendit le visage étique au moment où l'homme changea de tournée et souleva l'eau-de-vie remplie à ras bord, doucement, si lentement qu'il aurait très bien trouvé à mourir avant de l'avoir goûtée, mais plutôt ça que de perdre ne fût-ce qu'une goutte de cet alcool brûlant.

Leur eau pétillante avec une rondelle de citron leur fut enfin servie.

Peter hocha la tête en direction du vieux barbon assoiffé.

— De bonnes actions, dit-il.

Thomas Hammer sourit.

— J'essaie uniquement d'être, comment dire ?... Quelqu'un de bon. Pas toi ?

— C'est pas ce que tout le monde essaie d'être ?

Thomas Hammer ne répondit pas, il but une gorgée de son eau acide qui libérait un petit souffle, comme si les verres soupiraient, puis il se pencha sur la nappe.

— Quelle est la première chose que tu as faite ? demanda-t-il.

Peter ne comprenait pas.

— La première chose que j'ai faite ?

— Quand tu as appris que tu allais devenir aveugle.

Peter glissa la main dans son manteau, histoire de vérifier qu'il n'avait pas oublié son portefeuille.

— Je suis rentré chez moi.

— Et qu'est-ce que tu as fait quand tu es rentré chez toi ?

— Pourquoi tu me poses cette question ?

— J'aime bien savoir un maximum de choses au sujet de mes patients.

— Je ne suis pas ton patient.

— Tu es venu me consulter.

— Et tu ne pouvais pas me venir en aide.

Thomas Hammer choqua son verre contre celui de Peter.

— Je veux simplement savoir si tu es d'abord allé voir ta fille ou si tu t'es précipité dans ton atelier.

Peter le regarda.

— Je suis allé à l'atelier et j'ai baisé ma femme et le reste de la nuit j'ai bossé.

Thomas Hammer reposa son verre.

— Qu'est-ce que tu aurais préféré, être un peintre aveugle ou un père aveugle ?

Peter sortit son portefeuille.

— Tu es insupportable.

— C'est pour moi, Peter.

— Je n'ai pas besoin de ton épouvantable charité chrétienne.

— Je peux t'aider.

Peter hésita avant de lever les yeux, avant de poser les yeux sur Thomas Hammer qui arborait un visage sérieux et souriant à la fois – et pour la troisième fois Peter renonça à partir.

— Qu'est-ce que tu veux dire ?

— Qu'il existe une possibilité pour sauver ta vue.

— Tu as dit que le diagnostic était définitif.

— Mais il y a toujours une possibilité, Peter.

— De quel genre ?

— D'un genre qui n'est pas encore officiellement reconnu.

— Ce qui signifie ?

Thomas Hammer se rapprocha, quasiment courbé au-dessus de la nappe blanche, dans l'obscurité entre les appliques orangées.

— Que ça nécessite un voyage, un certain capital et une certaine discrétion.

Peter garda le silence un moment.

— Est-ce que cette possibilité s'est déjà concrétisée auparavant ?

— Plusieurs fois même.

— Et ça a marché ?

— À la perfection. Les patients ont recouvré la vue. Et aucun ne s'est plaint.

— Les risques ?

— Même l'aspirine comporte des risques, Peter. La seule chose qui soit sûre à cent pour cent, c'est de ne rien faire. Là au moins, tu es garanti d'être aveugle.

— Et cette possibilité, elle consiste en quoi exactement ?

Thomas Hammer le regarda dans le blanc des yeux, durant quelques secondes, puis il dit :

— Crois-moi, tu ne veux pas le savoir.

— Crois-moi, il faut que je le sache.

Thomas Hammer secoua la tête.

— Réfléchis un peu avant de prendre ta décision.

Peter ouvrit son portefeuille. Derrière le compartiment plastifié se trouvait une photographie de Helene et Kaia, prise dans le jardin devant la maison ; Kaia est juste née, Helene la tient dans ses bras, regarde vers l'appareil, vers lui, sourit, ils viennent à l'instant de rentrer de la maternité, c'est le printemps, l'arbre en arrière-plan est en fleurs. Peter resta ainsi, à la regarder, puis il referma son portefeuille et toisa Thomas Hammer.

— Ma décision, je l'ai prise.

Thomas Hammer haussa les épaules.

— Comme tu voudras. Mais tu ne pourras pas dire que je n'ai pas essayé de t'aider. De toute manière, t'as toujours été qu'une lopette, Peter.

Là, Peter se rapprocha de lui.

— Fais-le.

15.

Quand on touche le fond, le fond du tableau, on voit ça :

Dans un bureau du Kremlin, au ministère de l'Agriculture, en cet hiver de l'année 1960, il est décrété que le maïs originaire des riches terres d'Amérique, celui-là même que Khrouchtchev a observé de ses propres yeux lors d'une visite chez Eisenhower, sera désormais cultivé dans la République socialiste soviétique d'Estonie de sorte que les récoltes puissent y germer et pousser sur un mode tout aussi prolixe et discipliné et enfin démultiplier ce qu'on escompte d'elles. Aussi, avant l'arrivée du printemps, les soldats charroient les semences vers les sovkhozes, en périphérie de Tallinn, où les paysans secouent la tête face à cette nouvelle trouvaille du Kremlin, quand bien même l'ordre émane en droite ligne du secrétaire général du parti, l'Estonie n'est pas l'Amérique, l'Est ne sera jamais l'Ouest, et ce maïs ne pourra jamais prospérer dans le calcaire et la caillasse, la température dépassant rarement, de surcroît, les dix-neuf degrés au plus fort du mois de juin. Qu'importe, ceux qui osent élever la voix et exprimer cette réserve sont sans délai réquisitionnés pour aller se faire voir ailleurs et extraire la tourbe, car la décision est prise depuis belle lurette, dans un bureau du Kremlin, à savoir que les campagnes estoniennes vont ondoyer à l'image des champs américains ; et les paysans loyaux, qui n'ont guère d'autre choix, emblavent leurs terres de ces grains étrangers qui leur brûlent les doigts, or, quand vient l'automne, seuls quelques rares épis rachitiques percent les sillons noirs, les bureaucrates du Kremlin, et surtout son secrétaire général, sont fumasses : tout ça est la faute de ces péquenauds, quand ça pousse en Amérique ça doit aussi pousser en Estonie, c'est ce qui a été décrété ; et donc au printemps suivant les paysans reçoivent de nouveaux grains à semer mais il se produit exactement la même chose, à savoir que la terre demeure aussi infertile qu'inféconde, c'est une année sans, les familles crèvent la faim, le mécontentement se diffuse, la colère gronde, tant et si bien que le parti finit par y expédier ses gens, là-bas, dans le plus grand sovkhoze estonien, histoire de secouer les puces de ces feignasses, de ces incapables, qui voient débarquer des délégués en longs manteaux, chaussures noires et gants gris, escortés par une compagnie entière de soldats. Les mandataires du Kremlin regardent par-delà les champs incultes, leur responsable retire ses gants, se penche, ramasse une poignée de terre qui lui file entre les doigts, fixe les semences stériles qui lui restent dans la main, se tourne vers les paysans et dit : Je le savais, bande d'abrutis ! Vous avez planté les graines dans le mauvais sens !

Les trois hommes assis dans le restaurant en sous-sol de l'hôtel W, à Tallinn, riaient de bon cœur. Ils attendaient le Capitaine, il n'y avait pas d'autres clients. Il en était toujours ainsi quand ils attendaient le Capitaine. Et, pendant ce temps, le plus âgé d'entre eux, presque assez vieux pour garder un souvenir même flou du passé, leur raconta cette histoire. Il but une gorgée de bière et se pencha au-dessus de la table.

— Mon grand-père lui-même l'a entendu. De ses propres oreilles ! « Vous avez planté les graines dans le mauvais sens ! »

Les deux autres, plus jeunes, encore loin de la trentaine, gloussaient, quand bien même ils avaient déjà entendu l'histoire.

— Et vous savez ce que mon grand-père leur a dit aux mecs du Kremlin ?

Ils le savaient, mais ils voulaient qu'il le dise malgré tout.

— Qu'est-ce qu'il a dit, ton grand-père ? demanda le plus jeune.

Le plus vieux sortit un peigne, recoiffa lentement ses cheveux en arrière et se laissa désirer pendant une minute.

Puis il déclara, à haute voix :

— Je le savais, bande d'abrutis ! C'est vous qui êtes tombés sur la tête !

Ils rigolèrent de nouveau, mais moins longtemps.

— Il lui est arrivé quoi à ton grand-père, après ?

— Qu'est-ce que vous croyez ? Il a été envoyé pour le restant de ses jours creuser la tourbe à Narva en vue de la nouvelle centrale électrique.

Ils secouèrent la tête tous les trois et le plus vieux montra une cicatrice qu'il avait à la commissure, qui retroussait ses lèvres et les figeait dans ce qui s'apparentait à un sourire certes de traviole mais inamovible.

— Et c'est là que ces foutus soldats m'ont flanqué des coups de fourche quand j'ai essayé de retenir mon grand-père !

La télé était allumée, sans le son ; les couleurs étaient aussi criardes que les ampoules du sapin de Noël. Les murs étaient blancs et nus. Ils hélèrent la serveuse. Elle rappliqua aussitôt avec d'autres bières. Elle avait à peine vingt ans. Le tablier rouge qu'elle portait lui serrait la taille. Elle rassembla les verres vides.

— Tu sais ce qui a brisé le communisme, Ewa ?

Ewa fit signe que non.

— Devine !

— Gorbatchev ?

Les hommes pouffèrent, Ewa rougit.

— Tu veux dire les Ricains ?

— Je veux dire rien, corrigea-t-elle à toute vitesse.

Elle voulut retourner en cuisine, mais le plus vieux lui retint le bras.

— Tu n'as pas à avoir peur, Ewa.

— La politique, je m'en fiche.

— Et ton salaire, tu t'en fiches aussi ?

— Non.

— Tes grands-parents vivent toujours ?

Elle acquiesça.

— Et tu te fiches aussi de savoir s'ils ont du chauffage dans leur maison pour le réveillon de Noël.

Ewa baissa la tête, les larmes aux yeux.

— Non.

— Alors tu ne t'en fiches pas, de la politique.

Il la lâcha.

— Merci, marmonna-t-elle.

— Et maintenant, tu voudrais bien savoir ce qui a brisé le communisme, n'est-ce pas ?

— Oui, monsieur. S'il vous plaît.

— Un grain de froment de la mer Noire, Ewa.

Au même moment, le Capitaine descendit l'escalier, suivi de son acolyte. Les hommes se mirent au garde-à-vous, Ewa fit une profonde révérence. Le Capitaine lui tendit des billets, elle s'abîma dans une nouvelle révérence puis se hâta en cuisine. Les autres s'assirent. Planté entre le comptoir du bar et les toilettes, l'acolyte scrutait l'écran de télévision muet.

— Ben quoi, vous allumez pas les bougies ? demanda le Capitaine.

Le plus jeune s'empara aussitôt d'un briquet pour allumer le reste d'une bougie quasi consumée, plantée dans un bougeoir.

Le Capitaine les regarda à tour de rôle avec un sourire.

Puis il souffla la flamme.

L'acolyte augmenta le son et une gamine se fit entendre, qui chantait d'une voix aigrelette *White Christmas*.

— Elle va pas tarder à être bondée, l'église de Peeteli, fit remarquer le Capitaine.

Ewa revint avec quatre tasses de café.

Ils se servirent de sucre et attendirent qu'elle parte.

L'acolyte monta le son encore plus fort. On entendait à présent un chœur.

Tournant lentement son café, le Capitaine se pencha au-dessus de la table.

— Va falloir mettre des gars au vieux transfo de Kopli.

Le plus vieux soupira.

— Ils risquent de se les cailler.

Le Capitaine le regarda.

— Une bonne raison pour distribuer des cadeaux de Noël. Y a deux containeurs sur le port. Avec des godasses, des jouets, une charrue, des lits, des médocs, des semences.

Le plus jeune pouffa.

— Des semences ? De Norvège ? Vaudrait mieux pas s'y frotter !

Le Capitaine se tourna vers le plus vieux.

— Me dis pas que t'as encore causé politique ?

Le plus vieux haussa les épaules.

— On a causé, rien de plus.

Le Capitaine jeta un regard circulaire.

Le plus jeune prit une bouffée d'air en tenant sa tasse de café des deux mains.

Dans le local, le silence était soudain absolu.

La télécommande pointée vers le poste, l'acolyte avait beau s'acharner sur les boutons, rien n'y faisait, les seules images se résumaient à de la neige électrique et à une absence de son.

Le Capitaine baissa la voix.

— Et puis faut qu'on aille chercher un cadeau de Noël.

Le plus vieux s'essuya la bouche d'un revers de main et soupira.

— C'est nécessaire ?

Le Capitaine pivota vers lui.

— Qu'est-ce que tu veux dire ?

— J'aime pas ça, c'est tout.

Le Capitaine posa sa main sur la sienne.

— Tout est politique, mon ami.

— J'aime pas ça, répéta l'autre.

Le Capitaine se pencha vers lui.

— Ils sont de quelle couleur, tes yeux ?

Le vieux baissa la tête et se tut.

Le Capitaine reprit la parole, en murmurant presque :

— Vaut mieux que vous le trouviez à Kopli.

Il posa une photo sur la nappe.

Les autres ne pipèrent mot.

Ils se penchèrent pour voir.

— C'est qui ? voulut savoir celui qui parlait le moins.

Le plus jeune poussa un soupir de soulagement en constatant le sourire qui s'épanouissait sur le visage du Capitaine.

— C'est le Docteur et son ami. Il y a un bail.

Le plus vieux secoua la tête.

— Elle est même pas en couleurs. Qu'est-ce que tu veux qu'on en fasse ?

C'était le fragment d'une photographie, une toute petite partie d'une photo de classe plus grande, prise dans ce qui devait être la salle des fêtes de l'école : deux élèves, des garçons, l'un, timoré, au regard baissé, le second, impétueux, sûr de lui, le visage haut porté, marqué par une bouille entêtée, presque narquoise ; ce qui ne les empêche nullement de se tenir par l'épaule, comme deux bons camarades, c'est en tout cas l'impression qu'ils donnent sur cette photo de classe déchirée, posée sur la table du sous-sol de l'hôtel W, à Tallinn – et ces deux jeunes gens ne sont autres que Thomas Hammer et Peter Wihl.

16.

Kaia dut subir les mêmes examens que Peter.

Elle ne pleura pas, demeurant plutôt mutique, introvertie, fuyante, regardant par terre, regardant ailleurs, lorsque, ce 14 décembre, un mercredi, le matin, ils se rendirent à la Clinique, Kaia installée à l'avant, à côté de Helene au volant, qui roulait au pas sur la route verglacée, Peter sur la banquette arrière. Il tombait une neige mollasonne, une luminescence blanche et frémissante qui diluait l'obscurité. Ils lui assurèrent que ce n'était pas dangereux, que ça ne faisait pas mal, qu'elle n'était pas du tout malade, qu'ils devaient juste en passer par là, histoire d'être sûrs, mais ils avaient beau dire, et le dire sur un ton réconfortant, souriant, presque jubilatoire, ils percevaient eux-mêmes que leurs mots n'avaient ni le résultat escompté, ni le sens supposé, ils avaient une action inverse, ces mots ne faisaient qu'empirer la situation, aussi préférèrent-ils parler d'autre chose, des cadeaux, de ce dont elle avait envie pour Noël, elle pouvait non seulement commander ce qu'elle voulait mais qui plus est elle l'aurait, or Kaia n'avait envie de rien, Kaia secouait résolument la tête, comme si elle se sentait honteuse, semblait-il, Peter s'en aperçut lorsqu'il essaya de poser une main sur son épaule et qu'elle se tortilla pour s'en débarrasser, il se rendit compte qu'elle se sentait honteuse, comme si elle éprouvait de la honte à leur infliger une contrariété, un tracas, comme si tout était sa faute, ce qui était pis encore car la douleur et la crainte sont des plaies béantes et la honte une cicatrice – et Peter prit alors conscience qu'elle comprenait bien au-delà de ce qu'ils avaient daigné lui raconter, leur discours qui ne pensait pas à mal les perçait à jour, les boniments qu'ils lui débitaient les démasquaient, leur langage se démaillait, les mots s'effilochaient, les uns après les autres.

Un sapin de Noël était allumé au milieu du petit rond-point face à l'entrée.

Le Dr Hall les accueillit.

Ils montèrent au premier étage, dans la salle d'imagerie médicale.

Peter n'avait jamais vu Kaia ainsi, vulnérable, exposée, lorsqu'elle leva les bras en l'air et que Helene l'aida à ôter son maillot de corps, il avait l'impression que tout ce qu'il voyait, il le voyait pour la première et dernière fois : son petit dos, le grain lisse de sa peau, un glabre tout juste strié par les côtes saillantes, un ourlet soyeux tout en ondulations remontant jusqu'à la nuque tendue, avant que les cheveux ne retombent lentement sur les épaules, qui tremblèrent une seconde, un mouvement à peine perceptible, rien qu'un sursaut, déjà évanoui avant qu'on ait pu en déterminer la nature, alors qu'il s'agissait pourtant d'une secousse tellurique, aux répercussions d'une telle puissance qu'elle fut ressentie sur l'échelle nerveuse de Peter qui dut détourner le regard pour ne pas pleurer.

Une lumière bleue s'insinua dans la salle au moment où une infirmière ouvrit la porte. Helene prit Kaia par la main puis elles la suivirent. La porte glissa derrière elles sans bruit. La lumière bleue se figea sur le sol, semblable à une flaque gelée. Il était neuf heures vingt-cinq.

Peter s'assit.

Et il éprouva cette sensation dévorante, puisqu'il n'y avait pas d'autre mot pour la qualifier que celui-ci, dévorante, tout se cristallisait autour de cet adjectif, dévorante, pour mieux ensuite se disperser en lui, de manière tout aussi dévorante, que si Thomas Hammer était en mesure de sauver la vue de Peter, il pouvait alors sauver celle de Kaia.

Mais cette consolation, cette maigre et minuscule consolation dévorait Peter encore davantage, car qu'était-ce ce que Thomas Hammer ne voulait surtout pas que Peter sache ?

Midi sonna.

Kristoffer Hall entra, un dossier à la main.

Peter se redressa aussitôt, comme s'il venait d'être réveillé, pris d'un vertige à cause de ce mouvement brusque.

— Comment va-t-elle ?

— Magnifiquement, monsieur Wihl. Elle a du cran et de la patience.

Peter se cramponna au dossier de la chaise et poussa un soupir.

— Merci.

— Elle ressemble peut-être à son père ?

— Non, ce n'est pas du tout ce que je dirais. Elle ressemble plutôt à sa mère.

Le Dr Hall le prit par le bras.

— Allons nous asseoir.

Ce qu'ils firent.

— Merci, répéta Peter. Merci.

Le Dr Hall le regarda.

— Comment allez-vous, monsieur Wihl ?

— Moi ? Je n'ai pas remarqué de différence notable. Au contraire. J'ai plutôt l'impression que je vois mieux que jamais. Donc je remarque peut-être quand même une différence.

Peter comprit immédiatement qu'il parlait trop et trop vite, il se tut, sentit combien ça crissait entre ses molaires quand il serrait les dents, comme s'il avait la bouche pleine de sable sec.

— Vous n'avez pas eu d'autres attaques ?

Peter secoua la tête et se retourna vers lui.

— C'est vrai que les myrtilles sont bonnes pour la vue ?

Le Dr Hall lâcha un rire bref.

— Où est-ce que vous avez entendu ça ?

— C'est ma mère qui le disait. Que les pilotes anglais mangeaient toujours des myrtilles pendant la Seconde Guerre mondiale, avant les bombardements.

— Oui, c'est une vieille histoire. Les myrtilles sont sûrement bonnes pour la vue.

— Donc ma mère avait raison ?

— Et les myrtilles sont excellentes pour le transit intestinal. Elles aident à lutter contre la diarrhée. J'imagine que, pour un pilote, ça a aussi son importance.

— Je préfère imaginer que ma mère avait raison. Que le pays a été sauvé grâce aux myrtilles.

Le Dr Hall sourit.

— Êtes-vous allé consulter un autre médecin, monsieur Wihl ?

Peter jeta un coup d'œil à sa montre, il n'était pas loin de midi et demi.

— Bien sûr que non !

— Fermez les yeux, je vous prie.

Peter obtempéra et sentit le Dr Hall appuyer un doigt contre ses paupières, comme l'avait lui-même fait Thomas Hammer, de plus en plus fort, pendant quelques secondes, puis il relâcha sa pression et Peter put voir à nouveau, rien qu'un filet de lumière dans un premier temps, comme s'il regardait à travers un trou de serrure, puis son champ de vision s'élargit, avec des intermittences, à l'égal d'un parapluie aux baleines cassées, et il s'aperçut, enfin, que la flaque bleue sur le sol avait séché.

— Qu'est-ce que c'était ?

— On assiste à une coagulation des globes oculaires.

— Une coagulation ?

— C'est une évolution classique de la pathologie. Lorsque le nerf optique montre des défaillances.

— J'espère que vous employez un autre vocabulaire avec ma fille.

— Évidemment. Si tant est que je vous inquiète ou que je vous choque, croyez-moi que j'en suis désolé.

— Je ne parle pas de moi, docteur. Je parle de ma fille. Qu'est-ce que vous lui dites ?

— Le moins possible, et le plus possible. Si vous comprenez.

— Vous avez des enfants vous-même ?

— Non.

— Dans ce cas j'espère au moins que vous savez que les enfants entendent aussi ce que nous ne leur disons pas.

Le Dr Hall sortit des fascicules et des dépliants qu'il donna à Peter. C'étaient des brochures d'information éditées par l'Association des Aveugles et Handicapés visuels de Norvège.

Sa voix baissa d'un ton.

— C'est pourquoi il est essentiel, le moment venu, de faire preuve d'un maximum de franchise.

La brochure colorée reproduisait, en couverture, la photo d'une famille : la mère, un garçon et une fille dans l'adolescence, le père, et enfin un chien, un golden retriever, en promenade près d'un étang, mais le père était apparemment aveugle, au vu de la canne blanche qu'il tenait à la main, et tous souriaient, d'un sourire prodigieux, comme si l'aspect fâcheux de leur réalité devait être étouffé par une idylle tonitruante, c'était cynique, c'était à vomir, c'était une publicité pour la cécité, un abonnement aux ténèbres ; Peter n'avait ni l'envie ni la force de regarder ce prospectus qu'il repoussa loin de lui avant de déclarer, d'un ton surexcité :

— Si vous croyez que je vais faire l'acquisition d'un chien d'aveugle, vous vous trompez dans les grandes largeurs.

Le Dr Hall lui donna d'autres documents. En haut de l'un d'eux figurait le nom d'un psychologue.

— Comme je vous l'ai déjà dit, vous allez être confronté à des défis non seulement pratiques, mais aussi psychiques.

Peter ne put s'empêcher de rire.

— Des défis pratiques ? C'est rien de le dire !

— Mais surtout psychiques, répéta le Dr Hall. Au regard de votre profession.

Peter l'interrompit.

— Je n'ai pas besoin de vous pour me l'expliquer.

— Je me vois pourtant dans l'obligation d'insister parce que cela concerne tout autant votre famille. Je vous invite à entamer à moyen terme une thérapie de groupe.

— Nous avons l'habitude de nous débrouiller seuls.

— Sauf que, cette fois, vous allez devoir vous habituer à une vie radicalement différente.

Peter se tourna vers le Dr Hall.

— Avez-vous entendu parler d'un certain Thomas Hammer ? Le chirurgien en ophtalmologie.

Le Dr Hall marqua un moment d'hésitation assez long pour que Peter comprenne qu'il avait en effet entendu parler de Thomas Hammer et que ce qu'il avait entendu sur son compte n'était pas forcément à son avantage.

— Je sais des choses sur lui.

— Quelles choses ?

Le Dr Hall se montra plus que récalcitrant.

— Toutes les professions ont leurs brebis galeuses.

— Pardon ?

Le Dr Hall toisa Peter.

— Si vous songez à consulter ce Thomas Hammer, je ne peux que fortement vous en dissuader.

— Pourquoi ?

— Il a été exclu de l'Ordre des Médecins il y a cinq ans. Cette précision devrait vous suffire, non ?

— Pourquoi a-t-il été exclu ?

Le Dr Hall haussa les épaules en soupirant.

— Il dirigeait un cabinet médical où il faisait croire aux patients qu'ils étaient atteints d'une cataracte. Il leur soutirait une fortune en échange d'une opération. Depuis, ce charlatan, passez-moi l'expression, a à peine le droit de retirer aux gens les poussières qu'ils ont dans l'œil.

— Un charlatan ?

— Je n'enverrais même pas mon chien chez Thomas Hammer. Pourquoi me posez-vous la question ?

— Nous étions dans la même classe.

Le Dr Hall le regarda, se rapprocha soudain de lui, une grimace menaçante déformait son visage creusé.

— Si jamais vous allez consulter Thomas Hammer, je me verrai dans l'incapacité d'assumer mes responsabilités médicales envers vous. En d'autres termes, Peter Wihl, je ne serai plus votre médecin. Êtes-vous allé le voir ?

Peter repensa à ce que Thomas Hammer avait dit, comme quoi Kristoffer Hall avait, hélas, pour habitude d'avoir raison.

— Il m'a invité à une fête de classe, répondit Peter.

— Dans ce cas, je vous demande que cette conversation reste entre nous.

— Bien sûr.

Le Dr Hall se leva et lui tendit la main.

— Lisez attentivement la documentation que je viens de vous fournir.

Peter se leva à son tour et accepta la main tendue.

— Vous parliez tout à l'heure de moment venu. Quand ce moment va-t-il venir ?

— Que voulez-vous dire ?

— Vous avez dit qu'il était essentiel de faire preuve, le moment venu, d'un maximum de franchise. Je répète ma question : quand ce moment va-t-il venir ?

Le Dr Hall lâcha sa main.

— Quand nous aurons les résultats des examens de votre fille.

17.

Helene et Kaia décoraient la maison.

Elles accrochaient le vieux mobile à la fenêtre de la cuisine. Helene tenait Kaia qui, debout sur un escabeau, attachait le fil à un crochet planté dans l'encadrement de la fenêtre. Les longues et fines spirales de soie, agrémentées de clochettes, se mirent aussitôt à bouger, à tournoyer, à trembloter, en décrivant des mouvements aléatoires mais en même temps sommaires, en ondulant indéfiniment, comme le vent qui se lève brusquement fait tomber la neige d'une branche.

Helene aida Kaia à descendre.

Elles regardèrent le mobile un petit moment encore.

Peter les observait depuis le jardin.

Elles ne le voyaient pas.

Il grelottait.

Il rapporta les toiles dans l'atelier. Il gratta la surface pour en retirer la glace, le givre et les feuilles mortes qui s'y étaient collés. La nature est une piètre artiste. La nature est une marchande de bric-à-brac plutôt qu'une marchande de quatre saisons. Les peintures étaient en panne. La pendule était en panne. Lui-même était en panne. C'était l'état de siège. C'était le temps de l'attente. Kristoffer Hall n'avait toujours pas téléphoné. Thomas Hammer n'avait pas non plus donné de ses nouvelles. Une fois de plus, Peter fut forcé de recourir à l'adjectif *dévorant*, puisque c'était dévorant, comme si le qualificatif représentait en soi le fléau dans toute sa réalité, comme s'il faisait corps avec sa signification – et Peter pensa, une pensée qu'il se formulait ces derniers temps à intervalles réguliers, que l'être humain ne s'améliore pas avec les années, l'expérience ne fournit aucune garantie, on n'apprend pas de ses erreurs, on ne monte pas d'un cran, car n'était-ce pas plutôt le contraire : à savoir que le meilleur se trouvait derrière lui, qu'il avait fait de son mieux, qu'il avait dépassé les sommets, qu'il fêtait ses cinquante ans dans trois mois et que, à partir de là, il entamait lentement une pente descendante, il dégringolait cruellement vers le bas, qu'il ne lui restait plus qu'à se peinturlurer dans la médiocrité et la nébulosité, dans du réchauffé, embarrassant et sentimental, une sauce brune et épaisse ? Ne valait-il pas mieux, dès lors, s'en dispenser, prendre un congé ad vitam aeternam, dire la vérité crue : à savoir que le meilleur se trouvait derrière lui, prenez, je vous en prie, c'est là-bas que ça a lieu, derrière moi, dans le sillage de ce qu'on appelle communément le passé, le dépassé, l'imparfait, le prétérit, le trépassé ? Oui, ça c'était préférable, ça c'était décent, et pourtant il n'y arrivait pas, il ne parvenait pas à s'en dispenser, à s'empêcher d'essayer de peindre, car chaque fois qu'il plongeait son pinceau dans la couleur et qu'il levait la main, il était un maître, incontestable et souverain, il était un rêveur, branque et concret ; sauf que, voilà, dès que les poils fins et poisseux, extraits du dos d'une martre, s'approchaient de la toile, du croquis représentant Kaia, il redevenait un bouffon, tout disparaissait, tout se désagrégeait entre ses doigts, se volatilisait dans l'air, dans le néant – et c'est là qu'une autre pensée se collait aux précédentes, à ces pensées en cascade, cette réaction en chaîne, cynique, logique et blasphématoire : à savoir que devenir aveugle serait au fond une manière héroïque de ponctuer sa carrière, une telle mort comportait de multiples dimensions, avait un goût de tragédie, et si de surcroît il portait sa destinée en gardant le dos bien droit, avec dignité et style, ces ténèbres pourraient sans nul doute jeter une nouvelle lumière quasi incommensurable sur les toiles qu'il avait eu le temps de peindre et, ce faisant, apporter un contenu à la virtuosité, une humanité à la technique, ses yeux morts posséderaient en quelque sorte une force rétroactive, ils se profileraient dans son œuvre amputée pour ainsi la magnifier, la parfaire.

Peter se pencha au-dessus de l'évier pour dégueuler.

Lorsqu'il se redressa, il entendit d'ici le son grêle et leste du mobile.

Ou bien ce bruit provenait-il de lui, et de lui seul? était-ce un écho des ténèbres?

Il ne savait plus.

Passant ses doigts le long des tempes, il sentit le sang pulser juste sous la peau, il en sentit les palpitations lourdes, sourdes, puissantes, et, un instant, il redouta l'implosion pure et simple de sa tête, incapable de supporter une telle pression, il redouta que tout, la masse cérébrale, le sang, les mucosités, les fluides, les larmes, les yeux, en vînt à se déverser dans une violente éruption jusqu'à ce qu'il se vide totalement, que la peau se replie et se ratatine sur le crâne comme un masque en latex, il eut même la très nette impression que sa vue se rétrécissait à une vitesse démesurée, que les ombres débouchaient de toutes parts pour le cloîtrer dans l'espace étroit d'un rai de lumière scintillante.

Mais il voyait toujours.

Les mosaïstes du Vatican étaient en mesure de distinguer plus de trente mille teintes différentes.

Peter tourna le dos aux toiles et entreprit plutôt de colorer les cubes dont Kaia se servait pour jouer ; il en peignit la moitié dans des tons chauds et enduisit le reste d'une couche froide, c'est tout ce qu'il réussit à obtenir : le chaud, le froid.

Puis il alla chercher sa hache et prit le chemin du petit bois qui se trouvait derrière l'atelier pour abattre un sapin. Celui-ci tomba sans bruit dans la neige et Peter resta un moment ainsi, enveloppé dans la poussière blanche et verte. Il crut également voir un animal disparaître derrière les arbres, il lui sembla distinguer l'ombre d'une bête famélique et goinfre qui se serait aventurée à proximité des humains, en quête de nourriture, de détritus, mais il n'y avait rien hormis le vent et une branche qui lentement se soulevait ; ses pupilles se dilatèrent de nouveau, son angle optique s'élargit, dans la lumière élastique, puis il rapporta l'arbre à la maison.

Lui aussi ils le décorèrent, du pied jusqu'au sommet qu'une étoile vint coiffer.

Et ce fut le réveillon de Noël.

Ben vint chez eux, comme d'habitude, mais seul cette fois-ci. Ses cheveux commençaient légèrement à repousser en prenant l'apparence d'un capuchon noir posé sur le crâne. Il posa sa canne dans un coin, sa canne d'hiver, et prit Kaia dans ses bras. Elle détourna la tête, refusant de le regarder.

Ben lâcha un rire un peu forcé.

— Je ne suis quand même pas si moche, ma belle princesse !

Kaia ne répondit pas, se contentant de regarder ailleurs – et Peter fut effrayé, fier aussi, mais surtout effrayé par ce sérieux tenace qu'ils partageaient tous, ainsi que par la manière dont elle préservait ce sérieux, avec une extrême précaution.

Le moment venu, avait dit le Dr Hall.

Le moment n'était pas encore venu.

Ben reposa délicatement Kaia, jeta un regard à Helene qui lui répondit par un signe négatif de la tête et un doigt posé sur sa bouche.

Peter lui tendit un verre de vin.

— Joyeux Noël, vieux crapaud ! dit-il.

Là non plus, personne ne rit.

Ils posèrent les cadeaux sous le sapin, passèrent à table, dans la cuisine, comme d'habitude.

Sauf que rien n'était comme d'habitude.

Quand se présentait une occasion, très rare, de prendre la parole, ils disaient tout autre chose que ce qu'ils voulaient dire, le langage empruntait de longs détours, au gré d'une conversation en pointillés.

Entre les mots çà et là égrenés leur parvenait l'incessant et inarrêtable son grêle et leste du mobile.

— Comment ça va au théâtre ? demanda Ben.

Helene lui resservit du vin.

— La première est repoussée en février.

— En février ? À ce point ?

— Les menuisiers sont encore en grève.

— Je croyais que c'était le vieil Ekdal le problème, s'étonna Peter.

Ben tourna la tête vers lui.

— C'est quoi le problème du vieil Ekdal ? La prostate ?

Helene soupira.

— Il exige de fumer la pipe sur scène. Il suit les instructions d'Ibsen.

Ben rit de bon cœur.

— Et ce vieux schnock ne pourrait pas faire semblant de fumer ?

Peter leur passa le plat.

— J'ai fait exactement la même réflexion. C'est pas en ça que consiste son foutu boulot ? Jouer de manière si convaincante que le public croit qu'il est en train de cloper ? Même s'il est en train de sucer un bâton.

Helene se resservit.

— Sauf que dès lors il ne se souvient plus de son texte. Ça fait trop en même temps.

Peter ne voulait pas s'avouer vaincu si facilement.

— Quand Hedvig se tire une balle dans la tête, on n'exige pas qu'elle meure pour de vrai, que je sache, non ? Par contre, elle est douée pour faire la morte.

Helene lui jeta un bref regard implorant.

Peter se tut et baissa la tête.

Ben leva son verre.

— Je trouve que le théâtre ferait mieux d'inviter les spectateurs aux répétitions.

Ils trinquèrent.

Un nouveau silence se déposa.

Seul le mobile donnait de la voix.

Peter avait désormais un mal fou à le supporter, ce bruit constant, quasi imperceptible mais qui, en même temps, refusait de lâcher prise, comme le vent, comme la glace : une synesthésie fausse et perçante qui emplissait la pièce d'une tonalité violette et stridente.

Et c'est là qu'il s'aperçut que Kaia avait les yeux clos. Elle les fermait, de toutes ses forces, et devait s'y employer depuis un long moment déjà, à voir les palpitations qui agitaient ses fines paupières. Une ride se creusait depuis le haut du nez et divisait le front pâle, la bouche pincée se réduisait à un trait esquissé à la va-vite. Elle avait fait une tache sur la nappe blanche et gardait ses mains sous la table.

Prenant son souffle, Peter faillit renverser son verre car, soudain, il ne reconnut plus sa fille.

Helene se pencha vers elle.

— Qu'est-ce que tu fais, ma chérie ?

Kaia s'abstint de répondre.

— Tu es fatiguée ?

Elle secoua énergiquement la tête. Son visage crispé était un nœud solidement contracté.

Helene lui caressa délicatement la joue comme si elle voulait démêler ce nœud, ouvrir le visage.

— Il faut que tu ouvres les yeux maintenant, Kaia, murmura-t-elle. Tu ne peux pas continuer à rester assise comme ça.

Mais Kaia les serra encore plus fort et courba la nuque.

Helene se tourna vers Peter. Une forme de confusion se lisait dans son regard, qu'il n'avait jamais vue et qui le terrifia tout autant que les minces paupières tremblantes de Kaia. Son visage interdit le terrorisait et il ne savait que faire.

Il essaya d'attraper la main de Kaia.

— Regarde-moi, dit-il.

Mais elle ne regarda personne.

— Regarde-moi, répéta-t-il.

Là encore, cela n'eut aucun effet.

Kaia avait le visage à tel point convulsé qu'il était défiguré par une grimace affreuse et fermée, qui les excluait.

Ben posa ses couverts.

Peter fixa Helene.

Helene scrutait Kaia d'un œil implorant.

Et Kaia ne regardait nulle part, sinon à l'intérieur d'elle-même, au fond d'elle-même.

Le seul bruit qu'ils discernaient provenait du mobile, un carrousel poussé par des courants d'air et des souffles chauds.

Brusquement, Helene ne supporta plus la situation. S'emparant du bras de Kaia, elle se mit presque à la secouer.

— Bon, maintenant tu arrêtes tes bêtises ! Tu m'entends ?

Ce qui n'eut pour effet que de pousser encore davantage Kaia dans son acharnement, dans son entêtement. Elle se dégagea de la main qui enserrait son bras.

Au bout d'un moment, la coupe était tout aussi pleine pour Peter.

Il se leva et arracha le mobile d'un geste sec.

Dans la seconde qui suivit, Kaia dessilla les yeux et le regarda.

— Je m'excuse, dit-elle.

Elle ouvrit de grands yeux secs.

Peter se figea devant la fenêtre avec, dans sa main, les fils, les pans de soie et les clochettes.

Il essaya de sourire.

— T'excuser ? Tu n'as pas besoin de t'excuser, voyons. Et puis à propos de quoi ?

La bouche de Kaia tremblait.

— Je m'excuse, répéta-t-elle.

Peter lâcha le mobile qui, sans un bruit, heurta le sol.

— Mais pourquoi tu dis ça, Kaia ?

Elle ne répondit pas.

Helene lui caressa la nuque d'un geste prudent, continu, et lui chuchota :

— Tu n'as pas à t'excuser. À propos de rien. C'est plutôt à nous de nous excuser.

Peter se posta derrière elles, tout était en passe de se briser, c'est le sentiment qu'il avait, il était en passe de tout détruire et il ignorait comment il allait se débrouiller pour réparer ce qui se brisait, ce qu'il détruisait ; c'était à lui de s'excuser.

Helene rajusta la barrette de Kaia. Son front brillait, livide et halitueux, cela ressemblait à de la fièvre.

— Tu entends, ma puce ? Tu n'as pas à t'excuser. À propos de rien.

Kaia baissa la tête et marmonna.

— Vous mentez.

Helene se pencha.

— Qu'est-ce que tu dis ?

— Vous mentez.

— À quel sujet, Kaia ?

Kaia repoussa Helene. Sa voix adoptait désormais un ton opiniâtre, colérique. Peter les regarda, avec l'impression que la pièce basculait, que les restes du mobile étaient précipités contre le plafond ; les lieux culbutaient sous l'effet des deux mots, *vous mentez*, prononcés par Kaia, Kaia qui renversait tout, qui retournait la honte en accusation.

— Sur tout, répondit-elle. Vous mentez sur tout.

Helene dut la cramponner.

— Nous ne mentons sur rien.

Kaia tenta de se délivrer.

Helene leva les yeux vers Peter, il y vit la même confusion que tout à l'heure, la panique.

Peter se mit à genoux.

Kaia refusait de regarder l'un ou l'autre de ses parents.

— Nous ne mentons pas, dit-il. Car nous ne savons encore rien.

Kaia se retourna brusquement vers lui.

— Tu le sais, toi.

— Qu'est-ce que je sais, Kaia ?

Et, de manière tout aussi soudaine, le nœud dans son visage se démêla, ses traits s'adoucirent, glissèrent dans la douceur et la lassitude ; elle posa sa main juste à côté de celle de Peter, par-dessus la tache. L'espace d'un instant, elle redevint l'enfant qu'elle était.

— Tu ne sais pas ? demanda-t-elle.

Ben se leva alors d'un bond, retrouvant sa bonne voix sonore.

— Bon, moi je peux plus attendre ! Allez, zou, on ouvre les cadeaux !

Ils passèrent au salon. Dès que ses yeux aperçurent le sapin étincelant, cet arbre vert et luisant qu'il avait abattu et porté jusqu'à la maison, comme son père l'avait fait autrefois pour lui, chaque Noël, Peter pensa à sa grand-mère paternelle qui était persuadée que les bougies électriques étaient de véritables bougies en cire, elle ne pouvait pas s'habituer à l'idée que la lumière électrique n'existait pas pour de vrai, à moins qu'elle se refusât tout bonnement d'y croire, voilà pourquoi un seau d'eau était en permanence posé au pied du sapin, elle l'exigeait, quoi qu'ils en disent, en cas d'accident, d'incendie. Un jour, Peter avait vu sa grand-mère, elle se croyait certainement seule alors qu'il était caché derrière la porte, comme il en avait l'habitude, il la vit donc penchée sur l'arbre, tentant de souffler les bougies, cette lumière électrique, s'évertuant à les éteindre ; ce petit bout de femme bornée et rebelle avait le visage presque bleu à force de souffler, et Peter en profita pour se faufiler le long du mur, jusqu'au coin, où il débrancha la prise, après quoi le sapin s'éteignit et sa grand-mère applaudit de triomphe.

Ce jour-là, alors qu'il n'était qu'un enfant, un espion étonné et taquin, il ne savait pas si elle se payait leur tête et, auquel cas, si elle se jouait d'eux pour lui faire plaisir à lui, auquel cas encore, elle devait savoir qu'il l'espionnait, ou bien si elle était carrément très vieille et très conne.

Mais ce soir, en ce réveillon de Noël, presque quarante ans plus tard, dans la même pièce, il était à nouveau tourmenté par ce soupçon dévorant qui le poursuivait, par l'héritage qu'il portait peut-être en lui, les ténèbres, et qu'il risquait d'avoir transmis à Kaia : était-il possible que sa grand-mère ait pu confondre la lumière électrique avec la lumière naturelle ?

Il n'y avait plus de seau d'eau au pied du sapin.

Peter entreprit de distribuer les cadeaux.

Ben eut un chapeau de paille italien, ce qui le fit rire ; il l'essaya aussitôt non sans une profonde révérence.

Helene eut un châle et des crampons à fixer sous ses chaussures.

Elle se façonna une mine outrée.

— Je suis si vieille que ça ? Vous exagérez !

Peter eut un peignoir et un téléphone portable.

Kaia eut une montre.

La lui attachant au poignet, Helene eut beau serrer le bracelet jusqu'au dernier trou, la montre flottait toujours tant Kaia était fluette, aussi durent-ils à l'aide d'une alêne percer un autre trou dans le cuir bleu du bracelet étroit, et, quand enfin la montre tint bien en place, Peter régla les aiguilles, il était huit heures et demie passées de huit minutes, mais il ne pouvait pas affirmer avec certitude si elle était contente, surprise ou déçue par ce cadeau, à voir son visage sinon neutre en tout cas indifférent, ce qui était pis encore – et Peter se dit avec effroi qu'elle croyait peut-être se voir offrir le portrait, que c'était ce qu'elle attendait, la peinture qui la représentait. Il aurait aimé dire quelque chose, que la toile n'était pas terminée, qu'elle le serait bientôt, dans très peu de temps, mais il ravala ses paroles, et ce renoncement se doubla d'une honte profonde au moment où il lui tendit le dernier cadeau, qui n'en était du reste pas un puisqu'il contenait les cubes qu'il avait peints en nulle autre couleur que des tons froids et chauds.

Kaia les laissa dans leur écrin et remercia poliment.

Peter songea : elle attendait que l'un d'entre nous lui dise qu'elle est en bonne santé, ce que personne n'était encore en mesure de lui confirmer.

Elle s'assit ensuite dans le fauteuil près de la cheminée où elle s'assoupit.

Peter la vit piquer du nez, à plusieurs reprises, jusqu'à ce que son corps trouve enfin le repos, et il y avait dans cette tranquillité retrouvée une forme de réconfort : elle n'était pas indifférente, déçue, neutre ou furieuse, elle était fatiguée.

Elle était fatiguée d'avoir peur.

Et personne ne pouvait la consoler.

Helene la porta dans la chambre à coucher.

Peter et Ben allèrent à la cuisine faire la vaisselle, comme de coutume, Peter lava et Ben essuya, c'était un rituel qu'ils avaient, une tradition, la vaisselle était leur affaire, leur tâche, sauf que cette fois Peter sentait une gêne, Ben avait l'air mal à l'aise, peut-être au fond était-ce un supplice pour lui que de rester seul avec Peter, eu égard à la situation actuelle, il fit même tomber une fourchette, la ramassa d'un geste rapide et continua de l'essuyer, Peter ne dit rien, il avait envie de se désaltérer, non, pas de se désaltérer, il avait envie de boire, cette envie aussi soudaine qu'impossible, comme une vieille piqûre qui recommence à gratter, à démanger, au lieu de quoi il but un verre d'eau, il ressemblait à sa grand-mère, toujours un seau d'eau à portée de main, en cas d'incendie, on ne sait jamais ; Ben dit :

— Il était temps que t'aies un portable.

— Il était temps ? Tu trouves ?

— Oui, je trouve. C'est bien d'en avoir un.

Peter rit.

— Ah oui, je capte maintenant. Quand je serai aveugle, il vous suffira de m'appeler pour me demander où je suis.

Ben déboucha le cognac, ne lésina pas sur la rasade qu'il se servit, leva son verre, les effluves lourds et foncés se diffusèrent dans la pièce, puis il hésita une seconde avant de demander :

— Ça te dérange si je bois ?

Peter sortit de ses gonds.

— Tu ne vas pas commencer à m'emmerder en prenant des gants avec moi !

— Je te posais la question, Peter. Rien de plus.

— Tu ne l'as jamais posée.

— Désolé.

— Et ça me dérange pas, voilà ! Alors bois. Bois et arrête de me faire chier !

Ben sirota son cognac, le regard fixe sur la porte, se demandant si Helene n'allait pas bientôt revenir.

Peter tendit l'oreille mais ne l'entendit pas chanter de berceuse à Kaia, peut-être s'étaient-elles endormies toutes les deux.

— Il te va bien le chapeau de paille.

— Merci. Ça m'a fait penser à *Mort à Venise*.

— Tu parles du film, je suppose ?

— Oui. Hélas, je n'ai jamais lu la nouvelle de Thomas Mann.

— Comment s'appelait l'acteur suédois qui jouait Tadzio ?

Ben se resservit du cognac.

— Bjørn Andresen. Comment peut-on l'oublier ?

— Je te demande une seule chose, Ben : ne pas parler trop fort.

Ben baissa la voix.

— Ce qui est sûr, c'est que c'est pas une gourdasse comme moi qui vais oublier ce blondinet de Tadzio.

La remarque les fit rire tous les deux.

Helene n'était toujours pas revenue.

Retirant le bouchon de l'évier, Peter vit l'eau sale recouverte d'une pellicule de mousse et de graisse s'écouler dans le tuyau, s'évacuer en une spirale de plus en plus vertigineuse, jusqu'à ce qu'il n'en reste guère que l'équivalent d'une pièce de monnaie, bientôt aspirée elle aussi, en oblique, et qu'il ne subsiste que les déchets, coincés dans la bonde, un os, les noyaux des pruneaux – et Peter songea que ces mouvements, ce motif, sont identiques aux corps célestes, c'est-à-dire soumis, l'évier de la cuisine n'est rien qu'une réflexion de l'univers ; puis une autre pensée lui traversa l'esprit, simultanée ou consécutive : mais, dans ce cas, Dieu c'est qui bordel ?

Ben étendit les torchons.

— Il y a un passage qui, hélas, a été sucré dans le film, dit Peter.

Ben pivota vers lui.

— Raconte.

— Thomas Mann écrit un truc comme quoi le public serait profondément déçu, ou décontenancé, si jamais il avait connaissance des sources dont s'inspire l'artiste.

— Pourquoi ?

— Parce que les sources sont souvent banales, pathétiques, sales, glauques et fortuites.

Ben secoua la tête.

— Mais il arrive tout de même qu'un coucher de soleil, une fleur ou une étoile serve d'inspiration ? Non ?

— Je crains fort que ce soit une exception, soupira Peter.

— Et ensuite ?

— Ensuite ? Thomas Mann estime probablement qu'il est plus malin de garder son jeu bien serré contre sa poitrine et de laisser l'art parler.

— Et tu ne crois pas que ça vaut pour mal de choses dans cette vie ?

— C'est toi qui le dis.

Ben posa la main sur l'épaule de Peter, ils restèrent ainsi un moment, sans rien dire, jusqu'à ce que Ben fasse remarquer :

— Ça a été une belle vaisselle, malgré tout.

Peter approuva.

— Oui, presque comme au bon vieux temps.

Ben regarda autour de lui.

— Et rien n'est cassé à ce que je vois.

— Juste une fourchette par terre.

Ben esquissa un sourire prudent.

— Dis-moi, Peter. Comment vas-tu en fait ?

Helene se tenait dans l'embrasure de la porte et peut-être y était-elle depuis un certain temps déjà, depuis suffisamment longtemps pour avoir entendu sinon une partie de leur conversation, en tout cas la fin. Elle les interrompit :

— Il transporte ses toiles dans le jardin où il les laisse plusieurs jours d'affilée. Comme si ça pouvait changer quoi que ce soit.

Ils se tournèrent vers elle. Elle avait le visage pâle, ce qui s'expliquait peut-être par la présence du châle, une soie noire, qu'elle avait posé sur ses épaules, à moins qu'il ne s'agisse de la lumière du plafonnier qui rehaussait la blancheur de sa peau et lui conférait à première vue, surtout au niveau du front, un aspect marmoréen.

Peter essaya de plaisanter.

— Ne dévoile pas mes secrets, Helene, je t'en supplie !

Helene se rapprocha d'eux en riant franchement.

— Vous savez ce que les voisins disent ? Ça y est, le toqué de peintre est reparti pour un tour.

Ben rit lui aussi. De tous, Ben riait le plus fort.

— Voilà qui me met du baume au cœur. J'espère seulement que le gel ne les a pas abîmées.

Peter interrompit la conversation.

— Kaia dort ?

Helene ramassa le mobile démantibulé qu'elle jeta à la poubelle.

Ils s'assirent à la table de la cuisine.

Ben versa un cognac à Helene.

— Kaia dort ? répéta Peter.

Helene le regarda.

— Tu lui as dit quelque chose ?

Peter fit signe que non.

— Pas encore.

— Je crois qu'elle a compris pas mal de choses, ajouta Helene.

Peter lui prit la main.

— Quoi qu'il en soit, il faudra tôt ou tard dire la vérité à Kaia.

Helene secoua la tête.

— Oh putain ce que je déteste ce mot !

Peter lâcha sa main, Ben se pencha vers lui.

— Ça t'a fait du bien ?

— Quoi ?

— De transporter tes toiles dans le jardin ?

— De la sauce brune, voilà ce que c'était, lâcha Peter en baissant les yeux.

— À ce point ? répliqua Ben, un rire forcé dans la voix.

— Oui, de la sauce bien brune et bien épaisse. Un peu comme de regarder un marais.

Ben se retourna vers la surface vide sur le mur, au-dessus de la table.

— Peut-être qu'on devrait quand même repousser le vernissage.

Peter se leva.

— Repousser ? Qu'est-ce que tu me chantes, là ? Et le repousser à quand ?

— Il va bien falloir qu'à un moment on prenne une décision, Peter.

Helene passa un bras autour de lui.

— Ben a raison.

Peter se rassit, souffla bruyamment, il avait besoin d'eau, de beaucoup d'eau.

— La décision est déjà prise, murmura-t-il. Le vernissage aura lieu comme prévu.

Ben opina puis désigna le mur nu, le carré décoloré.

— Qu'est-ce que tu comptes accrocher à la place ?

Peter sourit.

— À la place ? Mais je suis très satisfait de ce qui s'y trouve déjà.

Ben le dévisagea.

— Pardon ? Qu'est-ce que tu veux dire, là ?

— Tu ne vois pas ? Une nature morte tout ce qu'il y a de plus classique. Il manque juste une petite tête de mort à côté de l'interrupteur. Une vanitas. Tout n'est que vacuité.

Helene cogna son verre contre la table, l'alcool passa par-dessus.

— Épargne-nous ton autocommisération, tu veux ? Ça n'aide personne !

Peter regarda ailleurs.

— Pardon. C'était juste une blague.

— C'est une blague débile !

Ben s'éclaircit la voix, mal à l'aise.

— Et que dit Hall ?

Helene soupira.

— On n'aura les résultats de Kaia qu'après Noël. Quand exactement ? Mystère...

Peter se servit de l'eau.

— Je vais accrocher le portrait de Kaia ici ! annonça-t-il.

Ben le dévisagea à nouveau, tout sourire, comme s'il voulait dire qu'il existait bel et bien une source d'inspiration, qu'il n'était pas nécessaire de cacher, l'exception qui brillait avec une telle force qu'elle escamotait la règle.

— Et que dit notre ami à ton sujet ?

— Il dit que nous devons consulter des psychothérapeutes, des psychologues, des dresseurs de chien et Dieu sait qui encore ! Qu'il aille se faire foutre lui aussi !

— Tu ne trouves pas que ce serait raisonnable ? demanda Ben en s'adressant à Helene.

Peter les coupa.

— J'ai assez à faire avec ma cécité que je vais bientôt me prendre en pleine gueule. C'est compris ?

Sur ce, le téléphone retentit.

Helene s'était déjà levée et courait dans l'entrée.

Peter et Ben restèrent assis, dressèrent l'oreille, entendirent la sonnerie s'interrompre, la voix de Helene, d'abord tremblante en prononçant son nom puis cassante, furieuse, le tout ponctué du claquement du combiné contre l'appareil lorsqu'elle raccrocha avec fracas.

Elle revint, s'assit, essoufflée, presque au bord des larmes.

— J'ai cru un instant que c'était le docteur Hall, murmura-t-elle.

Ben remplit leur verre.

— Kristoffer n'appellerait jamais un soir de Noël, précisa-t-il.

— C'était qui alors ? demanda Peter.

Helene laissa tomber ses mains et souleva son verre avant de se tourner vers lui.

— C'était ton connard de copain d'enfance. Thomas.

— Thomas ? Qu'est-ce qu'il voulait ?

— Il voulait juste nous souhaiter un joyeux Noël. Il était ivre.

Peter alla vérifier si Kaia s'était réveillée. Elle dormait, le visage contre son bras. Le cadran de son réveil, phosphorescent, brillait dans l'obscurité, il était onze heures dix, il le voyait d'où il se tenait, il distinguait la trotteuse qui tournait lentement. Il resta ainsi, un long moment, à regarder Kaia. La maquette du théâtre, le modèle réduit, la maison de Helene, était posée sur l'appui de la fenêtre. Puis le téléphone sonna pour la deuxième fois.

Cette fois, c'est Peter qui décrocha.

— Joyeux Noël, dit Thomas Hammer.

— Qu'est-ce que tu veux ?

— Tu as eu des beaux cadeaux ?

— Un téléphone portable.

Peter regretta aussitôt sa phrase, il ne savait pas tout à fait pourquoi, mais il s'en mordait les doigts, comme s'il venait de déflorer un secret et, ce faisant, de les lier plus intimement.

— Félicitations, mon pote ! N'oublie pas de le charger.

Helene sortit de la cuisine, regarda en direction de Peter qui se contenta de secouer la tête. Elle s'approcha.

— Tu peux prier cet imbécile de ne plus téléphoner ici, s'il te plaît ?

Elle continua jusqu'à la salle de bains et claqua la porte derrière elle.

À l'autre bout du fil, Thomas Hammer était passablement agacé et soûl.

— T'es là, Peter ?

— Ma femme te prie de ne plus téléphoner ici.

— Merci, j'ai entendu.

Thomas Hammer pouffa.

— Qu'est-ce que tu veux ? redemanda Peter.

— Moi aussi j'ai un cadeau pour toi.

— Ah oui ?

— C'est réglé. Le traitement est pour ainsi dire en route.

— Qu'est-ce que tu veux dire ?

— Nous partons dans deux semaines.

— Où ?

— Vous avez beaucoup de chandelles chez vous ?

— Des chandelles ? C'est-à-dire ?

— Je connais des enfants en Estonie qui ont besoin de bougies, Peter.

Helene sortit de la salle de bains, en chemise de nuit, le visage démaquillé, révélant les petites rides autour de la bouche ainsi que les pattes-d'oie, pareilles à des égratignures sur la peau blanche ; elle lui jeta en passant un regard noir, découragé.

— Je vais me coucher, annonça-t-elle.

Peter attendit qu'elle soit partie.

— En Estonie ?

— Je te donnerai de plus amples informations un autre jour. Mais n'oublie pas les bougies. C'est juste ce que je voulais te dire.

— Thomas ?

— Oui, je suis là.

— Si ce traitement marche sur moi, est-ce qu'il peut être utilisé sur Kaia ? Ma fille, je veux dire.

— Je comprends. A-t-elle hérité de la vue fâcheuse de son père ?

— Nous ne savons pas encore. Alors, c'est possible ?

— Si ça marche sur toi, ça marche sur elle.

— Merci.

— Y a pas de quoi, Peter. Allez, va rejoindre Helene maintenant.

Peter s'apprêtait à raccrocher.

Or la voix de Thomas Hammer n'avait pas disparu de la ligne.

— Juste une dernière petite chose, Peter.

— Oui ?

— Je n'ai de nous qu'une vieille photo de classe. Celle où on est dans la salle des fêtes. Tu te souviens ?

— Non.

— Elle est en noir et blanc, tu comprends ?

— Et ?

— Ils sont de quelle couleur, tes yeux ?

Peter hésita avant de répondre :

— Bleus.

Thomas Hammer raccrocha le premier.

Peter se retrouva avec le combiné à la main, dans la maison plongée dans le silence tout juste brisé par la tonalité, le signal indiquant que la ligne était occupée. Peter reposa l'appareil à côté du téléphone et retourna à la cuisine.

Ben était toujours là. Peter s'assit. La bouteille était posée entre eux deux.

— Ça te manque ? demanda Ben.

— Quoi ?

— De boire.

— Non.

Ben remplit son verre pour mieux le vider la seconde d'après.

— C'était encore ton persécuteur des jours anciens ?

Peter acquiesça.

Ben se leva.

— Heureusement pour moi, je n'ai pas de persécuteur appartenant au passé. Mis à part toi, bien sûr.

Il rit.

— J'ai peur, dit Peter.

Ben posa ses mains sur ses épaules.

— Je sais. Nous avons tous peur.

Peter désigna la nappe, les taches foncées là où Kaia était assise.

— Tu sais à quoi je pensais, Ben ? Je pensais que c'est pour ça que tout va de travers. À cause de ces taches, là. C'est la faute des taches. Quand on aura envoyé cette nappe au nettoyage, tout s'arrangera. Y a pas plus con comme réflexion, non ?

— Tu veux que je reste ?

— Ce n'est pas nécessaire. Mais merci.

— Tu es sûr ? Je peux dormir dans l'atelier.

Peter gloussa.

— Il est impossible de dormir dans la sauce brune.

Ben ne riait pas.

— Il faut que je te repose la question, Peter. Tu auras terminé ?

— Je *vais* terminer.

— Et si on ressortait de vieilles lithos ? Que tu n'as jamais exposées.

Peter ne répondit pas, ça n'en valait même pas le coup.

Mais Ben ne lâcha pas le morceau :

— Ou alors on fait une rétrospective. C'est facile de retrouver la trace des peintures qui sont chez des collectionneurs privés.

Là, Peter intervint :

— Je ne suis encore ni aveugle ni mort.

— Je suis sérieux, Peter.

Peter sursauta sur sa chaise.

— Est-ce que j'appelle un taxi ou est-ce qu'il faut que je te foute à la porte ?

— C'est trop gentil, mon ami, mais je préfère partir de mon plein gré.

Ils rirent encore un peu. Pourtant, il n'y avait pas de quoi rire.

— Merci d'être venu, chuchota Peter.

Ben se pencha à sa hauteur pour l'embrasser sur le front.

— Et donc il ne reste plus jour pour jour que trois mois et deux semaines avant le vernissage.

À ces mots, il prit son nouveau chapeau de paille et sa canne et sortit affronter l'hiver.

Peter demeura assis. La bouteille non plus n'avait pas bougé. Elle contenait encore un fond de cognac. Il ôta le bouchon. Les effluves d'alcool se répandirent brusquement, comme un bouquet noir et invisible, et l'étourdirent un instant. Cette joie s'était volatilisée. Cette soif était étanchée. Il remit le bouchon en place et gagna l'atelier d'un pas pressé. Le froid produisait des étincelles. Il ne le sentait pas. Il retourna les tiroirs où il trouva de vieux pinceaux dont il n'avait jamais réussi à se débarrasser, des notes, une critique, des boîtes d'allumettes, le masque à gaz, une reproduction en carte postale du *Concert*, la peinture inachevée de Nicolas de Staël, des couteaux, une aquarelle délavée, un agenda de poche et, enfin, il les dénicha : les cachets. L'étiquette ne portait pas de date de péremption mais uniquement le jour où ils lui avaient été délivrés, quelque dix ans plus tôt. Ils étaient éternels. Il en sortit deux, les avala à l'aide d'un verre d'eau, ne sentit rien, sinon un vague apaisement dont il savait pertinemment qu'il était le fruit de son esprit mais qui n'en demeurait pas moins bon à prendre.

Peter dut s'appuyer contre la glace pour pouvoir distinguer ses propres yeux dans l'obscurité.

Ils étaient bleus.

Il n'avait plus de blanc de titane fabriqué par Becker. Les tubes vides et aplatis gisaient à terre. Il n'y avait plus dans le monde entier de blanc de titane fabriqué par Becker.

Alors, il découpa les toiles de leur châssis, les lacéra, les déchiqueta, les enfourna dans le poêle à bois, les aspergea de white-spirit, alluma et s'assit pour observer ces pans de lin se replier et relâcher pour ainsi dire leur emprise sur leur propre étoffe, tandis que les couleurs se décomposaient dans les flammes, crépitaient, cuisaient puis se consumaient en une fumée noire.

L'opération prit plusieurs heures.

Ensuite, lorsque ce fut terminé, les mains et le visage encore brûlants et salis, épuisé mais reposé, il s'immobilisa devant la porte, sous la pendule arrêtée – et c'est seulement à ce moment-là qu'il se rendit compte, dans un éclair de lucidité, qu'il ne devait pas faire corps avec son époque, qu'il ne devait pas être en accord, en harmonie avec son temps, il devait s'en écarter, le plus loin possible, c'était le but : n'être ni en avance ni en retard sur son temps, et ne pas être en désaccord ni en disharmonie car ce ne sont rien d'autre que des avatars de la discipline, mais bien être en marge, être ailleurs, dans un autre lieu.

Une prise de conscience aussi élémentaire qu'impossible : pareil autre lieu n'existait pas.

N'empêche : c'est là-bas qu'il devait être.

Et, simultanément cette pensée dévorante à laquelle il n'échappait pas : aurait-il terminé à temps ?

Tout était, au bout du compte, une question de temps.

Et Peter se remémora les paroles d'un autre peintre qu'il s'était appropriées, à savoir que l'on ne termine pas une œuvre d'art, on la quitte.

Puis il retourna à la maison. Kaia dormait, dans la même position. Le jour n'allait pas tarder à se lever, il était cinq heures moins dix. Une ondulation agita les rideaux verts qui cessèrent l'instant d'après leur mouvement. Le modèle réduit, tombé de l'appui de la fenêtre, gisait à terre, en morceaux : le plancher, les murs, le plafond étaient cassés. Il les laissa dans cet état. Il ne voulait réveiller personne. Il s'allongea à côté de Helene. Elle était éveillée. Il caressa d'une main son épaule nue. Elle l'embrassa mais eut aussitôt un mouvement de recul.

— Qu'est-ce que tu as fabriqué ? demanda-t-elle tout bas.

— J'ai rangé dans l'atelier.

— Tu sens le brûlé.

— Je repars de zéro.

Helene se rapprocha.

— Tu dis toujours ça.

Peter ferma les yeux.

— Il fallait que je prenne un cachet.

Helene réfléchit en silence.

— Tu craques ?

— Non.

— C'est sûr ? Parce que je n'ai pas le temps de courir comme une folle et de jouer les nurses en ce moment. J'ai une première dans pas longtemps au cas où tu l'aurais oublié.

Peter eut un mouvement de tête négatif en guise de réponse.

Helene le serra contre elle.

— Parle-moi, Peter.

— Je vais m'absenter pendant un petit bout de temps.

— Qu'est-ce que tu veux dire ?

— Je vais essayer un nouveau traitement.

— Quel genre de traitement ?

— Je ne peux pas te le dire.

Helene relâcha son étreinte.

— Tu ne peux pas me le dire ? En quel honneur ?

— Parce que j'ignore en quoi il consiste.

— Pourquoi tu le fais alors ?

— Je n'ai rien à perdre, Helene.

— Et qu'en dit le docteur Hall ?

Peter hésita.

— Il n'est au courant de rien. Et il ne doit pas l'être non plus. D'accord ?

Helene s'assit dans le lit et le regarda.

— C'est ce Thomas Hammer qui t'a mis ça en tête, hein ?

— Ça n'a pas d'importance.

— Ah non ?

— Il peut me proposer un traitement qu'on ne trouve pas en Norvège, Helene.

— Et pourquoi Hall ne peut pas te le proposer ?

Peter détourna le regard ; les courants d'air faisaient trembler les rideaux qui, quelques instants plus tard, se stabilisèrent à nouveau.

— Le docteur Hall n'est peut-être pas arrivé aussi loin, répondit-il.

— Et tu y crois, toi ?

— Ça peut sauver ma vue. Ce n'est pas suffisant ?

— Et tu ne sais même pas de quel traitement il s'agit ?

Peter dit :

— Je ne veux pas le savoir.

Helene secoua la tête, se leva et sortit dans le couloir. Peter, resté allongé, l'entendit s'arrêter devant la chambre de Kaia avant de continuer dans la cuisine où elle ouvrit le réfrigérateur – et il repensa à ce qu'il venait de dire, qu'il ne voulait pas savoir, c'était la vérité, c'était un mensonge, c'étaient les deux, c'était sa double lâcheté, c'était le chien noir qui un jour avait montré les dents, qui avait tiré sur sa laisse, c'était lui qui n'avait pas bougé d'un poil, qui n'avait rien fait, qui s'était borné à fermer les yeux, qui était un trouillard, oui, un trouillard intrépide, voilà ce qu'il était. Puis Helene revint et s'assit sur le bord du lit, un verre d'eau à la main, rempli de glaçons qui s'entrechoquaient.

— Tu as déjà pris ta décision de toute manière, fit-elle remarquer.

— Je n'ai pas le choix, Helene.

— Tout à l'heure tu disais que tu n'avais rien à perdre. Ce n'est pas la même chose.

Peter murmura :

— Si le traitement marche sur moi, il peut aussi sauver Kaia.

Helene l'interrompit.

— Je t'accompagne, Peter.

— Impossible.

— Impossible ? Mais pourquoi ?

— Parce que c'est quelque chose que je dois faire seul.

Helene se fendit d'un rire désemparé.

— Tu devrais t'entendre !

— Parce que tu crois peut-être que je ne m'entends pas ? Tu ne crois pas que, à chaque seconde qui passe, je ne m'entends pas ? Hein ?

Helene regarda ailleurs.

— Tu pars quand ?

— Bientôt. Dans deux semaines.

— Je n'aime pas ça.

— Il faut que tu me soutiennes, Helene.

— Je t'ai toujours soutenu.

Peter l'attira vers lui, elle se laissa faire à contrecœur.

— Je le fais pour Kaia. Tu comprends ? Pour Kaia.

Helene ne dit rien pendant un long moment.

Elle finit par demander :

— Et si Kaia est en bonne santé ? Pour qui tu le fais dans ce cas ?

— Pour nous, Helene. Pour nous. Pour qui veux-tu que je le fasse ?

Elle ne répondit pas.

Ils s'endormirent enfin, au petit matin.

Peter eut le temps de rêver, à moins qu'il ne fît ce rêve une autre nuit, un rêve persistant, refusant de lâcher prise, où irradie une lumière qui n'existe en nul autre lieu que dans ce rêve, comme si le soleil bas et mat de décembre brillait en mai, il s'en souvenait avec une netteté incroyable, et non un rêve où figure le garçon grassouillet, collant et tiré à quatre épingles, qui lui pose son impossible question dans cette tout aussi impossible lumière : si tu pouvais choisir ? si tu pouvais choisir, Peter ?

Puis ils furent réveillés.

Kaia se tenait devant leur lit.

— La neige est noire, déclara-t-elle.

Ils s'assirent dans le lit.

Helene lui tendit la main.

— Qu'est-ce que tu dis, mon cœur ?

Kaia ne bougea pas.

— La neige est noire, répéta-t-elle.

Peter et Helene allèrent à la fenêtre, tirèrent les rideaux et jetèrent un œil dehors.

Le temps était dégagé, le ciel haut, la lune encore visible à l'ouest.

Une pie, installée sur une branche, grignotait une pomme pourrie.

Le jardin était, dans sa totalité, de l'atelier jusqu'à la maison, saupoudré d'une fine pellicule de suie et de cendre.

18.

Mais quand on touche le fond, le fond du tableau, on trouve autre chose, qui fait tout autant partie intégrante de l'image, qui demeure pourtant caché et ne correspond pas aux sources sales de l'inspiration, mais en constitue bel et bien le matériau :

Deux êtres humains vont bientôt se réveiller, deux enfants. De toute manière il n'y a que des enfants dans la cabane du kolkhoze abandonné, délabré. C'est le garçon qui se réveille en premier. Il a froid. Des engelures apparues dans la nuit lui crevassent et lui sillonnent la peau. Dedans la neige tombe aussi. La température est tombée à moins quinze. Ce soir c'est Noël. Il se tourne vers sa sœur. Il la laisse dormir encore un peu. Elle est étendue sous un carton. Elle a les pieds enveloppés dans des sacs plastique. C'est sa petite sœur. Elle s'appelle Samara. Lui, c'est Vova.

Vova et Samara.

Il regarde autour de lui :

Des machines rouillées, des outils bousillés, un cadavre, peut-être celui d'un taureau, ou d'une vache, des squelettes, rien à bouffer, rien à boire, rien à sniffer. Le froid est pire que la faim. Le vent est pire que la soif. Dormir vaut mieux que se maintenir éveillé.

Il enfourne la neige dans sa bouche. Il mâche la neige noire.

Puis il la réveille.

Ils doivent continuer.

Escaladant les congères qui encombrent la porte ouverte, une porte que le vent fait claquer sans discontinuer, ils se dressent devant des terres mortes et poisseuses. S'ils se retournent, ils distinguent à grand-peine dans le brouillard qui se déplace en nappes grises l'amas de bâtiments tout démantibulés. On est encore le matin et il fait encore noir.

Ce soir c'est Noël.

Ils aboutissent à une route. Ils la suivent. Un bus leur passe devant, il ne s'arrête pas. Une étoile rouge brille sur la lunette arrière puis s'éclipse. Samara reste à la traîne. Vova est obligé de l'attendre. Il retire ses godasses déglinguées. Elle n'a qu'à les prendre. Lui noue les sacs plastique autour de ses pieds nus, presque bleus. Ils continuent. Ils marchent toute la journée. Samara pleurniche. Vova la console. Ils sont en route pour l'église de Peeteli. Il a entendu dire qu'elle était ouverte. Il a entendu dire qu'il y a des lits. Il a même entendu dire, par les autres enfants qu'ils ont pu croiser, qu'on vous donne des cadeaux, du chocolat, des bottines, des bougies.

Le ciel blanchit.

Vova tient sa petite sœur par la main, à moins que ce ne soit le contraire, que ce soit Samara qui se cramponne à son grand frère, pour qu'il ne la quitte pas.

Il ne la quitte pas.

Ils suivent un moment la ligne de chemin de fer, une voie désaffectée qui reliait Tartu à Tallinn. Une draisine est figée aux rails, inamovible malgré leurs efforts. Ils retrouvent la route. S'approchent de la ville. En discernent les contours, les fortifications, les dômes, les grues, les flèches d'église.

Les rafales d'un vent froid et humide montent de la mer.

Vova sourit.

Il sait où se trouve l'église de Peeteli.

Il suffit juste de rejoindre le clocher le plus haut.

Vova et Samara y vont.

Les rues sont étroites, les pavés glissants. Une croix illuminée se détache de la place du marché. Ils ne voient personne, nulle part. Il fait déjà noir.

Ce soir c'est Noël.

Le ciel au-dessus de Tallinn est quasi invisible.

Ils s'arrêtent devant une large porte.

Vova frappe.

Samara se cache derrière lui.

Il faut du temps avant que quelqu'un daigne ouvrir la porte. Vova est sur le point de perdre courage. Peut-être que tout ce qu'il a entendu dire n'est qu'un tissu de mensonges. Auquel cas il aura menti à sa petite sœur et l'aura traînée tout du long pour rien.

Et contre toute attente la porte finit par s'ouvrir.

Dans l'embrasure se profile une bonne sœur, un foulard noir serré autour de la tête, une longue robe blanche battant au vent, comme une voile, des mains petites, presque roses, elle baisse les yeux sur eux, sourit, sans pour autant faire un pas de côté pour les laisser pénétrer dans l'enceinte, dans la chaleur de l'église, où leur parvient une musique, les tonalités d'un accordéon, d'une flûte, non : la religieuse reste campée devant eux, avec un sourire désespéré, découragé, c'est le sourire le plus effrayant que Vova ait vu chez un être humain, et le garçon de lui montrer une photographie, un cliché abîmé, quasi déchiré, il tient la photo dans la main et la brandit à la bonne sœur qui se contente de secouer la tête puis de dire que, désolé, c'est plein, elles ne peuvent pas, elles n'ont pas le droit, elles ne peuvent pas en faire entrer d'autres, beaucoup ont été éconduits avant eux, il y a trop de souffrance et pas assez de places, voilà ce que dit la servante de Dieu avant de s'absenter une seconde puis de revenir avec un filet à provisions, qu'elle tend à Vova, Joyeux Noël, les enfants, allez en paix, allez à Kopli, au vieux transformateur, demandez là-bas – et la religieuse pleure en refermant la lourde porte de l'église de Peeteli.

Vova range la photo dans sa poche et jette un œil dans le filet. Là-dessus au moins, on ne leur aura pas menti, ici ils donnent des cadeaux : un animal en jouet, un lapin à ce qu'il lui semble, un bout de savon vert, une bougie avec une mèche noire, une barre de chocolat dans du papier argenté dont il casse immédiatement un morceau et le donne à Samara qui, avide, en veut la totalité, mais Vova a beau lui dire de manger lentement elle n'y arrive pas, tant et si bien qu'il doit la tenir pendant qu'elle vomit dans la neige.

Et puis ils continuent, vers Kopli, pour gagner le transformateur, désaffecté lui aussi.

Là-bas, il n'y a personne à demander.

Vova prend Samara par la main avant d'entrer dans le bâtiment.

S'ils ne voient personne, ils perçoivent, vaguement, très loin, à moins que ce ne soit très proche, c'est impossible à dire, des souffles, des pleurs, des sons. Ils se dégotent un endroit dans le noir, où ils peuvent s'asseoir, contre un mur. Tout vaut mieux que rien. Dedans vaut mieux que dehors. Un toit vaut mieux que le ciel. Un sol vaut mieux que la terre. L'obscurité vaut mieux que le vent. Rien vaut mieux que tout. Soudain, on touche Vova à l'épaule, il serre le poing, frappe, ne heurte personne sinon l'air ambiant, il entend un rire, un rire sec, aigu, puis l'instant d'après on lui cale une bouteille dans la main, il en boit une gorgée, à toute vitesse, c'est de la gnôle, de l'eau-de-vie de grains épaisse, du résidu en réalité. Et il sent aussitôt l'amorce de l'ivresse, cette montée amère et agréable en même temps, qui ressemblerait au sommeil mais plutôt à une autre espèce de sommeil, pas à ce sommeil comme quand on dort, du coup il sort le savon qui dégage une odeur forte dans sa paume, une bonne odeur, et il le fait passer, comme il a reçu un truc il donne un autre truc en échange, il s'agit d'avoir des amis et de se faire des ennemis le moins possible, l'odeur passe de main en main, remplit le vieux transfo d'un parfum, un parfum de crasse, et c'est lui, ce parfum, qui est transformé, converti en chant, comme si le local se retrouvait à nouveau sous tension. Quelqu'un se met à chanter, une voix de garçon dans le noir, tout bas, puis la mélodie se dissémine, se répand de bouche en bouche, Vova chante, Samara chante, tous chantent à l'unisson dans l'obscurité glacée, un véritable chœur commence à retentir, mais voilà qu'il est interrompu, le chant s'arrête au beau milieu d'un couplet, à croire qu'ils le sentent, tous autant qu'ils sont, qu'ils sentent tous en même temps qu'il va se passer quelque chose, quelque chose de bien, quelque chose d'impardonnable :

Trois hommes se matérialisent dans l'encadrement de la porte, trois ombres, l'un reste dans l'entrée, immobile, tandis que les deux autres pénètrent à l'intérieur, s'approchent d'eux, des enfants, le silence est total, seuls leurs pas résonnent, ils font tomber quelque chose sur le sol, une sacoche, ou un sac poubelle, un empilement de ce qui ressemble à des paquets se précipite par terre mais personne ne bouge, un des hommes se rapproche encore plus, il s'arrête, il se penche, le deuxième le rejoint, allume une lampe de poche, les deux types demeurent invisibles, ceux qui éclairent demeurent cachés, dans l'obscurité derrière la lumière forte; et c'est là qu'ils aperçoivent la gamine rachitique assise dans le coin, dont les mains serrent un animal en jouet, puis ils voient le gosse pouilleux à côté, qui se blottit contre elle.

Les yeux de Vova sont marron. Les yeux de Samara sont bleus.

19.

Les yeux de Kaia étaient verts.

Helene ne voulait pas conduire ce matin-là. Ils prirent par conséquent un taxi. Elle était assise devant, Peter et Kaia se tenaient à l'arrière. Kaia somnolait contre le bras de son père. La météo avait d'un coup changé du tout au tout. Le temps était doux, pluvieux, venteux, il soufflait un vent de fœhn, une mousson d'hiver, un sirocco, qui jamais ne s'aventurait dans cette région du globe et qui, sous des latitudes plus méridionales, était considéré comme fauteur de folie, de disette et de divorces. La neige s'affaissait, s'écoulait et s'évacuait en laissant sur son passage des plaques de glace, des déchets et de la gadoue. Les inondations emportaient les ponts. Les éboulements obstruaient les routes. Cela ressemblait à un printemps naissant, en mars ou en avril. Cela ne ressemblait à aucune saison du calendrier. Cela se passait trois jours après Noël. Cela se passait le jour où les résultats des examens de Kaia les attendaient.

Au tableau de bord, il était 10 h 16.

Peter se pencha avec précaution en avant et chuchota :

— Comment était sa voix ?

— Sa voix ?

— Oui, celle du docteur Hall. C'est toi qui lui as parlé si je ne m'abuse.

— Il nous a demandé de venir, Peter.

— Mais elle était différente ?

— Je n'ai pas noté de différence. Sa voix était comme d'habitude.

— Mais si tout va bien, il aurait quand même pu te le dire au téléphone ?

Helene jeta un regard furtif sur Kaia. Elle dormait toujours.

— Il voulait nous parler, j'imagine. Et pas au téléphone. C'est pas comme ça que ça se passe d'habitude ?

— Qu'est-ce que j'en sais, moi, de ce qui se passe d'habitude ! Rien n'est comme d'habitude, alors.

— On peut pas faire autrement qu'attendre, Peter.

— Je peux l'appeler, là.

— C'est ça, vas-y. Appelle-le du taxi.

— J'ai pris mon téléphone. Le portable que tu m'as offert. Je peux l'appeler pour lui demander.

Helene prit un ton légèrement agacé.

— Ne m'angoisse pas plus que je ne le suis déjà, tu veux ?

— C'est moi qui t'angoisse ?

— Écoute, Peter, fais un effort ! Sinon tu peux descendre ici.

— C'est le docteur Hall qui nous angoisse.

Helene se tourna vers lui.

— Peut-être qu'au fond ça te met mal à l'aise de le rencontrer, hein ?

Peter oublia de chuchoter.

— Si Kaia est en bonne santé, il n'avait qu'à te le dire au bout du fil, non ?

— Chut ! fit Helene, avec une colère rentrée.

Peter se renfonça dans la banquette.

Le chauffeur monta le son de la radio. On annonçait des bouchons au niveau du pont d'Østre Bro, un poids lourd s'était renversé, ça ne les concernait pas, songea Peter, ça ne les mettrait pas en retard, c'était situé de l'autre côté de la ville. Une météorologue expliquait que le vent, ce vent si capricieux, pouvait fraîchir dans le courant de la journée et lançait un avis de grand frais voire de coup de vent, avec risque de tempête accompagnée localement de fortes rafales. Les gens étaient priés de rester chez eux. Peter songea encore que ça ne les concernait pas davantage. Un ballet de phares jaunes et tremblotants valsait sur la chaussée avant de s'évanouir, semblable à un souffle monotone dans le lointain : les roues contre l'asphalte détrempé, la pluie, la musique ; on aurait cru avoir affaire à une pièce pour piano de Satie, sauf que les essuie-glaces n'étaient pas au diapason.

Le chauffeur baissa le son.

Kaia se réveilla.

— On est où ? voulut-elle savoir.

— En route pour aller chez le docteur, précisa Peter.

Helene pivota vers eux.

— Ce n'est plus très loin, mon trésor.

Kaia regarda par la vitre. Il n'y avait pas grand-chose à voir. Des gouttes qui coulaient de bas en haut, des rainures lourdes qui hachuraient l'horizon, à croire que tout avait la tête à l'envers. Tout avait la tête à l'envers.

Qui allait consoler qui, à présent ?

Peter se cramponna à cette pensée, son seul point d'ancrage dans tout ce déluge, lui signifiant que tout ce qu'il faisait était pour le bien de Kaia.

Kaia ne se trompait pas.

Elle blottit sa main frêle et presque blanche dans le poing râpeux et poisseux de Peter.

Ils restèrent ainsi tandis que le taxi s'approchait.

— Ça va bien se passer, murmura-t-il. Ça va bien se passer.

L'instant d'après, ils obliquaient pour se garer devant la Clinique. Peter pria le chauffeur de les attendre. Une aide-soignante les accompagna jusqu'au bureau de docteur Hall. Il salua Kaia en premier. Elle répondit en s'inclinant. Peter essaya de déchiffrer le visage du médecin. C'était impossible. Son visage aurait pu être celui de n'importe qui, impénétrable, neutre, dépourvu du moindre signe. Trois chaises étaient déjà disposées. Kaia put s'installer au milieu. Peter lui tenait la main. Elle lui tenait la main. Les radios étaient posées sur la table lumineuse. L'une était accrochée de travers. Le docteur Hall la remit droite, alla s'asseoir, feuilleta des documents puis leva les yeux.

— Kaia est en excellente santé, déclara-t-il.

Peter se dit : elle a hérité des yeux de sa mère.

Helene s'avança, demanda à réentendre ce qu'elle venait d'apprendre, comme si elle craignait d'avoir mal compris.

— Vous êtes vraiment sûr que c'est vrai ?

Le docteur Hall sourit.

— Sa santé est excellente des pieds à la tête. Pas vrai, Kaia ?

Kaia, fixant ses cuisses sans relever les yeux, acquiesça.

Helene ne cessait de lui passer une main dans les cheveux.

— On le savait, mon trésor. Tout va bien. Il ne te manque absolument rien.

Le docteur Hall éteignit la table lumineuse. Le noir monta à partir du fond, comme lorsqu'on remplit d'eau un aquarium.

Elle redressa le dos.

Peter lâcha la main de Kaia, jeta un œil à sa montre, il était onze heures et quart.

Le docteur Hall ajouta :

— Nous avons fait, comme le savez, les examens les plus poussés et les plus complets. La conclusion est unanime. Il n'y a aucune espèce de réserve. La vue de Kaia est sans défauts. Tu comprends ce que je suis en train d'expliquer, Kaia ?

De nouveau, Kaia acquiesça.

Peter se leva.

— Pourquoi vous ne l'avez pas dit tout de suite ?

Le docteur Hall ne put masquer son étonnement.

— Pardon ?

— Pourquoi vous ne l'avez pas dit quand vous avez appelé ce matin ? Que Kaia était en parfaite santé.

Le docteur Hall déporta son regard sur Helene qui leva le sien vers Peter.

— Sois gentil, Peter. Pas maintenant.

Mais Peter ne voulait pas être gentil. Quelque chose en lui se déchaîna. Une indignation dont il devait se délester. Elle était légitime, et il devait s'en débarrasser. Il pointa un doigt vers le médecin.

— Pendant plus d'une heure, pendant exactement une heure et vingt minutes, vous nous avez exposés, surtout Kaia d'ailleurs, à une angoisse superflue.

— J'en suis désolé, monsieur Wihl, mais...

Peter le coupa.

— Désolé ? Nous torturer, c'était ça l'objectif initial ? Ou est-ce que vous considériez que, ce matin, le moment n'était pas venu ?

Le docteur Hall croisa les mains sur lesquelles il posa son menton. Si tant est qu'il se sente mal à l'aise, cela ne se lisait nullement sur son visage.

— C'est que nous ne donnons pas les diagnostics par téléphone, monsieur Wihl.

— *Les diagnostics ?* Mais vous n'aviez qu'à prononcer une seule phrase : elle est en bonne santé ! C'est pas sorcier ! Être en bonne santé n'est pas un diagnostic, nom d'une pipe !

Soudain, Kaia demanda :

— Et papa, lui aussi il sera bientôt en bonne santé ?

Un silence tomba.

D'un coup, l'indignation de Peter s'était volatilisée. Et désormais, c'était lui qui était mal à l'aise. Il posa délicatement la main sur les épaules tremblantes de Kaia. Helene passa son bras autour de sa taille.

Le docteur Hall referma le dossier posé devant lui et les observa.

Il attendit encore un peu avant d'énoncer :

— C'était justement de cela que je voulais m'entretenir avec vous.

Peter ne bougea pas.

Le docteur Hall s'adressa cette fois encore à Kaia.

— Donc tu comprends que ton papa est malade ?

Kaia avait de nouveau le regard rivé sur ses genoux.

— Oui, fit-elle du bout des lèvres.

Helene secoua la tête.

Peter se rassit.

— C'est une maladie qui n'est pas dangereuse, Kaia. Ton papa peut mener une vie tout à fait normale. La seule différence, c'est qu'il ne verra plus.

Pour Peter, c'était la goutte d'eau qui faisait déborder le vase.

— Est-ce que tout ce cirque est vraiment nécessaire ?

— Qu'est-ce que vous voulez dire ?

— Un taxi nous attend dehors.

Le docteur Hall préféra regarder Helene.

— Ce qui arrive à Peter vous concerne tous.

Helene approuva.

— Nous le savons.

— C'est la raison pour laquelle il est essentiel que vous soyez préparés le mieux possible.

Peter répéta :

— Vous estimez vraiment que tout votre cirque est nécessaire ?

Le docteur Hall plongea son regard dans les yeux de Peter.

— Oui. C'est mon devoir.

— Et c'est votre devoir, aussi, de faire porter un fardeau à une famille ?

— C'est un fardeau que vous devez hélas tous porter.

Ce fut Kaia qui les interrompit.

— On aura un chien ? demanda-t-elle.

Et Peter éclata de rire, aussitôt imité par les autres. Kaia les délivrait, grâce à son apparente innocence et sa sincère naïveté. Or quand Peter, soulagé, reconnaissant, se pencha pour l'embrasser, il aperçut aussitôt, tapis juste en dessous de cette innocence et de cette naïveté, le sérieux et la gravité qui animaient l'enfant ; il comprit alors que ce n'était pas la perspective joyeuse d'avoir un chien qui poussait Kaia à poser une telle question, c'était la crainte – et il eut honte, il éprouva une honte sans fond.

Il chuchota :

— Non, Kaia. Nous n'aurons jamais de chien.

Le docteur Hall les suivit jusqu'au taxi. Kaia voulait s'asseoir devant. Helene dut l'aider à attacher la ceinture de sécurité mais, n'y arrivant pas elle non plus, le chauffeur, un homme jeune et visiblement doué d'une patience d'ange, fut forcé de s'y mettre pour arriver à la coincer dans la boucle entre les deux sièges.

Le docteur Hall prit Peter à part près de l'escalier.

— Vous subissez une trop grande pression.

— Je suis content que Kaia soit en bonne santé.

— Je n'ai pas beaucoup aimé ce que j'ai vu, en haut.

Peter boutonna son manteau.

— Nous allons finir par être trempés, commenta-t-il.

— Vous avez perdu l'équilibre.

— C'est terminé.

Peter voulut partir, mais le docteur Hall le retint.

— C'est loin de l'être, monsieur Wihl.

Peter s'immobilisa.

— J'avais oublié cette mauvaise habitude que vous avez d'effrayer les gens, au lieu de les réconforter.

Le docteur Hall lui lâcha le bras.

— Je ne dis que ce qui est vrai.

Peter sourit.

— Ça doit être ça alors…

Il s'assit à l'arrière, à côté de Helene, et le taxi les emporta loin de la Clinique.

Les nuages ne tardèrent pas à partir dans la direction opposée, donnant l'impression définitive que tout fonctionnait à une autre vitesse : le ciel fonçait à tombeau ouvert alors qu'eux faisaient du surplace, le soleil bas et mat les aveugla un instant en colorant le bitume d'une teinte bleue tirant sur le vert du fait de la pluie et des dépôts d'essence. L'orage annoncé ne venait pas, du moins pas encore.

Le chauffeur ralentit et tourna la tête.

— J'ai comme l'impression que votre fille est en train d'être malade.

Ils eurent juste le temps de l'extraire de sa ceinture de sécurité et d'ouvrir la porte que Kaia, à genoux sur le bas-côté, vomissait. Peter vit quelque chose dégringoler des poches de son manteau. Il s'approcha pour le ramasser. Ce n'était autre que les cubes qu'il lui avait peints, dans des tons froids et chauds.

Kaia se sentait mieux. Helene lui essuya délicatement le visage et la bouche. Peter lui tendit les cubes. Il ne savait pas quoi dire.

— Tu les avais emportés ? demanda-t-il, faute de mieux.

Kaia détourna les yeux.

— Ils n'ont pas d'endroit où habiter.

Elle les fourra dans ses poches.

Peter regarda Helene accroupie à côté d'elle.

— Mais si, ils en ont un.

Kaia fit un geste négatif de la tête.

— Leur maison est détruite.

Un téléphone sonna.

Le chauffeur, qui attendait à l'extérieur de la voiture, se pencha aussitôt à travers la vitre pour attraper son portable posé sur le tableau de bord. Ce n'était pas lui. Rigolard, il désigna Peter :

— C'est le vôtre !

Le téléphone portable de Peter sonnait. Pour la première fois, il sonnait, et Peter n'était pas habitué à ce bruit. Helene se releva et l'observa tout en tenant Kaia serrée contre elle. Peter s'écarta. Il sortit l'appareil, entre-temps redevenu muet, de son manteau et réussit finalement à appuyer sur les bonnes touches. Il avait un message : le jour et l'heure du départ, le nom d'un hôtel, le montant d'une somme. À la fin figurait : « *N'oublie pas les bougies. Efface ce message.* »

20.

Le temps de vol était d'une heure et quarante-cinq minutes.

Peter avait un siège côté hublot. Il n'y avait rien à voir hormis les nuages et le brouillard. Il ne toucha pas à son plat. Il but de l'eau. De l'eau tiédasse. L'appareil fléchit pour amorcer sa descente, Peter vérifia que sa ceinture était bien attachée, il la resserra et, quand il jeta un nouveau coup d'œil par le hublot, il aperçut des champs, de la neige boueuse, des groupes de maisons disséminées çà et là, abandonnées, puis, plus loin, la côte, le littoral, la mer. L'avion fut ballotté de droite à gauche au moment de traverser un autre banc de nuages, et lorsqu'à travers le hublot l'horizon se dégagea Peter ne distingua que le ciel, un ciel profond et bleu, presque noir, il n'avait pas le souvenir d'avoir jamais vu un ciel pareil, ou un pareil ciel, avec une couleur qui n'en finissait jamais – et il ne se demanda pas si c'était la dernière chose qu'il verrait, mais plutôt si c'était la dernière chose qu'il se rappellerait avoir vue, à savoir le ciel au-dessus de Tallinn.

L'avion se posa.

Peter n'avait qu'un bagage à main. Il fut arrêté à la douane, conduit à l'intérieur d'une cabine, derrière un rideau où était posté un autre homme, habillé en civil, qui enfila aussitôt des gants en latex, et Peter de craindre le pire sans pour autant le craindre : ils pouvaient faire ce qu'ils voulaient, désormais, ce n'était plus de son ressort. Il dut retirer sa veste et ses chaussures, vider ses poches. Ils tournèrent et retournèrent les objets dans tous les sens, ces bricoles ordinaires devenant immédiatement extraordinaires une fois posées sur la petite table en acier : le crayon, le trousseau de clés, la montre, le téléphone portable, des cure-dents pris dans l'avion, la boîte contenant les médicaments. Ils l'ouvrirent, sentirent, examinèrent l'étiquette, sourirent, refermèrent le couvercle. Après quoi ils épluchèrent son passeport, fouinèrent dans son sac, fouillèrent entre les quelques vêtements que Peter avait emportés – et Peter eut la sensation prodigieuse et particulière que tout se produisait dans un enchaînement inverse, que les événements avaient commencé par la mauvaise fin, voire, quand ils lui restitueraient son passeport et son sac, qu'il monterait à bord de l'avion, rentrerait chez lui, que cette histoire serait déjà derrière lui.

Ils trouvèrent quelque chose.

L'homme en civil brandissait une bougie blanche et la montrait à son acolyte, qui lui aussi en avait trouvé une, mais une bougie de l'Avent, violette, à moitié consumée. Un sourire se dessinait sur leur visage lorsqu'ils se tournèrent vers Peter. Le premier ôta ses gants fins en latex et lui souhaita la bienvenue à Tallinn. Le second rangea toutes les affaires avant de lui présenter ses vœux de bonne année. Peter pouvait partir.

Il se dirigea d'un pas pressé vers la sortie. Personne ne l'attendait. Le vent lui fouetta le visage. Il prit un taxi jusqu'à l'hôtel, se présenta à la réception, se renseigna sur le compte de Thomas Hammer mais ils n'avaient aucune réservation à ce nom, demanda s'il avait des messages mais ils n'avaient aucun message à son nom, remercia, prit la clé, monta dans sa chambre au deuxième étage, ouvrit la porte, s'assit sur le lit. Ç'aurait pu être n'importe où, dans n'importe quel hôtel de n'importe quelle ville : une télé, un minibar, une corbeille contenant chocolats et noix, un petit bureau sous un miroir, des murs nus et jaunes. Il jeta un œil dans la salle de bains : une douche, un rideau vert, des petites bouteilles de shampoing sur le lavabo, des verres en plastique, un savon. Il en profita pour pisser, tira la chasse, se lava les mains, revint dans la chambre, ouvrit le minibar, avisa trois compartiments remplis de mignonnettes, trouva une bouteille d'eau, dévissa le bouchon, avala deux gélules, bloqua sa respiration pendant quelques secondes, alluma son portable, n'y trouva pas de messages, appela chez lui.

Helene répondit dans la seconde.

— C'est moi, dit Peter.

— Comment ça va ?

— Aucune nouvelle pour l'instant.

— Peut-être qu'il t'a mené en bateau.

— C'est ce que tu espères ?

Helene garda le silence un instant.

Peter se campa devant la fenêtre et regarda à travers les rideaux. Il aperçut, en bas, à l'angle, un cinéma. Il voyait même l'affiche, placardée dans une vitrine près de l'entrée : *La Jeune Fille à la perle*. Un chien trottinait sur les pavés, en plein milieu de la rue déserte.

Il ne dit pas autre chose :

— Ils passent *La Jeune Fille à la perle*. C'est sur Vermeer.

— Tu as l'intention d'aller au cinéma ?

— On pourra le voir quand je serai rentré.

— Écoute, Peter, j'ai assez de trucs à penser en ce moment. C'est la panique au théâtre, Kaia est mal lunée, c'est le réveillon du Premier de l'An et mon mari est en Estonie.

— On pourra le louer et le regarder ensemble.

Helene s'énerva.

— Et qu'est-ce que je vais dire à Ben ce soir ?

Peter relâcha le rideau.

— Dis que j'avais besoin de m'isoler un peu.

— Et tu crois qu'il va avaler ton baratin ?

— Tu n'as rien besoin de dire, Helene.

— Parce qu'en plus tu me demandes de mentir à notre meilleur ami ?

Peter se rassit sur le bord du lit.

— Que fait Kaia ?

— Elle est déjà couchée.

— Ne la réveille pas.

— Tu ne m'as pas répondu, Peter. Est-ce qu'il faut en plus que je mente à Ben ?

— Tu te souviens de ce que tu as dit le soir de Noël ?

— On a parlé de tellement de choses ce soir-là.

— Tu as dit que tu détestais le mot vérité.

— Ça ne veut pas dire pour autant que j'aime mentir.

— Personne ne ment, Helene.

— T'appelles ça comment, alors ?

Là, Peter prononça la phrase que Helene prononçait elle-même quand une situation devenait un véritable sac de nœuds, quand le monde faisait figure de montagne infranchissable et pleine d'arêtes.

— Ce n'est que du théâtre, au fond...

Il perçut à quel point sa réplique, sitôt proférée, suintait l'hypocrisie et l'imposture. Elle était inefficiente. Elle était déplacée. Elle était mensongère. Les mots enflèrent dans sa bouche.

La voix de Helene se fit fatiguée et cassante à la fois :

— Tu as pris tes médicaments ?

— Je t'aime.

— Tu ne m'as pas répondu, Peter.

— Si, Helene. Je t'ai répondu.

On frappa à la porte.

Ils n'eurent pas le temps de discuter davantage.

Peter alla ouvrir. C'était Thomas Hammer. Il s'engouffra dans la chambre et se posta quelque part entre le lit et la salle de bains. Peter referma la porte et se tourna vers lui.

— Tu as faim ? demanda Thomas Hammer.

— Non.

— Parfait. Tu n'as plus le droit de manger pendant les douze prochaines heures.

— Qu'est-ce qui va se passer ?

— On va t'envoyer au garage pour faire un petit échange standard des deux ou trois pièces que tu as de rouillées.

Peter avança d'un pas.

— Tu pourrais pas parler plus clairement, nom de Dieu !

Thomas Hammer jeta un œil à sa montre.

— L'opération aura lieu à dix heures pétantes.

— Où ?

— Dans un hôpital à la sortie de la ville.

— Quel genre d'hôpital ?

— Un ancien hôpital militaire. Reconverti en structure privée.

— Combien de temps dure l'opération ?

— Deux petites heures normalement. On te gardera en observation pendant plusieurs jours puis tu pourras rentrer chez toi.

— C'est toi qui vas m'opérer ?

— Bien sûr, Peter.

Thomas Hammer posa une main sur son épaule.

— Si tu as d'autres questions, c'est maintenant qu'il faut les poser.

Peter hésita. Ils restèrent un petit moment ainsi, face à face, sans rien dire, une musique leur parvenait aux oreilles, qui montait des rues et ne tarda pas elle aussi à disparaître, immédiatement supplantée par les bruits que produit comme toujours le moteur d'un hôtel : les générateurs, l'ascenseur, la climatisation, un pouls métallique que l'on finit par ne plus entendre tant ce raffut se confond au tumulte du corps et participe aux maux de tête, aux battements du cœur, à l'insomnie des clients.

Peter but une gorgée d'eau, ferma les yeux, demanda :

— Est-ce que quelqu'un va souffrir à cause de ça ?

Thomas Hammer rit.

— Tu seras pour ton... *traitement* sous anesthésie générale. Pendant que moi je toucherai la somme totale de *mes* traitements.

— Réponds-moi, Thomas.

Thomas Hammer s'assit sur le lit sans quitter son imper et ses gants.

— Quelle importance ça a, au fond ?

— Ça en a.

— Tu es là, Peter. Tu as pris ta décision. Le reste n'a plus d'importance.

— Tu ne m'as pas répondu, Thomas.

— Tu peux me donner un peu d'eau, s'il te plaît ?

Peter lui tendit la bouteille. Thomas Hammer but. Puis il sourit, comme si une idée venait de lui traverser l'esprit, avant de dire :

— Vous n'utilisez pas d'écorché, en fac ?

— Si. Dans les cours de dessin. Pourquoi ?

— Parce que nous aussi on en utilisait. Dans les cours d'anatomie. L'écorché, on le surnommait Monsieur Muscle.

— Monsieur Muscle ?

— Autrefois, on utilisait les prisonniers condamnés à mort comme objets d'étude. On les écorchait, puis on les posait sur la table, dans la salle d'autopsie, pour que les étudiants puissent se familiariser avec les merveilles de l'être humain.

Peter, épuisé par son bla-bla, intervint :

— Cette époque est fort heureusement révolue.

— Mais tu ne trouves pas que c'est une belle idée, en fait, que même les plus abjects, même les plus infâmes puissent être utiles à quelque chose ?

— Qu'est-ce que tu essaies de me dire ?

Thomas Hammer leva les yeux.

— Moi aussi je suis un artiste dans mon genre, Peter. Exactement comme toi.

— Exactement comme moi ?

— Eh oui... Tous les deux, nous modifions légèrement la réalité. C'est pas ce qu'on fait, peut-être ? Sauf que pour y arriver, il nous faut recourir à quelques expérimentations. Pas vrai ?

Peter se dirigea vers la fenêtre et tira les rideaux à fond.

— Tu n'as pas répondu à ma question.

Thomas Hammer jeta la bouteille vide dans la poubelle sous le bureau.

— Ce n'est pas une réponse suffisante que de savoir que la somme des souffrances va diminuer ?

Il se leva, boutonna son imper et alluma une cigarette.

— Au fait, tu as pensé aux bougies ?

Peter désigna son sac.

— Prends-le, dit Thomas Hammer.

— On va où ?

— Les enfants se font une telle joie, tu ne peux pas imaginer...

Ils prirent l'ascenseur.

La nuit était déjà tombée. Il n'y avait quasiment pas un chat dans les rues. Des adolescents buvaient une bière, assis sur un escalier. L'un d'eux les interpella. Thomas Hammer lui lança son paquet de cigarettes. Les pavés étaient glissants. Des rafales de vent balayaient les carrefours. Il pleuvait. Ils traversèrent la place de l'Hôtel de Ville, Peter à un pas de distance derrière Thomas Hammer. Une tribune y était installée, huit musiciens, tous en costumes folkloriques, procédaient à des essais de son. Un micro chuintait par terre, renvoyant un hurlement électrique qui, l'espace d'un instant, assourdit le vent. Peter se dit que l'orage de la veille s'était en fait déplacé jusqu'ici. Il avait suivi l'orage, ou inversement la tempête l'avait suivi. Les rues se rétrécirent. Ils passèrent devant une église et atteignirent l'autre côté de la ville. Thomas Hammer s'arrêta devant un bâtiment massif. La construction ressemblait à un mausolée, à un monument architectonique, d'une beauté douteuse, érigé à la mémoire du communisme. Il s'agissait du vieux transformateur, plongé dans le noir, débranché, hors service. Ils entrèrent. Il y faisait encore plus noir. Peter entendit des bruits, légers, comme si le couloir humide et froid grouillait de bestioles en mouvement. Thomas Hammer sortit une bougie du sac de Peter, l'alluma et la tendit. Un visage se matérialisa, dans la lueur jaune et tremblée, un visage d'enfant. La mèche brasillante passa dans d'autres mains, un autre visage émergea de l'obscurité, un autre enfant ; ils allumèrent de nouvelles bougies, la flamme circula, comme un feu qui se propagerait, puis tous finirent avec une bougie dans la main, Peter les voyait à présent, assis contre les murs, il voyait leur visage maigre, le visage centenaire de ces jeunes enfants, aveuglés, implorants.

— Qui sont-ils ? demanda Peter à voix basse.

— Qui ? N'importe qui, répondit Thomas Hammer.

L'un d'eux se leva, brandit la bougie, fit un signe de la main. Peter s'approcha. C'était un garçon, d'à peine quatorze ans, peut-être plus jeune, il était impossible de l'affirmer. Il tenait dans l'autre main un jouet, un ours en peluche, dont les deux boutons brillants, qui semblaient être ceux d'un uniforme, pendouillaient de la truffe. Le garçon le lâcha, Peter voulut se baisser pour le ramasser mais, avant qu'il n'en ait le temps, le garçon lui prit le bras et lui montra une photographie, un cliché abîmé, dans la lueur de la flamme vacillante qui faisait briller l'image fanée :

Une jeune femme tient dans l'arc de ses bras une fillette debout devant elle, sûrement sa fille, au visage fin illuminé par un grand sourire, aux cheveux foncés qui lui tombent sur les épaules; elle regarde droit devant elle, en écarquillant de grands yeux impavides, d'un bleu céruléen, le soleil projette des ombres saillantes, on devine en arrière-plan une grande roue, la photo est sans doute prise dans une fête foraine ou un parc d'attractions.

Le garçon désignait la fillette, le visage souriant et innocent de la fillette, et prononçait un prénom, encore et encore : Samara, c'était du moins ce qu'on comprenait, Samara. Peter secoua la tête et recula. Mais le garçon le tira pour qu'il le suive, sans cesser de répéter le prénom. Peter tenta de se dégager. Le garçon refusait de le lâcher. Il se collait à lui et insistait pour lui donner la photo. Peter n'en voulait pas. Il finit par pousser le garçon, le frapper, lui donner des coups de pied. Le garçon trébucha contre le mur, perdit la bougie qui brûlait toujours dans l'obscurité et tomba à terre, où la place à côté du gamin était vide.

Peter courut rejoindre Thomas Hammer et, essoufflé, murmura :

— Je veux rentrer à l'hôtel.

Thomas Hammer montra les bougies.

— Tu as vu ? Il leur en faut peu, hein, pour qu'ils soient contents ?

— Je te dis que je veux rentrer à l'hôtel, putain !

— Une voiture nous attend.

Ils sortirent. Un chauffeur leur ouvrit la portière. Ils s'installèrent à l'arrière. Ils traversèrent la ville à présent noire de monde, sur les trottoirs, dans les rues, des hordes qui fonçaient sur eux, ivres et pleines de vie, la voiture roulait au pas, se coulait entre les badauds, deux filles s'assirent sur le capot et firent ainsi un bout de chemin avec eux, buvant du champagne, riant à gorge déployée, frivoles, vaporeuses, presque volatiles. Le conducteur klaxonna à plusieurs reprises, elles lui répondirent avec une bouche en cul de poule avant de sauter pour descendre du capot, le chauffeur se retourna en arborant un sourire penaud, embarrassé, jusqu'à ce que Peter se rende compte que l'homme ne s'excusait pas, il était comme ça : une épaisse cicatrice retroussait ses lèvres, qui partait d'une commissure et déformait sa bouche pour lui imposer ce rictus oblique, comme si la grimace avait été cousue sur sa joue car, de fait, on ne lisait dans son regard aucune espèce de regret ni de confusion, ses yeux au contraire suintaient le mépris et la froideur, Peter préféra regarder ailleurs.

Ils s'arrêtèrent devant l'hôtel.

Thomas Hammer emboîta le pas de Peter.

Ils restèrent ainsi, bousculés par un flot de passants enjoués et volubiles.

— Tu as besoin de compagnie ? demanda Thomas Hammer.

— Non merci.

— Tu as besoin d'autre chose ?

Peter fit signe que non.

— Où tu vas maintenant ?

— Tout préparer pour toi, Peter.

Thomas Hammer remonta à bord du véhicule.

Peter fila dans sa chambre.

Il se tenait devant la fenêtre lorsque, entre les flèches des églises, explosèrent les premiers feux d'artifice s'enroulant en cercles blancs et déversant sur la ville des coulures multicolores.

Le vent était tombé.

Des motifs protéiformes s'ajoutaient aux formations crépitantes qui déchiraient le ciel dans sa totalité.

Or Peter ne parvenait pas à se délivrer du visage de la fillette sur la photographie.

Samara. Le garçon l'avait appelée Samara.

Peter sut très vite ce qu'il allait faire.

Il le vit à ses mains

Il le sentait dans sa gorge.

Les cachets coulaient dans son sang comme de la poussière mais ça n'avait plus d'importance désormais : sa décision était déjà prise.

Le poison censé le protéger devait s'écarter pour faire de la place à davantage de poison.

Le poison contre le poison.

Il emporta le couteau à fruits dans la salle de bains, découpa un morceau de savon, le fourra dans sa bouche, avala. Il renouvela l'opération. L'instant d'après, il tombait à genoux et dégobillait. Ceci fait, il s'assit devant le minibar dont il ouvrit la porte, et il commença par la clayette en haut, à gauche : Chivas Regal, Beefeater Gin, vodka. Il buvait de manière systématique. Il voulait toucher le fond. Les déflagrations des feux d'artifice emplissaient la pièce et chassaient les autres bruits. Les bruits de l'hôtel disparaissaient. Tous les parasites sonores se retiraient et disparaissaient au profit des seuls bruits du cœur. Seul le cœur résonnait, qui cognait à un rythme frénétique et irrégulier. Peter voyait son cœur battre et ces battements le mettaient en pièces. Il but. Ça ne changeait rien. Le sang pulsait, fusait dans ses veines. Ses mains enflaient. La peau autour de sa tête se resserrait. Ses doigts se collaient les uns aux autres et ne retenaient plus rien. Il retourna vomir à la salle de bains. Son dégueulis était bleu. Le poison ne supporte pas le poison. Quand il se regarda dans la glace, il vit un autre homme. Son visage était rouge, presque injecté. Il était un étranger. Il n'avait aucun lien d'aucune sorte avec ces lieux. Il continua d'écluser. Ça ne changeait rien. L'hôtel disparut. La chambre disparut. Son cœur disparut. Il restait six VSOP et deux Bacardi sur la clayette inférieure. Il se les enfila. Il but jusqu'à la dernière goutte. Il but jusqu'à ce qu'il ait disparu. Il avait touché le fond. Il avait disparu. Ça ne changeait rien. Car quelque chose ne disparaissait pas : le visage de la fillette sur la photo abîmée.

Ils passèrent chercher Peter Wihl le lendemain matin et le conduisirent à l'hôpital, en périphérie de la ville.

21.

Peter resta dans le taxi pour observer la maison.

Il ne voyait personne aux fenêtres. Personne ne le voyait.

Une fumée montait de la cheminée, une colonne horizontale et grise. Helene avait fait du feu, une perspective qui le calma.

Des histoires que Helene aimait raconter, il y avait celle-ci :

À la mort d'un collègue quelques années plus tôt, l'ensemble des effets personnels de ce scénographe vieillissant, aussi célèbre qu'excentrique, fut vendu aux enchères chez le marchand d'art le plus sélect de la ville. La plupart des gens connaissaient déjà sa maison pour l'avoir vue reproduite dans les magazines, les quotidiens et les hebdomadaires, il n'existait pas de demeure aussi somptueuse que la sienne, ni ailleurs ni en ce pays, la télévision allant jusqu'à consacrer des émissions sur cette résidence qui ressemblait à la scène d'un théâtre. À une époque imprégnée, pour le paraphraser, par le hasard et le morcellement, son objectif et son credo, sa religion pour ainsi dire, consistaient à créer de l'harmonie et de la beauté.

Il fut affublé de divers sobriquets : le bariolé, le bohème. Sa devise, qu'il n'avait de cesse de répéter, était la suivante : la route se dessine pendant qu'on marche. Puis, cela a été précisé, il est décédé. Il n'avait pas d'héritiers, pas de famille, uniquement des dettes, ainsi qu'il allait aussi se révéler. Et donc son magnifique logis, sa scène de théâtre dorénavant plongée dans le noir, fut démembrée, divisée et vendue morceau par morceau au plus offrant. Le catalogue de la succession comptait à lui seul deux cents pages. Helene se rendit à la journée de visite chez le marchand d'art. On pouvait à peine mettre un pied devant l'autre. Tout le monde voulait voir de ses propres yeux la demeure de cet homme célèbre, encore plus célèbre désormais. Or cette demeure n'existait plus. Elle avait été dépecée. Les objets qu'il avait amassés durant sa longue vie étaient exposés sur trois niveaux, numérotés dans un ordre aléatoire : tapis persans, oiseaux empaillés, candélabres, lit à deux places, machine à écrire Olivetti, piano à queue, papillons, photographie de Matisse, miroirs baroques, broderies japonaises, lampes marocaines, on pouvait même mettre une enchère sur sa canne au pommeau d'argent, son chapeau et son costume blanc. Helene n'en pouvait plus. Elle avait l'impression, disait-elle toujours, que les objets, pris individuellement, perdaient de leur lustre : retirés de leur contexte, arrachés de leur milieu, déplacés, ils devenaient minables, factices, triviaux. Si tant est que la vie de cet homme eût été la réplique d'une scène de théâtre, sa mort avait tout du marché aux puces.

Pourquoi Peter repensait-il à cette histoire, qui l'horripilait de surcroît, alors que, toujours assis dans le taxi, il contemplait la maison tranquille où il avait grandi et habité toute sa vie, à l'exception de cet automne et cet hiver en mer ainsi que des cinq années durant lesquelles il avait vécu dans son studio, avant le décès accidentel de ses parents ? Il ne pensait pas, en fait. Il laissait les pensées traverser son esprit et s'était remémoré cette histoire. Ces pensées faisaient office, somme toute, de réponse dilatoire. Il avait besoin de temps. Il était rentré chez lui. Il était soulagé. Il avait peur. Il ne pouvait attendre indéfiniment. Il enfonça ses lunettes de soleil pourvues également d'une protection latérale, paya la course et entama le chemin qui le menait à la maison, un parcours qu'il avait effectué tant et tant de fois, du portail à la porte, de la porte au portail. Il y avait une gelée blanche, pas un poil de vent, on était en janvier, dans la nouvelle année, une fusée de feu d'artifice gisait près du banc, certainement lancée depuis le jardin d'un voisin, les rideaux dans l'atelier étaient tirés, et dans trois mois Peter aurait cinquante ans. Ce trajet, même aveugle il aurait pu le faire. Une réflexion qui déclencha chez lui un rire, un petit rire ; rire lui faisait mal. Non, il n'était pas aveugle, il voyait parfaitement et il vit Helene sortir sur le perron, il vit Kaia juste derrière elle, et il se dit qu'il n'avait vu rien qu'une fois dans sa vie le visage de Helene avoir une telle expression. Elle fit un pas de côté, pour lui faire de la place, ou pour l'éviter, il ne le savait pas et ne voulait pas le savoir, il lâcha son sac et prit Kaia dans ses bras qui appuya son front contre son épaule. Avait-il le droit de pleurer ? Il n'avait pas posé la question. Il ne pleura pas. Il serra Kaia, son front à elle contre son épaule à lui, timide ou anxieuse, ça non plus il ne le savait pas, il la reposa par terre. Helene prit son sac, surprise de constater combien il était léger, et ils entrèrent. Peter posa son écharpe sur l'étagère et accrocha son manteau au perroquet. Le sapin de Noël avait été emporté dehors. Il avisa quelques aiguilles sur la moquette, pareilles à de petites allumettes vertes, il les ramassa. La chaleur se dressait comme une cloison. Kaia resta devant la cheminée, en leur tournant le dos. Peter suivit Helene à la cuisine. Elle pivota pour lui faire face.

— Tu ne peux pas enlever tes lunettes à l'intérieur ?

— Quoi ?

— Tes lunettes de soleil ?

Peter regarda la surface vide et jaunie au-dessus de la table, cette absence le remplit d'une irritation colossale.

— Non, répondit-il.

— Et si j'éteins la lumière non plus ?

— Je dois les garder.

— Combien de temps ?

— Un moment.

— Ça fait mal ?

Peter fit signe que non, jeta les aiguilles du sapin dans la poubelle, elles restèrent collées dans la paume de sa main, il dut frotter pour les faire partir.

— Je ne sens rien.

— Rien ?

Peter ouvrit le robinet pour se laver les mains.

— Ça brûle un peu.

Helene se rapprocha.

Peter était inquiet.

— Qu'est-ce qu'il y a ?

Elle prit une inspiration.

— Tu as craqué, c'est ça ?

Peter trouva une serviette et s'essuya.

— Vous m'avez manqué le soir du réveillon.

— Toi aussi tu nous as manqué.

Helene lui caressa délicatement le visage. Il posa son front sur son épaule, de la même manière que Kaia s'était appuyée contre la sienne.

— C'est fini, Helene. Je suis rentré.

Elle chuchota :

— Qu'est-ce qui t'est arrivé, Peter, en Estonie ? chuchota-t-elle.

Kaia se tenait dans l'embrasure de la porte, derrière Helene, et, dès que Peter croisa son regard, elle tourna résolument la tête vers la fenêtre.

— On mange dans longtemps ?

Peter lâcha Helene, soulagé, soulagé par la banalité de ces mots, des mots qui n'avaient d'autre signification que le sens qu'ils portaient, ces mots se suffisaient à eux-mêmes, cette question, *on mange dans longtemps ?*, avait une réponse – et Peter eut l'impression qu'un rêve secret était exaucé en l'espace de ces quelques secondes, un rêve qu'il n'avait jamais osé, ou voulu s'avouer, son rêve bourgeois, le rêve grandiose et gris, qui l'ancrait dans la vie ordinaire, qui n'était autre que le rêve interrompu de son propre père.

Mais brusquement, il comprit que la question de Kaia n'était pas ordinaire non plus, sans ambiguïté, car il se rendit compte alors qu'elle avait enfilé sa chemise de nuit.

— Tu as faim ? demanda-t-il quand même.

Elle secoua la tête qu'elle gardait résolument dirigée vers la fenêtre.

— Je veux aller me coucher.

Confus, Peter s'approcha d'elle, il voulait comprendre.

— Te coucher ? Mais tu viens juste de demander quand est-ce qu'on allait manger ?

Kaia courut dans sa chambre.

Helene leva la main, comme si elle adressait à Peter un geste pour s'excuser, ou pour l'avertir, avant de rejoindre Kaia.

Peter resta planté dans la cuisine, hébété, il entendait Helene prononcer des paroles réconfortantes, chantantes, jusqu'à ce que sa voix devienne de plus en plus basse et finisse par s'estomper totalement dans le silence absolu de la maison.

Il alla chercher son sac. Il n'avait rien rapporté, à part ses cachets. Il avait jeté tout le reste, la chemise, les chaussures dans lesquelles il avait marché, les sous-vêtements. Même son téléphone portable il l'avait balancé. Le sac dégageait une odeur de cire de bougie. La seule chose qu'il voulait, c'était oublier. Il voulait oublier l'odeur de cire. Le sac suivit le même chemin : les ordures. Il voulait oublier l'odeur du savon. Il voulait oublier l'Estonie. Il voulait oublier les trois journées de noir complet dont il ne gardait pas le moindre souvenir, avant qu'il ne se réveille de son ivresse et de l'anesthésie entre les murs d'une chambre verte, dans l'hôpital militaire. Helene revint sur ces entrefaites.

— Il faut que tu ailles lui dire bonne nuit, demanda-t-elle.

Peter alla dans la chambre de Kaia et s'assit sur le bord du lit. La tête tournée contre le mur, Kaia ne bougeait pas. Peut-être dormait-elle déjà. Peter l'ignorait. Il fallait qu'elle puisse dormir. Peter tira la couette avec précaution pour lui couvrir les épaules, se releva doucement, éteignit la lumière et laissa la porte entrebâillée.

Helene l'attendait sur le pas.

— Tu lui fais peur, murmura-t-elle.

— Je lui fais peur ? Qu'est-ce que tu veux dire ?

— Les lunettes de soleil. Tu l'effraies.

Kaia était toujours dans la même position, le dos tourné. Peter se rassit à côté d'elle, sans allumer cette fois. Il ne savait pas si elle dormait. Peut-être était-elle éveillée. Il se mit à parler.

— Tu sais ce que j'ai fait en Estonie, Kaia ?

Peter eut une seconde d'hésitation. Il avait la bouche sèche. Les mots qu'il avait à prononcer ne venaient pas facilement. Il devait néanmoins les dire.

Helene se tenait toujours contre l'encadrement de la porte.

— Je suis allé au garage où j'ai subi une réparation.

Kaia ne dit rien ni ne bougea.

— Et maintenant je suis en parfaite santé, ajouta-t-il dans un souffle.

Posant une main sur le bras de Kaia, il sentit son cœur battre, à toute vitesse, ç'aurait très bien pu être son cœur à lui qui se mélangeait au sien. Au moment où il crut définitivement qu'elle dormait, elle se retourna, lentement, le visage détendu, les yeux clos, la bouche esquissant un sourire ; il la laissa ainsi. Il ajouta, toujours à voix basse :

— Ce sera notre petit secret. Pas vrai, Kaia ?

Il jeta un regard rapide vers la porte.

— Pas vrai, Helene ?

Il alla ensuite à l'atelier. Le froid s'était emparé de l'espace durant les jours où il était resté inoccupé. Peter grelottait. Il n'avait pas le temps de mettre du bois dans le poêle. Il continuerait à grelotter. Ce n'était pas grave. Ce n'était pas grave de grelotter. Les châssis vides gisaient à terre. Il les aligna le long des murs, douze châssis, douze carrés vides, il était revenu là où il commençait toujours, dans le néant. Or, cette fois, cela ne l'effraya pas. Cela l'attira. Et cela l'attirait avec une violence telle qu'elle étouffait tout ce qui sinon résonnait en lui. Il devait remonter à la surface. Là, il pourrait respirer. Cela le remplit non pas de joie, mais d'impatience, comme si les toiles qu'il avait en lui, les toiles qu'il voyait en pensée et n'existaient pas encore, étaient à ce point fragiles, friables, qu'il pouvait les perdre s'il ne faisait pas preuve d'assez de rapidité. Et il pensa, l'espace d'un instant il pensa : ça en vaut le coup.

C'est alors qu'il entendit un bruit. Il chaussa ses lunettes à la vitesse de l'éclair. C'était Helene. Elle se tenait devant la porte-fenêtre. Il distinguait son ombre, mouvante. Il alla ouvrir.

— Je veux juste t'aider, dit-elle.

Peter la fit entrer et referma les portes.

— Tu peux m'aider à tendre les toiles.

Helene eut un mouvement de recul.

— Il fait plus froid ici, dis donc, murmura-t-elle.

— On s'y habitue.

Il posa sa blouse sur les épaules de Helene.

Elle rit. De la vapeur sortait de sa bouche.

— Merci.

— Si tu as froid, il ne faut pas que tu restes ici.

Elle le regarda.

— On commence par quoi ?

Ils tendirent les toiles, les douze toiles, les unes après les autres, les accrochèrent à la croix du milieu et les resserrèrent sur les côtés de sorte que la surface ne présente pas la moindre bosse. Ils n'avaient plus fait ça ensemble, travaillé ensemble depuis une éternité, et ils travaillaient le cœur léger ; c'était une vieille habitude qu'ils croyaient presque avoir oubliée mais dont ils se souvenaient tout de même, sitôt qu'ils se remirent à la tâche, sitôt qu'ils touchèrent à nouveau les cadres, cela leur revint : leurs mains avaient une meilleure mémoire qu'eux.

Et Peter songea à cette règle des maîtres anciens, selon laquelle il fallait le moins d'obstacles possibles entre la main et la toile, entre la pensée, la main et la toile, le premier commandement de l'artiste consistait à faire le ménage.

— Tu ne crois pas que tu devrais demander à Hall de t'ausculter ?

Peter se tourna vers elle.

— Il a appelé ?

— Non.

— Tu lui as parlé ?

— Non, Peter. Pas depuis que nous sommes allés à sa clinique avec Kaia.

Helene se lava les mains au robinet.

Peter posa les tubes sur la table.

— C'était sympa le réveillon du Nouvel An ? demanda-t-il.

— Tu sais bien que je n'aime pas les feux d'artifice.

— Qu'est-ce que tu as dit à Ben ?

— J'ai dit la vérité, Peter.

— La vérité ? Qu'est-ce que tu lui as dit, Helene ?

— Que tu étais en Estonie.

— Et ?

— Et quoi ? J'ai dit que tu étais en Estonie. On n'était pas d'accord là-dessus ?

— Il n'a pas posé d'autres questions ?

Helene s'essuya les mains à une serviette sale, lentement, méticuleusement, puis elle s'approcha de Peter, d'un pas rapide, comme si elle ne voulait pas avoir le temps de réfléchir davantage, et elle le poussa contre le mur.

— Qu'est-ce qu'on est censés cacher, Peter ?

Peter resta dans cette position, arc-bouté, contre le mur, il avait besoin de respirer, il avait besoin de retrouver ses esprits, il ne savait pas quoi répondre.

Helene attendait, agacée.

— Qu'est-ce qu'on est censés cacher, Peter ? répéta-t-elle.

Il leva les yeux.

— Je suis allé voir des enfants, commença-t-il.

— Ensuite ?

— Dans un transfo désaffecté. Le soir du réveillon.

Helene, surprise :

— Pourquoi ?

— Nous avons allumé des bougies pour eux.

Et soudain Helene changea d'avis, avec la même rapidité, la même brusquerie, elle leva la main devant son visage et l'interrompit.

— Je ne veux pas le savoir.

— Nous avons allumé des bougies pour eux, Helene.

— Je ne veux pas le savoir ! Tu m'entends ?

Peter essaya de la retenir, mais elle se libéra avec violence de son étreinte et jeta la blouse sur le fauteuil.

Quelque chose tomba de la poche. Elle le ramassa et revint vers Peter. C'était la carte de visite de Thomas Hammer. Peter la déchira en mille morceaux et fit tomber les lambeaux de papier.

Helene demanda :

— Ça y est ? Tu t'en es débarrassé ?

Peter la regarda :

— Tu sais à quoi j'ai pensé quand je t'ai vue sur le seuil aujourd'hui ?

Elle secoua la tête.

— Que tu ressemblais exactement à celle que tu étais le jour où tu m'as trouvé.

— Je ne t'ai pas trouvé.

— Si, Helene. Tu m'as trouvé.

Elle se pencha contre son épaule et dit, à voix basse :

— Et nous ne voulons pas te perdre encore une fois, Peter.

Peter aurait pu pleurer. Il ne pleura pas.

22.

Peter travaillait.

Kaia était dans l'atelier, assise, silencieuse, patiente, le visage tourné, en semi-profil, fixant un point au-dessus de la porte, l'horloge arrêtée. Peter travaillait, et il travaillait vite. Il ne prenait pas son temps. Maintenant qu'il avait du temps, il ne le prenait pas. Il ne commença pas par le détail. Il commença par l'autre bord, par la totalité. Pas de monochrome cette fois-ci, pas de coupe anatomique, pas de ligne, mais des couleurs et uniquement des couleurs, qui se rencontraient, se heurtaient et se mélangeaient dans une nouvelle lumière, car qu'est-ce que la ligne sinon le contact intime entre deux couleurs ? Il peignait avec rage, une hargne impitoyable et néanmoins déterminée. Si la conception des images, cette période invisible, peut prendre des mois, des années, de très nombreuses années, la naissance est tout autre chose, lorsque l'image apparaît, il y a du mouvement – et Peter était dans une courbe, une courbe tendue, et non dans un triangle : regarde, ne réfléchis pas, ne réfléchis pas, regarde. Il peignait *alla prima*, il savait très exactement ce qu'il devait peindre et c'était la seule chose qu'il savait.

Chaque jour, Kaia le rejoignait dans l'atelier, elle s'asseyait, aussi patiente et silencieuse que la veille, pendant que Helene était au théâtre, la première ayant lieu bientôt.

Un matin, ils entendirent un cri, un hurlement aigu. Peter alla à la porte-fenêtre et jeta un œil à travers les rideaux. Se démenant au pied du portail, Ben avait glissé. À le voir tenter de se remettre à la verticale, on aurait plutôt dit qu'il essayait d'escalader sa canne dont il s'était armé, mais elle aussi avait dû se fêler au cours de la chute car elle se cassa en deux, et Ben de retomber les quatre fers en l'air et de se retrouver, cette fois, sur le dos. Kaia voulut également observer la scène. Elle se mit à côté de Peter. Ils observèrent Ben, le vieil homme maladroit qui venait de perdre toute souplesse et élégance, tout style et dignité, dans cette simple chute sur une plaque de glace.

Peter ne bougea pas.

Kaia finit par secouer un pan de sa blouse en pointant du doigt, comme si elle voulait attirer son attention sur Ben toujours allongé par terre mais qui, à présent, cognait le sol avec sa moitié de canne et appelait à l'aide. Peter n'eut plus la force d'assister plus longtemps à ce spectacle.

— Tu te souviens de notre petit secret, Kaia ?

Elle acquiesça.

Peter ouvrit la porte-fenêtre et sortit. Ben piqua une colère noire en l'apercevant, cria presque.

— Putain, vous pourriez sabler ici, merde à la fin !

Peter baissa les yeux sur lui.

— On tient encore sur nos jambes, nous, vieux machin !

— Je pourrais intenter un procès contre toi ! Non, je *vais* intenter un procès contre toi !

— Tu m'as l'air entier pourtant.

Ben s'arrêta un instant de se tortiller et leva la tête vers Peter.

— Pourquoi tu n'es pas venu m'aider aussitôt.

— Je ne t'ai pas vu, Ben.

— Tu ne m'as pas vu?

— Je travaillais.

— Eh bien moi je t'ai vu me regarder derrière les rideaux! T'es déjà aveugle ou quoi?

— Tu me déranges.

Peter fit mine de retourner à l'atelier. Il discernait Kaia, derrière les rideaux, qui n'avait pas changé de place.

Ben l'interpella, d'une voix tremblante.

— Mais t'es devenu maboul ou quoi?

Peter patienta quelques secondes avant de s'immobiliser et de faire volte-face.

— Tu as besoin d'aide ou tu arriveras à te débrouiller?

— Aide-moi, demanda Ben d'une voix docile.

Peter revint sur ses pas, le prit par les aisselles, souleva l'homme maigre, courbatu et blasphémant, puis l'aida jusqu'à l'atelier. Kaia avait repris sa position initiale, assise dans le fauteuil, le regard fixe orienté dans la même direction, vers l'horloge au-dessus de la porte. Ben se radoucit et déposa un baiser sur son front.

— Tu es là, ma petite princesse?

Kaia répondit par un imperceptible hochement de tête.

Peter s'apprêtait à refermer les portes quand Ben coinça sa main entre les deux battants.

— J'ai dû perdre mes clés en tombant. Tu ne pourrais pas essayer de les retrouver, Kaia?

Bondissant du fauteuil, Kaia courut en direction du portail.

Peter repoussa les rideaux.

Ben jeta un regard circulaire, longuement, avant d'ouvrir la bouche.

— C'est bon de te revoir en uniforme, Peter.

— Je travaille. Tu me déranges.

— C'est Hall qui t'a demandé de porter des lunettes de soleil ?

— Elles sont agréables, Ben.

— Par contre, il est très désagréable de te parler quand tu les as sur le nez.

— Dans ce cas évite de me parler ou bien va-t'en.

Ben ne s'en alla pas. Il ne dit rien pendant un moment, tournant le dos à Peter, considérant les toiles. Il ne prononça pas une parole sur ce qu'il vit. Puis il précisa :

— Les journalistes commencent légèrement à faire du forcing, Peter.

— Laisse-les faire.

— Surtout depuis que tu as donné une claque bien méritée au fameux mec dont je préfère taire le nom.

Peter rit.

— Une claque ? Je l'ai bastonné, Ben. J'en ai encore mal aux articulations.

— Comme tu voudras. Les journalistes, donc, n'arrêtent pas de faire du forcing surtout, donc, depuis que tu as bastonné ce fameux mec dont je préfère, donc, taire le nom.

— Patrick, tu veux dire ?

Ben, agacé, irritable :

— Rassure-moi : tu n'as pas bastonné une quantité de types au point qu'on s'y perde ?

— Je ne parlerai à personne avant l'exposition.

— Tu as besoin de publicité, Peter.

— J'ai besoin de calme pour travailler, Ben.

Celui-ci plongea ses mains dans ses poches et prit une inspiration.

— Je me disais que, peut-être, et ne le prends pas mal, cher Peter, nous devrions laisser filtrer certaines informations, si tu comprends ce que je veux dire, à des journalistes triés sur le volet… comme notamment le fait que tu es en train de devenir aveugle.

— Qu'est-ce que t'es en train de me baragouiner ?

— Je dis simplement que ça va susciter de l'intérêt.

Peter le regarda.

— Et c'est agréable de me tourner le dos quand tu me causes ?

— Tu en as besoin, Peter. Et tu le sais.

Peter s'approcha d'un pas, leva la main, le pinceau qu'il avait entre les doigts manquant de se casser en deux, puis il dit, à voix basse :

— Inutile de revenir ici tant que je n'aurai pas terminé et que les toiles ne seront pas prêtes à partir pour la galerie. C'est clair ?

— Qu'est-ce qui s'est passé en Estonie, Peter ?

— Tu as parlé à Helene ?

— Qu'est-ce que tu veux dire ?

— C'est elle qui t'a prié de me poser la question ?

Ben se retourna brusquement, le visage livide, flapi, la peau tendue au-dessus des pommettes, la canne pointée en direction de Peter.

— Il faut aussi que tu penses à Helene. Et pas seulement à toi.

— Je pense à elle.

— N'oublie pas que Helene subit actuellement une pression énorme.

— Je ne l'oublie pas.

— C'est bientôt le soir de la première et, en plus, il faut qu'elle prenne soin de toi.

— Je n'ai besoin de personne pour prendre soin de moi.

— Oh que si, Peter Wihl ! Tu as toujours besoin de quelqu'un qui prenne soin de toi. Et tu le sais parfaitement.

— Tu me déranges, répéta Peter.

Ben s'avança.

— Et maintenant, je te le redemande, de mon propre gré, parce que je suis curieux, impatient et inquiet, et surtout parce que je ne pourrai plus faire la vaisselle avec toi si je n'ai pas ta confiance : que s'est-il réellement passé en Estonie ?

Peter regarda vers la porte-fenêtre, vers les rideaux qui se soulevaient dans le vent frais.

— Je me suis bourré la gueule, murmura-t-il.

C'était Kaia qui revenait, entre les rideaux. Elle n'avait pas trouvé de clés. Ben se mit à farfouiller dans toutes ses poches, poussa un profond soupir puis retira un trousseau de clés en secouant la tête de découragement, une consternation qui ne s'adressait qu'à lui-même. Il boitilla jusqu'à la porte, traînant la jambe, comme s'il éprouvait une douleur intense, à moins qu'il ne veuille tout simplement rafraîchir la mémoire de Peter à propos de sa chute. Ben s'arrêta, jeta à la poubelle le pommeau en argent de la canne cassée et redressa le dos.

— Nous avons tous visiblement besoin d'un peu de distraction, dit-il.

Peter le désigna du bout de son pinceau.

— Ce serait une belle distraction si tu fichais le camp.

Ben l'ignora et préféra s'adresser à Kaia.

— J'ai des billets pour aller au cinéma ce soir, tu comprends.

Kaia frappa dans ses mains, se retourna vers Peter, muette et pleine d'espoir.

— Je ne vais pas au cinéma, trancha-t-il.

Ben demanda :

— Tu ne peux pas ou tu ne veux pas ?

— Peut-être que je n'en ai tout simplement aucune envie.

— Helene m'a dit que tu avais envie de voir le film.

— Donc tu lui as parlé ?

— Helene m'a appelé pour me prévenir que tu étais rentré. Et je peux te promettre qu'elle, en tout cas, a besoin d'un peu de divertissement pour lui faire oublier ce théâtre dramatique.

— Et quel film a-t-elle dit que j'avais envie de voir ?

— *La Jeune Fille à la perle*.

Et Peter songea à la symétrie, cette putain de symétrie qu'il y avait dans tout, dans tout ce qui l'entourait, que certains confondent avec la destinée, avec le sens, mais qui n'est rien qu'un motif vide et profane de coïncidences, d'instants, d'impulsions, une prison harmonieuse ; ce n'était rien qu'un trompe-l'œil, un leurre, comme si un peintre médiocre et minutieux avait composé une croûte en condensant l'existence, c'était de cette symétrie qu'il devait s'extraire, il devait briser le miroir.

Kaia le prit par la main.

— S'il te plaît, implora-t-elle.

— Ce n'est pas un film pour toi, répondit Peter.

Ben pouffa.

— Si elle supporte *Le Canard sauvage*, Vermeer ne devrait pas lui poser de problèmes.

— S'il te plaît, papa, répéta-t-elle.

— Non.

Ben soupira.

— Écoute ce que ta fille intelligente te dit, Peter. Nous devons rigoler et nous divertir avant de nous armer de courage pour ce ronchon d'Ibsen.

Et Peter se dit : peut-être était-ce ce qu'il y avait de mieux à faire, à savoir entreprendre des choses ordinaires pendant des périodes extraordinaires, aller au cinéma en lunettes de soleil.

— Bien sûr qu'on va y aller, au cinéma, conclut-il.

Ben donna deux billets à Kaia et déguerpit, enfin. Kaia se rassit dans le fauteuil, scruta l'horloge au-dessus de la porte, adoptant une position identique à celle de tout à l'heure, obéissante heureuse, osant à peine respirer, cramponnée aux billets. Peter esquissa quelques traits, mais la courbe était molle, les couleurs sans éclat, elles se fanaient, s'effondraient, il était déjà distrait. Par pure méchanceté, il tartina une épaisse tache jaunasse sur toutes les toiles, une empreinte de sagouin qui fit basculer tout ce qu'il avait composé précédemment. Il posa ses pinceaux, accrocha au clou sa blouse et son foulard, prit Kaia par la main et retourna à la maison où il prépara le dîner, des restes qu'il lui suffisait de réchauffer, et, pendant qu'ils mangeaient, ou plutôt, pendant que Kaia mangeait, elle avait fort heureusement retrouvé l'appétit, Peter, qui n'avait toujours pas faim, se pencha au-dessus de la table pour murmurer, comme s'il voulait s'emparer de précautions pour que personne ne les entende, même s'ils n'étaient que tous les deux, Kaia et lui :

— Nous n'allons pas encore annoncer à tout le monde que je suis en bonne santé. Tu comprends ?

Kaia le dévisagea, approuva et demanda, sur le même ton :

— Même pas à tonton Ben ?

— Même pas à tonton Ben. Rien qu'à toi, maman et moi.

— Rien qu'à toi, maman et moi, répéta Kaia.

Et ce faisant, Peter savait qu'il la contraignait au mensonge, aux obligations du mensonge ; non, en fait, pas au mensonge mais à ce qu'il refusait de savoir, à l'ignorance, à la famille proche et butée du mensonge, qu'il dissimulait à coups de bonnes nouvelles, de vérités, de consolations, il entraînait Kaia dans cette ignorance éclairée, un chien noir leur fonçait en permanence dessus et il devait absolument le chasser.

— Il faut que ça reste une surprise, ajouta-t-il.

Plus tard, dans la salle de bains, la porte fermée à double tour, tournant le dos au miroir, il retira délicatement ses lunettes de soleil. La lumière l'éblouit, avec une violence phénoménale, il faillit hurler, dut plonger son visage entre ses mains. Puis cela passa. Il ne cria pas. Il laissa ses bras retomber lourdement, il ne sentait plus rien. Il sortit ses gouttes, pencha la tête en arrière, en distilla quatre, quatre gouttes dans chaque œil. Il ne sentait rien. Il voyait, et il ne sentait rien. Il était en bonne santé. Il était guéri. Il voyait, et il n'avait pas mal. Il fit couler l'eau dans la baignoire, la plus chaude possible, se déshabilla. Il y arrivait à peine, à s'asseoir, tant l'eau était brûlante, sur ses orteils, ses cuisses, ses fesses, mais il ne tarda pas à s'y habituer, à moins que l'eau ne fût déjà tiède, c'était pareil, il se coinça un coussin en plastique contre la nuque, s'enfonça dans la baignoire, vit la vapeur flotter dans la pièce, se coller aux choses, les faire reculer, cette sensation d'engourdissement, l'engourdissement puis l'enfance, il ferma les yeux… Il flottait, il dormait, il dormait et il flottait et il partait, dans un demi-sommeil, atemporel, dans cet état où toutes les temporalités se focalisent en un point plus petit encore que le chas d'une aiguille et finissent par s'abolir, par se métamorphoser en rêve, en réminiscence, en clairvoyance : son père qui lui gratte le dos, d'un geste ferme et décidé, avec le savon rugueux, du Sunlight, qui lui parle des nouvelles voitures, du nombre de chevaux, du tableau de bord en acajou, du levier de vitesses entre les sièges, de l'antenne radio, il n'y a pour l'instant dans le pays que quatre spécimens de cette automobile, un verre est posé sur l'applique juste en dessous du miroir, le verre de son père, c'est vendredi soir, il y a de la musique, des voix, provenant du téléviseur dans le salon où sa mère les attend avec le souper, trois tartines, chacune coupées en deux, disposées sur une petite assiette, avec un verre de sirop, du sirop rouge puisque c'est vendredi soir, c'est l'amnistie du vendredi soir, déviée de la sublime frugalité, la frugalité superfétatoire, qui n'est pas une façon de faire nécessité vertu mais bien une ascèse, une purification; voilà, c'est Peter Wihl qui se souvient, qui rêve ou qui visualise ceci, l'un ou l'autre c'est la même chose, ce ne sont rien que les reliquats du rêve bourgeois, des tableaux mats et vaporeux, où le père dit brusquement, tandis qu'il frotte, de plus en plus fort, pourquoi tu n'es jamais sale, mon garçon, il faut que tu sois sale avant que je te nettoie, et il voit la lueur des phares des voitures, les antibrouillards, glisser le long des murs, sauf que c'est fondamentalement impossible, les lumières ne peuvent pas traverser le mur, il le sait, il est peut-être bête mais pas à ce point-là, c'est ridicule, la lumière se brise en cercles concentriques contre les murs extérieurs, est projetée à fond de train à travers le jardin, détale entre les pommiers, saute par-dessus la haie, continue de briller bien longtemps après le passage du véhicule, ce doit être d'autres lumières, qui scintillent, qui brasillent, des flammes mouvantes, une forêt de lumières... Et Peter Wihl entendit quelqu'un appeler, non pas lui mais papa, quelqu'un appelait papa, et il se dit : bande d'abrutis, vous savez bien que papa est mort. L'eau jaillissait de lui à gros bouillons, la vapeur s'estompait en découpant les choses selon des arêtes tranchantes, il était assis dans la baignoire, hors d'haleine, malade, avec cette odeur de savon et de cire qui ne le quittait pas, elle le débectait et il dégobilla, il dégueula dans l'eau du bain où il était assis, c'était Kaia qui cognait à la porte, qui l'appelait, qui l'appelait lui, qui criait, papa, et il répondit, d'une voix presque atone :

— J'arrive tout de suite.

Il se changea, avala un cachet, mit ses lunettes de soleil et appela un taxi.

Les autres attendaient devant le cinéma, dans le centre-ville : Ben, Helene et le Régisseur, lui aussi était de la partie, *Le Canard sauvage* ne devait sûrement pas être du gâteau pour qu'il choisisse de quitter le bâtiment, ce à quoi il ne se résolvait qu'à de rarissimes occasions, surtout lors des obsèques, des solennités ou des catastrophes naturelles majeures, à moins que tout ne soit fin prêt pour la première. Toujours est-il qu'il était là, dans sa vieille gabardine, boutonnée jusqu'à la pomme d'Adam, ses galoches et ses cache-oreilles. Kaia s'élança aussitôt vers Helene qui avait un air à la fois réjoui et préoccupé, elle embrassa rapidement Peter sur les deux joues avant de murmurer :

— Tu n'avais pas besoin de venir.

— Tu veux que je rentre ?

Helene ne put s'empêcher de rire.

— Je croyais que ça te pesait.

— Ça ira.

— Tu es sûr ? Tes yeux vont le supporter ?

Il l'embrassa.

— Ça ira, répéta-t-il.

Ils entrèrent dans le foyer, le film commençait bientôt, Helene et Kaia allèrent acheter une barre de chocolat, le Régisseur devait d'abord faire un tour aux toilettes. Le regardant partir, Ben, la bouche grimaçante, s'approcha de Peter.

— Pour l'amour du ciel, fais tout pour que je ne me retrouve pas à côté de ce blaireau !

— Le Régisseur ?

— Oui ! De qui veux-tu que je parle ? Qu'est-ce que t'as comme fauteuil ?

— Ne dis pas de méchancetés à propos du Régisseur, Ben.

— Il pue le vinaigre, ce type.

— Il pue le théâtre.

Ben monta sur ses grands chevaux.

— Chaque fois que je le vois, j'envisage de changer d'orientation sexuelle.

À nouveau tous ensemble, ils s'installèrent dans la file d'attente. Le guichetier tiqua en voyant Kaia, mais Ben passa un bras autour d'elle et dit :

— Elle restera à côté de moi et je vous promets qu'elle fermera les yeux à la moindre scène choquante.

Ils entrèrent et trouvèrent leurs places. La salle était pleine. Les spectateurs profitèrent de la lumière qui s'estompait enfin pour sortir leurs barres de chocolat; le papier chuinta, crépita, dans un concert d'un tumulte civilisé au creux de l'obscurité. Le Régisseur se pencha vers Peter et signala, d'un ton sec, sobre, sans aucune forme d'ironie ou de surprise, uniquement mâtiné de cette indulgence acquise après une longue vie passée au service du théâtre :

— Je souhaite simplement attirer ton attention sur le fait que tu as gardé tes lunettes de soleil.

— C'est l'idée, répondit Peter.

Le Régisseur opina puis dirigea le regard vers l'écran.

— Oui, bien sûr.

Le commentaire s'arrêta là.

Le film pouvait commencer.

La Jeune Fille à la perle.

Déjà, avant même la fin de la première scène, Peter n'en pouvait plus. De nouveau, il était mis devant le fait accompli de la symétrie séduisante et fallacieuse, présente cette fois dans une histoire fictive mais inspirée de faits réels, ainsi que les critiques le soulignaient, et aucune histoire ne peut être plus fictive ni fausse que celles qui s'inspirent sur des faits prétendument réels : l'artisan aveugle contraint de se séparer de son unique fille, sa jeune et jolie fille qui devient servante dans la maison du peintre Vermeer et finit par être son modèle. Pour Peter, c'en était trop. C'était romantique et perfide. Cela le frappait de plein fouet et le scandalisait. Cela lui restait en travers de la gorge. Il ne le tolérerait pas une seconde de plus. Il devait s'en aller. Il ne s'était jamais levé pour partir pendant une projection. Il était toujours resté assis, qu'il eût soif ou une envie pressante de pisser, qu'il fût bourré, malade ou désespéré : quelque indigeste que fût le navet, il était toujours resté assis, en rongeant son frein, par politesse ou par peur, la conséquence d'une vieille habitude ou d'une bonne éducation, jusqu'à ce que le film soit terminé et l'identité des coupables révélée au générique. Or, maintenant, il devait s'en aller. C'était comme un complot, la symétrie du complot, il était encerclé, acculé, compressé. Son espace vital se rétrécissait à vue d'œil. Il pouvait à peine respirer. La panique commençait à s'emparer de lui. Il devait absolument sortir, vite, le plus vite possible. Il devait fuir ce mirage somptueux, cet enfer symétrique. Il prit la main de Kaia.

— Bon, on s'en va.

Mais Kaia n'avait aucune envie de s'en aller. Qui plus est, elle ne lâchait pas sa main, elle la cramponnait – et Peter, époustouflé, presque effrayé par la force des petits doigts qui enserraient les siens, dut en fin de compte libérer sa main. Perturbée à son tour, et cette perturbation, une irritation, un énervement, se dissémina aux fauteuils alentour, Helene se pencha vers lui.

— C'est presque fini.

Des gens leur demandèrent de se taire.

Peter essaya tant bien que mal de se ressaisir.

— Il faut que j'aille pisser, chuchota-t-il.

Il entreprit de se frayer un passage le long de la rangée, pour rejoindre le couloir central sur chacune des marches duquel il distinguait un numéro lumineux et qui, des deux côtés, menaient aux sorties, l'une aboutissant même à une issue de secours, elle aussi éclairée en vert. Les uns après les autres, les spectateurs durent se lever à cause de lui, et c'était probablement les mêmes gens, c'était son public, les fouille-merdes, d'indécrottables rétrogrades munificents et pleins aux as, qui viendraient à son exposition, s'attarderaient devant les tableaux, reculeraient d'un pas, souriraient, branleraient éventuellement du chef, d'un geste démonstratif mais non moins discret, approbateur ou inquisiteur, ce serait selon, cependant qu'ils dandineraient leur verre et la liste du prix des peintures de la main droite et gesticuleraient de la gauche, car, à l'inverse des autres formes d'art, qu'il s'agisse d'un roman, d'une pièce de théâtre voire d'un film, aussi minable soit-il, qui tous s'étirent dans le temps, le temps étant la condition sine qua non de l'expérience artistique, on peut avoir d'une peinture une expérience artistique qui ne dure, littéralement, que l'espace d'un instant, pendant le temps qu'il faut pour voir la peinture en question, c'est-à-dire un instant, et le jugement peut tomber pile à cet instant, voici une année de travail soumise au jugement du misérable tribunal de l'instant. Or, tout à coup, Peter ne se souvenait pas de ce qui était correct, s'il fallait se frayer un passage en tournant le visage ou bien en tournant le dos, en montrant ses fesses au public donc, dans d'autres lieux la coutume voulait qu'on offre son visage aux gens qu'on dérangeait, mais Peter opta pour la deuxième solution, le dos, il montra ses fesses au public, ce qui avait l'avantage de réduire les risques d'être reconnu, pour peu du reste que quelqu'un le reconnaisse, sauf que, brusquement, il buta contre un pied, faillit s'affaler de tout son long, se rattrapa in extremis à la rangée du bas, ou plutôt à une épaule, quelqu'un cria, *t'as qu'à ôter tes lunettes de soleil, connard,* puis il gagna enfin le couloir central, qu'il dévala du pas le plus pressé qu'il osait former, en foulant les larges marches légèrement de biais, en descendant l'axe de la salle, en avançant droit vers l'écran, flanqué de chaque côté des spectateurs comme s'ils se réfléchissaient dans un miroir. Seulement voilà, au moment d'arriver devant l'issue de secours, il ne réussit pas à ouvrir la porte, c'était proprement impossible, il avait beau actionner, pousser, presser la barre puissante montée perpendiculairement à la porte en acier, celle-ci refusait de bouger, aussi essaya-t-il l'autre sortie, la sortie habituelle, mais elle opposa le même refus que la précédente, il appuya de tout son poids sur la barre, il mobilisa toutes ses forces pour cogner dans la porte, la serrure avait dû se coincer, ou alors il ne savait comment s'y prendre exactement afin de la débloquer, c'était en l'occurrence bonnet blanc et blanc bonnet puisqu'il ne parvenait à sortir, personne n'accourait pour l'aider, il était purement et simplement emprisonné, captif de son public – et Peter Wihl fut alors en proie à une désespérance, à une fureur si profonde et si démesurée qu'il avait l'impression de ne l'avoir vécue qu'en rêve, dans les rêves impossibles de l'enfance où les insupportables répétitions, toujours aussi inefficaces, finissaient par le réveiller dans un cri; il lui sembla entendre des rires, qui pouvaient parfaitement provenir du film, ou d'une scène du film suscitant l'hilarité de l'auditoire, toujours est-il qu'à ce moment précis il n'avait plus aucune force, il renonçait, il abdiquait, et alors qu'il aurait pu s'asseoir et ne plus quitter l'endroit où il se tenait, à ça aussi il renonça, il préféra entamer une humiliante retraite, il rebroussa chemin, la nuque courbée, il remonta l'escalier central, se faufila de nouveau dans la rangée, en offrant cette fois son visage au public, lequel de nouveau se releva, en sens inverse, et enfin Peter Wihl put se rasseoir à côté de Kaia, les mains croisées sur ses genoux et les yeux fermés, non pas à cause de ce qui se passait à l'écran, mais parce qu'elle avait honte pour lui, pour son père, son père qui ne bougea pas, obéissant, jusqu'à ce que Colin Firth, interprétant le rôle de Vermeer avec un jeu sympathique et désemparé, ait achevé son faux portrait de la jeune fille à la perle et que le film soit terminé.

En sortant, il venait tout juste de se mettre à pleuvoir, Ben lança à la cantonade :

— Et maintenant, Kaia, il nous faut un bon remontant de derrière les fagots !

Kaia leva les yeux vers Helene qui secoua la tête avant de se tourner vers Peter.

— On rentre, hein ?

Peter sourit, passa un bras autour de ses épaules.

— Évidemment qu'on a besoin d'un remontant.

— Certain ?

— Mais oui ! Allez, on y va et vous prendrez votre remontant. Moi, faut que je pisse.

Et sur ce ils pénétrèrent dans le premier bar venu, juste à côté du cinéma, Peter n'en avait bien sûr pas la moindre envie, il aurait préféré rentrer, le plus vite possible, il était éreinté, indigné, heureusement l'endroit était bondé, ils allaient sans doute devoir faire machine arrière et ainsi prendre malgré tout le chemin de la maison, mais hélas Helene aperçut des gens qu'elle connaissait, un couple d'acteurs travaillant dans un autre théâtre, accompagné d'un souffleur à la voix rauque, il y eut des mains levées et des appels répétés si bien qu'ils furent forcés de s'asseoir à leur table. Ben commanda du vin pour tous ceux qui en voulaient, Peter demanda un verre de soda pour Kaia et de l'eau pour lui, les acteurs, surtout connus pour leur passé, lui jetèrent un regard rapide et indulgent, peut-être compatissant, voire condescendant, ils croyaient sûrement qu'il avait la gueule de bois, à porter des lunettes de soleil et à boire de l'eau un vendredi soir, Peter s'en fichait, ils pouvaient même croire qu'ils le lisaient à livre ouvert, ils pouvaient tout aussi bien l'analyser dans tous les sens, en avant comme en arrière, pourvu simplement qu'ils se foutent le doigt dans l'œil, la conversation lui passait au-dessus de la tête, il n'avait pas le courage de suivre, les mots se transformaient en bruit de fond, il n'écoutait pas, il n'était pas présent, il était retranché derrière ses lunettes de soleil, il buvait son eau, jusqu'à ce que le Régisseur, aussi mal à l'aise et maladroit que Peter, lui qui était très vite dépassé par les événements dès qu'il quittait son théâtre, dès qu'il n'avait plus ses outils à portée de main, lui qui ne maîtrisait pas cette partie du monde, jusqu'à ce que, donc, il cogne brusquement son verre sur la table et lâche, avec toute l'indignation, le mépris et la répugnance dont il pouvait infléchir sa voix sèche :

— Des changements ! Des changements et encore des changements ! Quel enfer !

Pendant une minute de silence, l'assistance scruta le Régisseur qui, lui, fixait d'un œil torve ses doigts entretemps détrempés par le vin.

Ben sourit.

— Les changements ne seraient-ils pas une bénédiction ?

Le Régisseur déglutit à plusieurs reprises.

— Les changements sont une malédiction quand ils ne s'arrêtent jamais.

Ben piaffait.

— Mais n'est-ce pas leur nature ? Que les changements subissent nécessairement un changement ?

Le Régisseur était sur le point de martyriser de nouveau la table, en tapant cette fois du poing dessus, mais il tempéra ses ardeurs.

— Tel jour Ekdal doit se tenir au bord de la scène, tel autre il doit rester dans les coulisses. Hier les répliques de Hedvig dans le dernier acte ont été supprimées, demain elles seront sûrement réintégrées. Ça ne peut pas continuer comme ça. Non, ça ne peut décidément pas continuer comme ça.

Ben riait désormais à gorge déployée.

— Ibsen n'a-t-il pas lui-même changé la fin de *Maison de poupée* lors de la première en Allemagne ?

Le Régisseur secoua énergiquement la tête.

— Pas que je sache.

— Si, je vous assure. Il a laissé Nora revenir car c'est ce qui plaisait au public.

— Pas que je sache, répéta le Régisseur.

Ben n'en démordait pas.

— Autant de raisons qui pourraient aussi vous pousser à changer la fin du *Canard sauvage*. Hedvig ne se tire pas une balle dans la tête et tue Werle à la place. Ce serait du meilleur goût.

Le Régisseur avait presque retrouvé son bon vieux moi et dit, d'un ton sans chaleur ni passion :

— Ibsen doit être joué comme Ibsen l'a écrit. Il n'y a rien à ajouter.

Il n'empêche que Ben voulait avoir le dernier mot.

— D'accord, alors autorisons le vieil Ekdal à fumer sa pipe et enfreignons la loi contre le tabagisme.

Un serveur posa une nouvelle bouteille de vin sur la table. Peter chercha des yeux la porte des toilettes. Puisqu'il devait toujours aller pisser. Il ne vit pas l'ombre d'une porte mais une cloison en verre, verte, qui lui fit penser à un aquarium. Quelqu'un en sortit en la faisant coulisser. Peter attendit que l'espace se vide, ou se remplisse d'eau. L'ensemble avait une apparence à la fois tout à fait moderne et vieillotte, l'architecte considérant a priori que le mauvais goût relevait toujours du bon goût, si tant est que l'on ait suffisamment de bon goût pour savoir ce qui, de tout temps, relevait du mauvais goût. Des clients aux tables voisines le reconnurent cette fois, opinèrent à son attention, offrant ce signe de tête imperceptible, complice, censé montrer que l'on évolue dans le même cercle, que l'on fait partie de ceux qui se fendent d'un hochement de tête, sans pour autant se connaître mutuellement, un signe vague au point que l'on puisse le confondre avec un mouvement neutre, histoire d'éviter une situation embarrassante ou humiliante si jamais le hochement de tête en question n'est pas retourné avec un hochement équivalent, un hochement dénué de risques autrement dit. Peter sentit une main sur son épaule, celle de Ben, qui lui demanda :

— Et qu'est-ce que tu en penses, Peter, toi qui es un expert ?

Peter jeta un regard circulaire, la bouche desséchée, il n'avait pas suivi le fil de la conversation et à présent tout le monde avait le regard posé sur lui, même Kaia attendait.

— À propos de quoi ?

Ben soupira.

— Mais le film, voyons. Nous venons du cinéma, Peter…

Peter avala une gorgée d'eau, cela n'eut aucun effet, il avait toujours la bouche aussi sèche, il bredouilla :

— C'est pas comme ça qu'on fait.

Le visage creusé de Ben se rapprocha.

— Qu'est-ce que tu viens de dire ?

Peter répéta :

— C'est pas comme ça qu'on fait.

Ben se renfonça dans son siège.

— Tu peux développer, s'il te plaît ?

Ils étaient suspendus à ses lèvres, à ses paroles, attendant d'entendre ce qu'il avait à dire alors qu'il ne savait pas ce qu'il devait dire. Il pouvait dire deux ou trois phrases sur les intérieurs austères de Vermeer, sur la manière qu'avait le maître hollandais d'emplir ces pièces ordinaires, d'emplir l'ordinaire en tant que tel, notre environnement, là où nous vivons, une cuisine, un salon, un atelier, d'une lumière dont le monde n'avait à ce jour pas vu d'équivalent ; il pouvait dire deux ou trois phrases sur l'équilibre précaire entre le poids du modèle et la légèreté du portrait, l'impossible équation de l'imitation, en d'autres termes, et préciser par la même occasion que le seul autoportrait que Vermeer ait peint le représentait assis de dos ; ou encore il pouvait tout simplement dire deux ou trois phrases sur Colin Firth, l'interprète de Vermeer qui, dans cette cabale sentimentale où tous les acteurs mentaient sans vergogne, était infichu de tenir son pinceau correctement. Mais il ne dit rien de tout cela et dit plutôt :

— Dans le tableau intitulé *La Laitière*, Vermeer a peint un clou sur le mur nu derrière elle. Un clou qui projette une ombre courte. C'est tout. C'est tout et c'est la plus belle chose qui ait jamais été peinte. Un clou sur un mur nu. Si vous caressez délicatement cette peinture, vous sentirez le clou frotter contre votre paume. Tout art devrait comporter un clou de ce genre.

Helene regarda Peter, lui sourit, de ce sourire auquel il aspirait en permanence, peut-être était-ce même à cause de lui qu'il continuait à peindre, pour croiser ce sourire très précis, un sourire de reconnaissance et à la fois de surprise. Il avait envie d'arracher ses lunettes de soleil, de croiser le regard de Helene, il leva la main, hésita.

Peter se leva, fit coulisser la cloison, entra dans les toilettes vertes, baissa sa fermeture Éclair, pissa. Peu après, Ben se tenait devant l'autre urinoir.

— Tu pensais vraiment ce que tu as dit ? voulut-il savoir.

— Qu'est-ce que j'ai dit ?

— Tu as dit que tu ne voulais plus me voir dans l'atelier.

— Oui, je le pensais vraiment.

— Je n'ai pas aimé ce que j'y ai vu, Peter. Sans compter que je n'y ai pas vu de clou.

— J'en ai rien à foutre.

— Ton humeur en tout cas, tu l'as pas perdue, elle.

Peter se lava les mains au robinet.

— Tu ferais mieux d'avoir confiance en moi.

Ben pouffa.

— Confiance en toi ?

Ne trouvant pas de serviette, Peter appuya sur le séchoir à main qui, avec son souffle électrique, mit un terme temporaire à leur échange verbal. De fait, ils restèrent l'un à côté de l'autre, en silence, jusqu'à ce que l'appareil s'éteigne.

Le silence fut encore plus profond, un silence qui ressemblait à du froid, leurs visages étaient livides, obliques, dans cette lumière poissonnière.

— Tu pensais vraiment ce que tu as dit ? voulut savoir Peter.

Ben s'essuya les mains à une serviette en papier.

— Je pensais simplement que je ne vois mais alors pas du tout quelle direction tu prends avec tes peintures.

— Ce n'est pas à ça que je faisais allusion. Tu pensais vraiment ce que tu as dit sur le fait de lâcher quelques informations à la presse.

Ben replia la serviette, la fourra dans sa poche, soupira.

— Qu'est-ce que tu veux que je fasse, Peter ?

— Ce que je t'ai dit. Que je ne parlerai à personne avant le vernissage.

Peter voulait partir mais Ben le retint.

— Et donc tu veux que je te fasse confiance ?

— Oui.

— Faire confiance à un homme qui se trimballe avec des lunettes de soleil ridicules ?

— Lâche-moi, Ben.

Ben ne le lâcha pas.

— Sept jours de miurge en Estonie ? Et tu penses que je vais te croire, Peter Wihl ?

Peter s'arracha à la main de Ben qui enserrait son bras et retourna s'asseoir auprès des autres.

Helene regarda Ben qui boitillait derrière Peter avec une démarche à la lourdeur superflue.

— Tu t'es fait mal ? demanda-t-elle.

— Je suis tombé. Sur la glace juste devant l'atelier de Peter Wihl.

Ben posa une main sur l'épaule de Peter.

— Le grand artiste que voici a trop de préoccupations pour penser à sabler devant chez lui.

— Tu n'avais pas ta canne ?

— Si, ma chère Helene. Mais elle ne m'a pas été d'un grand secours elle non plus. Figure-toi qu'elle s'est cassée !

Helene rit.

— Au fait, vous savez où il l'a dégotée, cette canne ? Il l'a achetée aux enchères après la mort du scénographe du National.

— On la connaît par cœur, ton histoire, objecta Peter.

— Pas nous, répliqua le souffleur à la voix rauque.

Helene eut une seconde d'hésitation avant de se tourner vers le souffleur et les acteurs.

— À sa mort, commença-t-elle, sa magnifique maison a été vendue morceau par morceau. Tout : le poudrier, le piano à queue, la descente de lit.

— On la connaît par cœur, ton histoire, répéta Peter.

Ben lui donna un coup de pied sous la table et poursuivit, d'une voix forte :

— Et bien sûr, Helene estime que j'ai des tendances nécrophiles justement parce que j'ai fait l'acquisition de cette canne au pommeau en argent.

Helene inspira, ses yeux se posèrent furtivement sur Peter au moment où elle embrassa l'assistance du regard, puis elle ajouta :

— Et cette belle, chaleureuse et somptueuse maison, composée dans les moindres détails, s'est transformée en un vulgaire marché aux puces lorsque les objets qui la composaient ont été vendus à l'encan.

Peter n'en pouvait plus, il l'interrompit de nouveau :

— Que tu nous bassines en permanence avec cette putain d'histoire, là, ça me dépasse. Tu pourrais pas en trouver une autre ?

Un silence s'abattit autour de la table, comme si les personnes présentes s'étaient tues toutes en même temps.

Le Régisseur scruta longuement sa montre.

Helene se leva, boutonna le duffel-coat de Kaia, lui prit la main et se dirigea vers la porte.

Ben se pencha vers Peter.

— C'est pas l'envie qui me manque de te botter le cul, là. Mais hélas, et comme tu le sais, ma canne est cassée. La moindre des choses serait maintenant d'appeler un taxi.

Peter répondit, embarrassé, en proie à un vertige :

— Je n'ai pas pris mon portable.

Ben le fit presque tomber de sa chaise.

— Rattrape-les, alors, sale égoïste !

Peter les rejoignit alors qu'elles se trouvaient encore devant le café. Il pleuvait. Le vent retournait les parapluies. Un taxi libre attendait dans la rue d'à côté. Helene et Kaia s'installèrent à l'arrière, Peter à l'avant. Il indiqua l'adresse. Excepté cette phrase, personne n'ouvrit la bouche du trajet. Dans le jardin, la pluie tombait comme de la neige. Ils entrèrent dans la maison. Peter patienta dans la cuisine tandis que Helene couchait Kaia. Quand elle revint enfin, elle ferma la porte contre laquelle elle s'adossa, les bras croisés, pareils à une arme de poing contre sa poitrine.

— Je sais que c'est le privilège du malade d'être un connard, dit-elle.

— Je ne suis plus malade.

— Tu es uniquement un connard, c'est ça que tu veux dire ?

— Excuse-moi.

— Arrête de m'interrompre tout le temps !

Peter s'assit.

Helene s'approcha.

— Je te prierais de ne pas te servir de moi comme d'un punching-ball pour faire passer ta colère ou je ne sais quoi. Et si ce n'est pas trop te demander, je te prierais aussi de ne pas le faire en présence des autres, et surtout pas devant Kaia. Surtout pas devant Kaia ! Tu piges ?

Peter acquiesça.

— Tu piges ? répéta-t-elle. Mais putain parle-moi, bordel !

— Ça ne se répétera pas.

— Et comment je peux en être sûre ?

— Je t'ai dit que je m'excusais et que ça ne se répéterait pas. Qu'est-ce que tu veux que je te dise de plus ?

Helene s'assit à la table, en face de lui, but une gorgée d'eau, souffla.

— C'était franchement une idée débile d'aller voir ce film, dit-elle.

— C'était une idée encore plus débile d'emmener Kaia le voir. Ce qui est sûr, c'est qu'elle ne nous accompagnera pas au *Canard sauvage*.

Helene ignora sa remarque.

— Quoi qu'il en soit, ça ne te donne aucun droit de me blesser ou de m'humilier.

Peter leva les yeux.

— Combien de fois faut-il que je te répète que je m'excuse ? Huit ? Dix ? Dix-neuf fois ? Tu veux peut-être aussi que je me flagelle pendant qu'on y est ?

Helene secoua la tête.

— Je ne te reconnais plus, Peter.

— Je suis toujours le même.

— Non, tu as changé. Et je ne suis pas certaine d'aimer celui que tu es devenu.

Peter se leva, la chaise tomba à la renverse, il hurla :

— Je suis le même ! Tu m'entends ? Le *mê-me* !

— Tu vas réveiller Kaia, espèce d'abruti !

Ils reportèrent tous les deux leur regard vers la porte.

Le silence dans la maison était total, ils n'entendaient que le vent.

— Je suis le même, répéta Peter, à voix basse.

— Le même que qui, Peter ?

Il s'appuya à la table.

— Le même qu'avant, Helene. Je te l'ai déjà dit.

— Tu m'as dit quoi ?

— Que je déteste cette histoire sur ce putain de scénographe et comment sa putain de belle baraque a été découpée en morceaux pour finir comme des ordures exposées dans les vitrines du marché de l'art de la bourgeoisie.

Helene sourit.

— Puis-je te demander pourquoi tu la détestes tant, hormis le fait que tu l'as entendue plusieurs fois ?

— Parce qu'elle me fout la trouille, Helene. Elle me fout la trouille de ma vie ! C'est quand même pas sorcier à comprendre, merde !

Il lui prit la main.

Elle se tourna, vers le mur, dans le coin, où rien n'était accroché.

— Tu l'auras finie quand, la peinture de Kaia ? demanda-t-elle.

23.

Lorsque Peter se réveilla, Helene était partie. La place à côté de lui était vide. Quand il y posa la main, il remarqua que le drap rêche, la housse de couette et l'oreiller étaient déjà froids. Il avait dû faire la grasse matinée. C'est le vent qui l'avait tiré de son sommeil. De temps à autre, on le sentait bruire dans les murs. Il attendit, sans bouger, que ça fasse mal. Ça ne faisait pas mal. Kaia était debout au pied du lit. Peter se redressa d'un bond, anxieux une seconde, il leva la main, constata qu'il portait ses lunettes de soleil, qu'il avait dormi avec ses lunettes de soleil.

— Quelle heure il est ? demanda-t-il.

Kaia jeta un œil à sa montre, les fines veines obliques au niveau de ses tempes se dessinaient distinctement sur sa peau.

— Dix heures moins six.

Peter sourit avec un mouvement de tête consterné.

— Eh ben dis donc ! Je vais pouvoir me recoucher dans pas longtemps alors...

Kaia prit soudain un air aussi sérieux que lui.

— Il y a une lettre pour toi.

— Tu l'as là ?

— Elle est dans la cuisine. Tu veux que j'aille la chercher ?

Peter fit signe que non.

— Attends-moi dans l'atelier, j'arrive tout de suite.

Kaia hésita, elle préférait l'attendre ici.

— Il fait du vent, dit-elle du bout des lèvres.

— C'est pas grave ça, voyons.

Kaia resta un court instant immobile, elle semblait déçue. Peter s'apprêtait à ajouter quelque chose, qu'ils pouvaient y aller ensemble, mais elle s'éclipsa en courant, malgré tout.

Il entendit la porte d'entrée claquer derrière elle et une rafale s'engouffrer dans la maison.

Il se leva, se mit des gouttes dans les yeux, s'habilla puis alla à la cuisine. Kaia avait mis le couvert et elle avait dû se donner de la peine à voir la table impeccable qu'elle avait préparée : une tasse à café, un verre, une petite assiette, une corbeille contenant trois tartines, le journal, mouillé sur les bords, mais qu'elle avait même essayé de sécher. Seuls les couverts étaient posés au mauvais endroit, le couteau étant placé à gauche – et cette légère erreur le remplit d'une violente tendresse, cette anomalie était d'une telle beauté, ainsi qu'elle lui apparaissait ce matin-là, qu'il faillit pleurer, il aurait pu pleurer à la vision de cette table, des couverts intervertis.

La lettre était tombée par terre. Elle provenait de l'Association des Aveugles et Handicapés visuels de Norvège. Peter n'ouvrit pas l'enveloppe. Il déchira le courrier en autant de menus morceaux qu'il jeta dans la cheminée. Il n'avait pas faim. Il laissa tout en plan et rejoignit l'atelier. Les rafales de vent balayaient la neige. L'herbe fine était plaquée à même le sol. Il ferma les portes. Kaia l'attendait, assise dans le fauteuil. Il déposa un baiser pressé sur son front et se mit au travail sans perdre une seconde. Aujourd'hui, il peindrait de la même manière que Kaia avait dressé la table. Il emploierait le même dévouement. La main était légère, le pinceau glissait en mouvements rapides et virtuoses, apposait des touches précises et ininterrompues, comme si les douze tableaux ne formaient qu'une image, fusionnés les uns aux autres par l'ombre qu'ils projetaient individuellement. Mais ça ne fonctionnait pas. La virtuosité demeurait plate. Il ne rencontrait aucune résistance. Il ne faisait que se répéter et peignait dans le vide. Il n'arrivait pas à mettre le clou à la bonne place. Il lui manquait un clou. Quelque chose le perturbait. Quelque chose, dans l'atelier, avait changé. Si tant est qu'il ne vît pas immédiatement de quoi il s'agissait, il le sentait. Les toiles étaient pourtant rangées dans le même ordre que la veille. Les rideaux étaient pourtant tirés. Rien n'avait été déplacé. Puis il comprit. Il se tourna vers Kaia. Elle avait installé la chaise en la rapprochant de lui. Elle se trouvait juste derrière lui, comme si elle avait souhaité qu'il la voie mieux. Peter posa ses pinceaux sur le banc et resta ainsi un petit moment, immobile, sans rien dire.

— Ça suffit pour aujourd'hui, finit-il par dire.

Kaia lui lança un regard interrogateur, anxieux presque.

— Tu as terminé, papa ?

— Papa a terminé pour aujourd'hui, Kaia.

— Je peux poser encore un peu. Je ne suis pas fatiguée. Regarde.

Elle redressa le menton, balaya les cheveux qui lui encombraient le front, fixa ses yeux sur la pendule au-dessus de la porte et prit la pose, en semi-profil ; toute la lumière qui irradiait l'atelier se focalisait sur son visage.

— C'est papa qui est fatigué, précisa Peter.

Kaia se leva.

— On pourrait aller se promener.

— Tu en as envie ? Il fait du vent.

— Ça ne me dérange pas.

Ils se couvrirent et sortirent. Le vent était chaud, les nuages fonçaient dans le ciel, la forêt se cambrait derrière les rues désertes et silencieuses, tout ployait. Ils arrivèrent au parc. Peter marqua une pause et prit la main de Kaia. La même allée se déroulait devant eux, flanquée de chaque côté d'arbres dénudés. Les branches et les rameaux tressaillaient entre les troncs. Il n'y avait personne nulle part. Aucun chien n'aboyait à proximité.

— On fait le tour ? proposa Peter.

Kaia leva les yeux vers lui.

— On va où ?

Peter lâcha un petit rire.

— Où on va ? Je ne sais pas, c'est toi qui voulais aller te promener.

Kaia ne répondit pas. Peter serra délicatement sa main.

— Viens, je vais te montrer quelque chose. Au cimetière.

— Dans ce cas on va devoir traverser le parc.

— On peut se contenter d'en faire le tour, Kaia. Si tu préfères.

Elle secoua la tête.

— On va traverser le parc.

Et Peter songea : elle est plus courageuse que moi.

Ils longèrent l'allée, main dans la main, se cramponnant l'un à l'autre. Ils purent, à un endroit du chemin, avancer dans le vent sans être renversés. Kaia éclata de rire, aussitôt imitée par Peter. Ils riaient en luttant contre les rafales. Une sensation de légèreté submergea Peter au moment où un tourbillon faillit les soulever. Il eut l'impression passagère de toucher du doigt le bonheur. Ils essayèrent de courir mais le vent les contraignait à une quasi-inertie. Une ombre ample glissa sur le parc. À l'intersection de l'allée, ils empruntèrent le sentier qui montait la côte raide. Ils entrèrent dans le cimetière. Les peupliers effilés et noirâtres tremblaient, tout penchés. Le panneau annonçant l'obligation de tenir son chien en laisse était presque recouvert d'inscriptions indéchiffrables. Peter se souvenait à peine de la dernière fois où il était venu ici. Il avait payé les services municipaux pour s'occuper de la concession familiale, perpétuelle, même si cette perpétuité avait elle aussi une limite : cinquante ans; dans vingt-cinq ans, les restes de ses parents seraient retranchés dans un coin du cimetière pour faire place à de nouveaux corps, Kaia aurait alors trente et un ans et lui soixante-quinze.

Certaines pierres tombales étaient renversées, fallait-il y voir, et il était difficile de l'affirmer avec certitude, l'œuvre du vent, des voyous, ou simplement de la négligence. La chapelle, dont le parking attenant était plein, ressemblait de loin, avec ses murs gris et lourds dépourvus de fenêtres, à un vieux bâtiment industriel qui rappela à Peter le transformateur de Tallinn, si ce n'avait été la croix haut perchée sur le toit. Il s'arrêta, jeta un regard circulaire, désorienté, affolé à l'idée de ne pas retrouver la tombe, la légèreté de tout à l'heure s'était volatilisée, remplacée par la pesanteur, une pesanteur qui l'enfonçait, l'engloutissait. Il dut se faire violence pour rester d'aplomb cependant qu'un rideau de pluie en provenance des vallées à l'ouest se rapprochait sensiblement – et enfin il sut quelle direction prendre : c'était l'odeur, un rayon de puanteur lui remit en mémoire le chemin, qui passait devant les pissotières, cette rotonde verte et humide dissimulée entre des buissons, et menait au caveau de ses parents, sur le terrain à gauche; cela lui faisait chaud au cœur de constater que la tombe était belle, bien entretenue, que la pierre tenait encore debout, et ce second constat lui faisait aussi chaud au cœur que le premier.

Ils s'accroupirent.

Kaia, silencieuse, arborait un air grave.

Peter gratta la pierre, là où la glace et les feuilles mortes escamotaient les noms.

— Mon père vendait des voitures. Les plus belles voitures de toute la ville. Et chaque été il en achetait une nouvelle. Parfois, j'avais la permission de m'asseoir entre ses genoux et de tenir le volant pendant qu'il conduisait.

Il se tut.

Kaia l'observa.

— Et grand-mère, elle ?

Peter fut profondément ému d'entendre Kaia, qui ne l'avait jamais connue, prononcer le nom de « grand-mère », à croire que celle-ci devenait alors plus présente ; ce mot, « grand-mère », dans la bouche de Kaia, la ressuscitait.

— Ma mère était la plus belle passagère au monde, dit-il d'une voix douce.

Ils restèrent ainsi un moment, accroupis, silencieux. La foudre tomba, quelque part entre le fjord et les forêts. L'orage se propulsa ailleurs. Peter oublia de compter les secondes.

— Ils t'aimaient ? voulut savoir Kaia.

Peter fut surpris par sa question.

— S'ils m'aimaient ?

Kaia dévia le regard.

— Ton père et ta mère.

Peter l'attira vers lui.

— Bien sûr qu'ils m'aimaient.

Kaia avait toujours les cubes, les petits cubes peints, dans la poche de son duffel-coat. Elle les aligna délicatement en cercle sur la tombe. Au même moment, l'orage s'abattit sur eux, un déluge de pluie et de grêle, on aurait dit des cartouches. Peter se dit que la tempête l'avait enfin rattrapé. Les prévisions météorologiques venaient seulement maintenant de se réaliser. Il prit Kaia par la main et ils se mirent à courir, le dos voûté, en direction du parking. Mais, lorsqu'elle trébucha contre une bordure, il n'arriva pas à la retenir. Elle tomba de tout son long, sur les mains. Il ne réussit pas non plus à la soulever, elle ne pleurait pas, ou plutôt, à cause de la pluie, il ne pouvait pas voir si elle pleurait. Le vent manqua de la faucher une seconde fois. Elle n'entendait pas ce qu'il lui disait. Une poubelle fut catapultée contre une voiture. Ils se virent forcés de trouver refuge dans la chapelle. Peter y porta Kaia plus qu'il ne la tint, poussa d'un coup d'épaule la lourde porte. Un diacre les accueillit, tendit un programme à Peter puis murmura :

— Ça a juste commencé.

Ils s'installèrent dans la rangée du fond. L'absence de fenêtres enveloppait les lieux d'une pénombre tout juste atténuée par la lumière provenant des bougies allumées et des quelques vitraux bleus à l'autre bout – et, là seulement, Peter comprit qu'ils se trouvaient au beau milieu d'une cérémonie d'obsèques. La dernière fois qu'il avait mis les pieds ici remontait à vingt-cinq ans plus tôt, également pour assister à des obsèques, celles de ses parents. Le cercueil blanc reposait sur le catafalque. Disposées le long de la nef, les fleurs et les couronnes étaient rehaussées de rubans de soie portant les ultimes saluts au défunt. La chapelle était bondée. Un garçon aux cheveux longs se tenait devant la chaire. Il jouait de la guitare, chantait une mélodie connue. Des gens se tournèrent vers eux, avec un sourire de curiosité et de réconfort mêlés. Puisque Kaia était en larmes. Peter sortit un mouchoir et lui essuya délicatement le visage. Elle continua de pleurer.

— Tu t'es blessée ? chuchota-t-il.

Elle lui montra sa main, agacée, presque en colère.

Mais Peter ne voyait pas suffisamment, dans l'obscurité de la chapelle, avec ses lunettes de soleil sur le nez, il ne distinguait que les ombres de sa main.

Le garçon, qui avait fini de chanter, alla s'asseoir au premier rang, à côté d'une femme, vraisemblablement sa mère, qui passa un bras autour de ses épaules. Les personnes assises derrière donnèrent une petite tape sur l'épaule du garçon. Le pasteur salua les proches concernés, puis la femme et le garçon, et se recueillit ensuite devant le cercueil et le retable baroque, qui, dans cette chapelle spartiate et désolée, semblait si beau, si incongru avec tous ses ornements clinquants, sa luxuriance. En son centre, trônait l'œil de Dieu, confiné dans un triangle baigné lui-même par la lumière d'un halo, cet œil unique, écarquillé, l'œil de Dieu, le même œil que vingt-cinq ans auparavant, l'omniscience de Dieu fixée dans une peinture, dans une image qui n'était autre que l'image d'une image, la présence de Dieu.

Kaia était la seule à pleurer.

Alors Peter retira ses lunettes de soleil. Et sans ses lunettes, il vit qu'elle saignait à un doigt, à l'index de la main droite, qu'elle s'était écorchée en tombant, rien de grave, il était soulagé, il essuya le sang qui perlait, souffla sur la plaie. Mais soudain Kaia retira sa main d'un geste brusque.

Il la regarda.

— Ça fait mal ?

Kaia le fixait intensément, épouvantée, son visage était muet, livide, sa bouche pincée, elle ne pleurait plus.

Peter se pencha vers elle.

— Qu'est-ce qu'il y a, Kaia ?

Elle secoua la tête puis la tourna d'un mouvement aussi radical que le précédent. Peter lui empoigna le bras, mais elle refusait de le regarder, elle regimbait, de tout son corps. Terrorisé à son tour, il essaya de la forcer, en vain.

— Qu'est-ce qu'il y a ? redemanda-t-il.

Le diacre apparut derrière Kaia et leur fit signe de se taire.

Peter la lâcha.

Tout le monde dans la chapelle, Kaia exceptée, le regardait.

Le pasteur s'agenouilla devant la chaire.

L'organiste se mit enfin à jouer.

Puis, malgré tout, Kaia pivota vers Peter. Elle leva la main, celle qui n'était pas blessée. Et elle désigna les yeux de son père.

24.

Peter était dans le chemin.

Les fleurs qu'il tenait étaient dans le chemin.

Où qu'il stationne, il était dans le chemin.

Tous se couraient après, acteurs, accessoiristes, techniciens, habilleuses, souffleurs, ils parlaient tout seuls, changeaient de costume, se lançaient des ordres, méditaient à voix haute, lâchaient un juron, poussaient un rire hystérique, pleuraient en silence ; c'étaient le chaos et le désordre à haut niveau, un chaos et un désordre auxquels viendrait se substituer, dans une demi-heure tapante, lorsque la sonnerie retentirait pour la troisième fois, une discipline de fer.

C'était la première du *Canard sauvage*.

Peter entraperçut Helene, sur la scène, elle procédait aux ultimes préparatifs, rapprochait une chaise de la cloison rouge, lissait une draperie, essuyait un verre. Il avait toujours adoré la voir ainsi, plongée dans son univers, monopolisée par ses propres préoccupations, un accaparement qui rejaillissait pour le bénéfice de tous ; c'était ainsi qu'il l'avait vue la toute première fois, c'était un autre monde que le sien et pourtant il s'y reconnaissait, son monde à lui coudoyait son monde à elle, il lui adressa un signe de la main mais elle ne le vit pas.

Une porte s'ouvrit, qui libéra des effluves de vinaigre et de parfum. Kaia attendait au maquillage, elle avait un nouveau pansement sur sa blessure, ainsi qu'un petit bandage, elle brandissait sa main avec un geste de quasi-fierté. Dans le miroir placé sous la lampe diffusant une lumière crue, Peter croisa son regard, ses yeux verts, les yeux de Helene, des yeux qui aussitôt se détournèrent, elle ne le voyait pas, à moins qu'elle refusât de le voir.

Peter regrettait d'être ici. Il était dans le chemin. Ses fleurs étaient dans le chemin.

La sonnerie retentit dans le foyer.

Le Régisseur passa devant lui, filant à son bureau, ou plutôt sa cage, immobilisa son pas, et, alors que le théâtre dans son entier était brûlant de fièvre et qu'il était le seul à garder son calme, il sourit et déclara :

— C'est parti, Peter Wihl, maintenant on fonce droit à la catastrophe.

Il continua avant que Peter n'ait eu le temps de répondre, mais il s'arrêta de nouveau et pivota.

— Qu'est-ce qui t'arrive ?

Peter recula.

— Ce qui m'arrive ?

— On dirait que tu vas entrer en scène.

— J'ai simplement le trac pour Helene.

Le Régisseur posa une main sur l'épaule de Peter, une intimité légèrement gênante, surtout venant de lui.

— S'il y a bien quelqu'un ici pour qui on n'a pas besoin d'avoir le trac, c'est bien elle. Elle est la meilleure.

Peter lui tendit le bouquet et se retira.

— Tiens, prends-les.

Le Régisseur se fendit d'un sourire fatigué.

— Elles sont pour moi ?

— Bien sûr que non.

Peter emprunta les petites toilettes près de l'ascenseur. Gregers Werle s'y trouvait déjà, ou plutôt le pauvre bougre qui allait s'efforcer d'interpréter ce type pathétique et dénué d'humour. Il vomissait dans le lavabo. Peter n'avait pas le cœur de rester une seconde de plus ici. Il fit volte-face sitôt après avoir poussé la porte. Il entendit la deuxième sonnerie. Helene et Kaia l'attendaient, impatientes. Ils trouvèrent leurs places dans le poulailler. Ben était déjà arrivé. Il secoua la tête d'un air las.

— Vous voulez vraiment torturer Kaia en lui infligeant Ibsen alors qu'elle n'est même pas entrée en primaire ?

Il le dit d'une voix tellement forte que les personnes présentes se retournèrent sur lui. Il s'était sûrement imbibé de vin blanc sec histoire de se donner du courage, histoire de mieux supporter les deux parties et les coups de pistolet.

— Tu n'auras qu'à lui tenir la main, chuchota Helene.

— Je veux que Peter me prête ses lunettes de soleil ! hurla-t-il.

Il tenta de les lui arracher.

Peter le repoussa.

— Essaie plutôt de dormir !

On aurait cru assister à une scène de la pièce, certains riaient, d'autres leur lançaient des « chut ! » indignés, Helene parvint enfin à les calmer, ils s'assirent, mais au dernier moment Kaia ne voulut plus se mettre à côté de Peter, elle prit place entre Helene et Ben qui ne remarqua pas cette petite permutation, ce changement de positions, seul Peter y prêta attention, il réajusta ses lunettes de soleil, essaya de sourire, fit comme si de rien n'était, fixant ses mains, rongé par la honte, par l'anxiété, angoissé non pas pour Helene mais bel et bien pour lui-même, il était en proie à une nervosité qui n'avait rien d'héroïque, qui ne profiterait à personne, c'est lui qui était plongé dans son univers, enfermé dedans à double tour, et cela n'avait d'autre effet que d'amplifier la honte et la nervosité qu'il éprouvait, car il savait que cet univers, il n'en était plus le maître.

Qu'est-ce que Kaia avait vu dans ses yeux ?

Peter n'était pas en état de réfléchir plus avant sur la question.

La salle était bientôt pleine, c'était le même public, celui qui venait à toutes les premières, la troisième sonnerie se fit entendre.

Helene se pencha vers Peter.

— Qu'est-ce que tu penses de la cloison rouge ?

— Tu ne crois pas que c'est trop tard pour changer quoi que ce soit ?

— Merci du fond du cœur pour ton soutien.

Helene retira son bras.

Peter rattrapa sa main, chaude, moite, il sentait jusque dans sa paume les battements du cœur de Helene.

— La cloison est parfaite, chuchota-t-il. Tu es la meilleure.

Dans le haut-parleur, une voix, celle du Régisseur, l'ordonnateur de l'art, priait les spectateurs d'éteindre leur téléphone portable.

Et c'est là qu'il aperçut Thomas Hammer, en bas, dans la salle, assis au premier rang. Il lisait le programme, le rangea l'instant d'après dans sa poche où il garda sa main, peut-être éteignait-il son portable, tout en regardant autour de lui. Peter fut soudain saisi par un malaise, un haut-le-cœur : et si le docteur Hall était également présent ? une éventualité qu'il ne fallait pas exclure – et Peter songea, fébrile, que dorénavant il allait rester claquemuré chez lui, il ne quitterait plus l'atelier, il ne se montrerait plus du tout, il se bornerait à finir son travail. La lumière s'estompa, le lustre colossal au-dessus d'eux s'éteignit, tout, les applaudissements comme l'obscurité, fut momentanément précipité dans le noir, puis les projecteurs foudroyèrent la scène baignée d'une lumière rouge flottante. La pièce pouvait commencer. Elle commença. Sauf que Peter n'arrivait pas à suivre. Cela ne le concernait pas, cela ne l'atteignait pas, à l'instar des obsèques, du cercueil, du mort dont il ignorait tout, voilà pourquoi ça ne l'avait pas touché, voilà pourquoi il ne s'était pas senti concerné ; à nouveau il se retrouvait en marge, il se tenait à l'écart et c'était un soulagement et une malédiction en même temps, il se tenait au centre et il était plongé dans son univers, un univers qu'il ne partageait pas avec Helene mais avec Thomas Hammer. Il entendit quelques répliques. Il repéra la pipe du vieil Ekdal, dont l'acteur vieillissant faisait tout un numéro, suçant vaillamment l'embout froid, cherchant constamment des allumettes sans arriver, dès qu'il en trouvait une boîte, à enflammer le tabac. Il fut dûment récompensé pour ses efforts, glanant des gloussements croissants, parfois des rires. Et ce fut l'entracte. Peter vit Thomas Hammer se lever et prendre la direction des toilettes. Le public, dans son écrasante majorité, refluait vers le bar du foyer. Helene voulait aller en coulisses. Elle eut un mouvement rapide vers Peter.

— Tu ne viens pas avec nous ?

— J'ai besoin d'un peu d'air.

— C'est sûr ? Tu ne t'en vas pas ?

Peter sourit.

— Je veux voir la fin ouverte.

Helene, Kaia et Ben disparurent derrière la scène. Peter rejoignit les toilettes des hommes. Thomas Hammer se tenait devant l'urinoir du milieu. De la file d'attente qui s'étirait devant les trois cabines montait un ronron monotone de voix, un marmonnement, le bruissement propre aux premières dont Peter saisissait quelques mots : *saisissant, emphatique, classique, con, magnifique, super-*

ficiel. Il se campa devant l'autre vasque blanche au fond de laquelle flottait une urine foncée tandis que des poils étaient restés collés sur le bord. Cela suffit à lui couper l'envie de pisser.

— C'est là qu'on entend la vérité, indiqua Thomas Hammer.

— C'est là qu'on entend les ragots, objecta Peter.

Thomas Hammer ricana.

— Appelle ça comme tu voudras. Toujours est-il que ça pue.

Derrière eux, les gens allaient et venaient, le même public, le même brouhaha. Peter tira plusieurs feuilles de papier du dévidoir fixé au mur et se rapprocha de Thomas Hammer.

— Qu'est-ce qui s'est passé en Estonie ? demanda-t-il.

— Ce qui s'est passé ? On a à peine eu besoin de te faire une anesthésie. T'avais sifflé combien de bouteilles en fait ?

— Réponds-moi, Thomas.

— Tu vois, si je ne m'abuse ? Ce n'est pas suffisant ?

— Tu ne m'as toujours pas répondu, Thomas.

— On se fume une clope ?

— Quoi ?

Thomas Hammer exhiba un paquet de cigarettes.

— Prends-en une.

— Il est interdit de fumer ici.

— Mais c'est ça qui est drôle justement, Peter.

La sonnerie retentit dans le foyer. Ils étaient seuls. Thomas Hammer alluma une cigarette, inspira avidement quelques bouffées et jeta le mégot dans un des urinoirs.

— Qu'est-ce qui s'est passé en Estonie ? répéta Peter.

Thomas Hammer ouvrit le robinet et appuya sur le savon liquide pour se laver les mains.

— Tu ne m'as pas dit la vérité, à l'époque, répondit-il.

— Quand ? Quand est-ce que je ne t'ai pas dit la vérité ? demanda Peter, perplexe.

— Quand tu m'as dit que tu préférerais être un peintre médiocre et survivre à un maître décédé.

— Je ne me souviens pas avoir dit ça.

— Mais moi je m'en souviens parfaitement, Peter. Et je savais que tu mentais. Je savais que tu ferais tout ce qui était en ton pouvoir pour à la fois survivre et être un maître. Tu veux tout. Quel qu'en soit le prix à payer. C'est pour ça que j'aurais tendance à t'apprécier.

— Ne crois pas que tu me connais.

Thomas Hammer se tourna vers Peter.

— Tu m'as accompagné, si je ne m'abuse.

Peter détourna le regard, vers la porte, le miroir, les urinoirs ; il ne croyait plus aux mots qu'il employait.

— Je n'avais pas le choix.

— Personne ne t'a forcé, mon cher Peter.

— J'ignorais dans quoi je m'embarquais.

Thomas Hammer leva la main pour l'interrompre.

— Chut !

Ils tendirent l'oreille. Tous les bruits s'éloignèrent, les pas, les voix, ils entendirent les portes de la salle se refermer et le silence total finir par s'imposer.

Thomas Hammer pouffa :

— On va arriver au cours en retard, chuchota-t-il.

Peter eut envie de frapper, il serra les poings dans ses poches, fit un pas en avant et murmura, d'une voix rauque :

— Tu as dit que la somme des souffrances allait diminuer. Dans la chambre d'hôtel. Tu te rappelles ? Que tu as prononcé cette phrase ?

Sans prévenir, Thomas Hammer lui souleva les lunettes, s'avança, appuya le pouce contre les deux yeux, sourit.

— Putain ce que je suis doué, si je puis me permettre de le dire. Et maintenant, il n'en tient qu'à toi, Peter Wihl.

— Il n'en tient qu'à moi ?

— De peindre ta prochaine œuvre d'art. Au fait, tu n'as plus besoin de te trimballer avec ces lunettes de soleil.

Peter les lui arracha.

Et, pour la troisième fois, il lui reposa la question, désespéré, avec la sensation d'être propulsé dans ses rêves où il était confronté à cette répétition insupportable, à ces mouvements perpétuels effectués en mode pause :

— Qu'est-ce qui m'est arrivé en Estonie ? Qu'est-ce que tu as fait ?

— Tu as dit que tu ne voulais pas le savoir.

— Non, tu as dit que *je* ne voulais pas le savoir. Maintenant, je veux le savoir.

Thomas Hammer s'adossa contre le mur et dit, avec un air accablé de fatigue, presque désintéressé :

— La somme des souffrances n'a dans tous les cas pas augmenté. La facture morale est en équilibre. Les comptes ne sont pas dans le rouge.

Peter le toisa, observa le visage gonflé, boudiné, dont les traits s'effaçaient, lentement mais sûrement, le lobe des oreilles, gras, les lèvres, fines, presque invisibles.

— Qu'est-ce que tu veux dire ?

Thomas Hammer jeta un œil rapide à sa montre.

— Je ne voudrais surtout pas manquer la scène cruciale de la pièce.

Il voulut s'en aller. Peter le plaqua contre le mur.

— Qu'est-ce qu'elle veut dire ta putain d'expression : la facture morale ?

Thomas Hammer sourit.

— Parce que tu crois qu'une gamine orpheline et abandonnée, dont personne ne connaît l'existence, va manquer à quelqu'un ?

— Ta gueule !

— C'est pas toi qui disais que tu voulais savoir ? Faudrait peut-être te décider, mon coco.

Peter se tourna.

— Ouais, vas-y. Raconte. Raconte-moi.

Thomas Hammer posa une main sur son épaule.

— Et cette gamine abandonnée, dont personne ne connaît l'existence, et qui donc n'existe pas, Peter, a eu la chance de rendre un petit service au monde entier, à savoir te redonner la vue. Elle ira très certainement au ciel.

Peter lui fit à nouveau face, et il frappa. Thomas Hammer s'affaissa, retomba sur les genoux, gémit, plaqua ses mains sur son visage, sur sa bouche. Peter était campé devant lui. Thomas Hammer avança à quatre pattes, déconcerté, débitant un chapelet d'injures. Il se redressa, tituba, attrapa des feuilles de papier et se sécha le sang qui lui coulait du nez.

— Pourquoi tu m'as emmené au transfo ? murmura Peter.

Thomas Hammer ne l'écoutait pas, ou bien il n'arrivait pas à parler. Il but de l'eau au robinet, toussa, retrouva la voix.

— Ah, j'oubliais. J'ai essayé de t'appeler sur ton portable. T'as changé de numéro ?

— Je l'ai jeté.

Thomas Hammer fit volte-face.

— Tu l'as jeté ? Où ?

— En Estonie.

— En Estonie ? Tu as jeté ton portable en Estonie ? Et où, si je peux me permettre de demander ?

— À l'hôtel. Ou sur le chemin de l'aéroport. Je me rappelle pas.

— Tiens donc. Et tu avais bien annulé mon message ?

— Je n'en ai pas le souvenir. J'ai juste balancé le téléphone, c'est tout.

Thomas Hammer en resta coi durant quelques secondes. Il respirait bruyamment, le visage soudain livide, presque exténué, comme si, pendant un instant, et maintenant seulement, il perdait contenance. Il fixa Peter, éberlué, en le montrant du doigt, la main tremblante.

— Enfoiré. Espèce d'enfoiré de merde !

Thomas Hammer se dirigea vers la porte. Là, il se retourna, plus détendu, mais toujours aussi pâle.

— Cette fois, c'est à mon tour de le dire.

— Quoi ?

— Que je ne veux plus jamais te revoir, Peter Wihl.

À ces mots Thomas Hammer disparut. La porte se referma sans bruit sur lui. Peter demeura immobile, dans le silence, dans la puanteur du savon liquide. Il se regarda dans le miroir. Il se rapprocha, hésitant, dévisagea son reflet dans la glace. Il ferma les yeux. Il se pencha au-dessus du lavabo pour vomir.

Il chaussa ses lunettes de soleil, retourna au poulailler. Le placeur lui montra le chemin, d'un geste rapide et amical, sans éveiller la moindre attention auprès des autres spectateurs. Il trouva son siège, à côté de Helene qui ne put s'empêcher de secouer la tête en le voyant. Kaia lui tenait la main. Ben dormait. La pièce continua, loin de Peter. Il vit uniquement que la place de Thomas Hammer, au premier rang, était vide. Peter songea : c'est trop tard, il va falloir que je vive avec, c'est trop tard. Pouvait-il vivre avec ça ? *Ça* n'était autre que l'inspiration sale. Peter songea : regarde, ne réfléchis pas, ne réfléchis pas, regarde. Il ne réussit pas à penser plus loin que cette phrase. Il se cramponna à tout ce qu'il ne savait pas. C'était une consolation. C'était une circonstance atténuante. Il aurait très bien pu dire : il n'y a pas de consolation, et il n'y a pas de circonstances atténuantes. La somme de tout ce qu'il ne savait pas était nettement supérieure à la quantité de choses qu'il pourrait jamais savoir. Il hoqueta. Helene chuchota, sans dévier son regard de la scène :

— Qu'est-ce qu'il y a ?

— Rien.

— Quelque chose ne va pas ?

— Il n'y a rien, je te dis.

— Alors essaie au moins de suivre.

Peter remarqua brusquement qu'il n'y avait plus un bruit dans la salle. Le public patientait, dans une espèce de silence démultiplié, dans un sommeil concentré, les spectateurs attendaient la fin, qu'ils connaissaient déjà, bien sûr, mais qu'ils n'avaient jamais vue :

La cloison rouge coulisse et Hedvig, l'enfant, est assise au fond de la scène, dans le grenier, dans un face-à-face avec le public ; elle plaque le pistolet, le canon, contre son corsage, elle hésite, puis, avec un sourire, un sourire magnifique, un sourire triomphant, elle appuie sur la détente.

Suivirent la constatation du décès et, enfin, la prise de conscience, lorsque la sentimentalité rivalise avec le cynisme, dans le dialogue entre le docteur Relling et Gregers Werle – et Peter entendit uniquement cette réplique impossible, dans la bouche postillonnante de l'acteur : « Hedvig n'est pas morte en vain. »

Peter se renfonça dans son siège, soulagé, apaisé durant un instant, cela restait dans l'ordre des possibles : éprouver le soulagement, sentir que tout lâchait prise.

Vint ensuite le tonnerre d'applaudissements, la *standing ovation*.

Il y eut trois rappels.

Peter ne les accompagna pas à la fête de la première. Il confia Helene à Ben, ou l'inverse, il confia Ben à Helene et prit un taxi avec Kaia pour rentrer. Elle alla directement à la salle de bains, tint à se préparer seule. Derrière la porte, Peter écoutait. Lorsqu'elle fut couchée, étendue sous la couette, Peter, assis à côté d'elle, lui prit la main, celle qu'elle s'était blessée, le petit bandage autour de l'index était humide.

— Ça fait mal ? demanda-t-il.

Kaia ne répondit pas. Mais elle le laissa la tenir. Peter attendit. Puis il dit :

— Papa a une petite inflammation aux yeux. C'est pour ça que je porte tout le temps des lunettes de soleil. Je n'ai pas le droit de les enlever. Tu comprends ?

Kaia se détourna.

Il ne le lâcha pas.

— C'est notre petit secret rien qu'à nous, pas vrai ? Pas vrai, Kaia ?

Kaia garda le silence. Puis elle se retourna. Son visage frêle faisait l'effet d'une ombre sur le coussin.

— Ça fait un peu mal quand même, murmura-t-elle.

Peter se pencha sur elle.

— Ça va passer, mon trésor. Ça va passer.

Kaia leva son regard vers lui.

— Tu es sûr ?

Peter ferma les yeux derrière ses lunettes de soleil et déposa un baiser sur sa joue.

— Sûr et certain.

Peter se leva et se dirigea vers la porte.

— Éteins la lumière, dit soudain Kaia.

Peter se tourna vers elle, n'en croyant pas ses oreilles.

— Qu'est-ce que tu viens de dire ?

— Éteins la lumière, papa.

— Tu crois vraiment ?

Elle hocha énergiquement la tête.

Peter éteignit, demeura dans l'obscurité, jusqu'à ce qu'il entende que Kaia ne bougeait plus, seul son souffle léger était perceptible. Il se faufila hors de la chambre, referma délicatement la porte, emporta dans l'atelier une des lampes du salon, l'alluma, se changea, se mit au travail, continua à travailler, dans la lumière, faisant la seule chose qu'il savait faire : peindre, travailler – et il se souvint d'un jour où il s'était caché dans le pommier, c'était au printemps, il était monté jusqu'à la branche la plus haute, dissimulé dans le feuillage et les fleurs blanches, et il s'était dit que rien ne l'empêchait de rester sur son promontoire en attendant l'arrivée de l'automne, cependant que son père le cherchait partout dans le jardin, l'appelait, c'était un dimanche, ils s'apprêtaient à passer à table, son père ne le trouvait pas, sa mère avait fini elle aussi par sortir sur la terrasse, dans son tablier à carreaux bleus, par l'appeler, par crier son nom ; puis ils l'avaient retrouvé, malgré tout, un oiseau, peut-être une pie, avait tournoyé au-dessus de lui, criaillant, il était sans doute juché à proximité d'un nid, ce n'était pas son intention, et enfin son père l'avait repéré, s'était planté sous l'arbre, muni d'une truble dont ils se servaient pour cueillir les pommes les plus hautes. Voilà de quoi rêva Peter Wihl, lorsqu'il s'allongea sur la mezzanine, alors que le jour se levait déjà, et qu'il s'endormit immédiatement.

25.

Peter fut réveillé par un bruit loin, très loin de lui. C'était Helene. Elle poussa la porte-fenêtre derrière elle, ou bien elle venait juste de le faire, toujours est-il que ce fracas, ce claquement de porte, puisqu'elle avait, autrement dit, employé toutes ses forces dans ce geste, l'avait réveillé. Elle n'avait pas frappé. Elle n'avait pas attendu qu'il se réveille de lui-même. Elle s'était tout bonnement introduite dans l'atelier. Ce furent d'ailleurs les premiers mots qui lui vinrent à l'esprit : elle s'est introduite. Il se passa une main rapide sur le visage, réajusta ses lunettes de soleil. Il avait dormi la lumière allumée. Helene portait la même robe que la veille. Elle avait les cheveux en bataille. Peut-être revenait-elle à l'instant de la fête. Dans la main, elle tenait le journal du matin. Peter se redressa.

— Comment est la critique ?

— Ils commencent par la scénographie.

— Félicitations.

— Ça veut dire que la pièce aura des mauvais papiers.

— Montre.

Helene lui lança le journal. La première page avait une accroche au sujet de la pièce, une photo de Hedvig avec le pistolet. Il passa directement aux pages culture. Helene ne quittait pas le périmètre de la porte-fenêtre. Il y avait quelque chose. Elle fouillait les lieux du regard. Elle s'était introduite dans l'atelier.

— Qu'est-ce qu'elle fait ici, cette lampe ? demanda-t-elle.

Peter s'avança vers elle.

— Mais les critiques sont excellentes, voyons ! « Un jeu mou dans une excellente scénographie. » Qu'est-ce que t'as à ronchonner ?

— Sauf que tout est lié. Peut-être que le jeu était mauvais parce que j'ai choisi la mauvaise scénographie.

— Arrête tes conneries ! Tu crois vraiment que le vieil Ekdal aurait mieux joué devant une cloison bleue ?

— Qu'est-ce qu'elle fait ici, cette lampe ? redemanda-t-elle.

Peter posa le journal.

— J'avais besoin de lumière.

— Qu'est-ce qui t'arrive, bordel de merde ?

Peter se figea.

— Ce qui m'arrive ? J'avais besoin de lumière.

Helene s'approcha.

— Tu laisses Kaia toute seule toute la nuit dans la maison, la porte fermée, dans le noir. T'as perdu la tête ou quoi ?

— C'est elle qui me l'a demandé.

Helene le dévisagea.

— Elle te l'a demandé ?

— Oui, exactement. Elle m'a demandé d'éteindre la lumière. Et donc je l'ai éteinte.

— J'ai essayé de t'appeler. Sur le portable. Pourquoi tu n'as pas répondu ?

Peter baissa la tête.

— Je l'ai éteint.

— Éteint ? Tu te fous de moi ? J'ai eu la communication. Mais tu n'as pas répondu.

— Peut-être que j'ai appuyé sur le mauvais bouton.

Il lui tendit le journal. Elle n'en voulait pas.

— Tu as fait peur à Kaia.

— Ce n'était pas mon intention. Tu le sais.

— Tu lui as fait peur. C'est tout ce que je sais.

Elle s'assit dans le fauteuil, passa une main dans ses cheveux, respira bruyamment.

Peter posa une main sur son épaule. Elle l'envoya balader.

— Viens, on va aller voir Kaia, chuchota-t-il.

Helene resta silencieuse un moment, la tête entre les mains.

Elle leva les yeux.

— Qu'est-ce qui s'est passé, en fait, hier, quand vous êtes allés vous promener ?

Peter lui tournait le dos, faisait face à la porte-fenêtre. Un des volets de la fenêtre de la cuisine s'était détaché et pendait de traviole, quelques-unes des plus petites branches du pommier étaient éparpillées dans le jardin, le banc était renversé.

— Kaia est tombée.

— Je sais.

— Je lui ai montré la tombe. De mes parents. Elle a déposé ses cubes. Sur la tombe. Ça m'a… comment dire ? Rempli de joie.

— Et puis ?

— Il s'est mis à tomber de la grêle. On a couru. Et Kaia a trébuché. Je n'ai pas pu l'empêcher.

— Oh, ce que t'es chiant ! C'est pas à ça que je pense !

— J'ai essayé de la retenir.

Helene le coupa.

— Elle a dit que vous étiez à un enterrement.

— On a dû se réfugier dans la chapelle. C'est peut-être ça qui lui a fait peur ?

— Kaia a insisté sur un point. Elle a dit que tu avais enlevé tes lunettes de soleil.

Peter se retourna, Helene était toujours assise dans le fauteuil, ne le regardait pas. Il chuchota :

— Je suis le même.

Elle ne l'écouta pas. Elle se releva d'un bond, comme si elle venait de remarquer seulement maintenant la présence des toiles, elle se planta devant un des tableaux, l'examina longuement, sans rien dire, passa aux autres, Peter attendait, jamais il n'avait attendu aussi longtemps, il aurait pu la mettre dehors, au lieu de quoi il éteignit la lampe – et c'est ce moment-là qu'elle choisit pour enfin se tourner vers lui en désignant une des peintures.

— Qui c'est ?

— Qu'est-ce que tu veux dire ?

— Qui est cette fille ? Parce que ce n'est pas Kaia.

— Pourquoi tu poses cette question ?

Helene rit, d'un rire bref et ahuri.

— Je croyais que c'était Kaia que tu peignais...

— Je peins, c'est tout.

— Kaia pose tous les jours.

— Je peins, c'est tout, répéta Peter.

Helene s'approcha.

— Qui est-elle ?

— Qui ?

— Qui est-elle, Peter ? La fille sur les toiles.

Peter lui passa devant. Il dit :

— N'importe qui.

Helene le suivit.

— N'importe qui ?

— Oui. N'importe qui. Ça te va ?

— Tu peins douze toiles de n'importe qui ? Tu te fous de ma gueule ? Qui c'est ?

Peter pointa un doigt vers Helene et bafouilla.

— Tu... Tu ne devrais pas être ici.

Helene se figea.

— Qu'est-ce que tu dis ?

— Tu ne devrais pas être ici, Helene. Tu t'es introduite dans l'atelier.

Helene murmura en guise de réponse :

— Enlève tes lunettes.

Peter secoua la tête.

Helene ralluma la lampe.

— S'il te plaît, Peter. Enlève tes lunettes.

Peter brandit ses mains devant lui en signe de défiance.

— Je suis le même, répéta-t-il.

Soudain, Helene fondit sur lui, arracha ses lunettes sans qu'il ait le temps de l'en empêcher, et elle le fixa, scruta son regard, sonda ses yeux, puis elle recula d'un pas chancelant, c'était elle qui, à présent, plaqua ses mains sur son visage.

— Qu'est-ce que tu as fait, Peter ?

Peter avait beau essayer de la retenir, elle refusait ses approches, elle se dérobait à chaque tentative, elle s'éloignait de lui chaque fois davantage.

— Qu'est-ce que tu as fait ? répétait-elle.

Peter s'immobilisa, muet, effrayé, et sans doute aussi soulagé ; les lunettes gisaient à terre, il n'avait plus rien à cacher, elle l'avait vu.

— Les comptes ne sont pas dans le rouge, finit-il par dire.

— Quoi ?

— Les comptes ne sont pas dans le rouge, la facture morale est en équilibre.

— La facture morale ? Combien tu as payé ?

— Ça n'a pas d'importance.

Helene laissa ses mains retomber lourdement et lâcha un bruit qui ressemblait à un gémissement.

— Mais tu es malade, ma parole !

Peter fit un pas vers elle.

Elle secoua la tête.

— Qu'est-ce que tu veux que je te dise, Helene ?

— La vérité.

Peter rit.

— La vérité ? Je ne savais pas ce qui allait se passer. Et je ne sais toujours pas ce qui s'est passé.

— Tu ne veux pas le savoir, Peter. C'est toute la différence.

— Je vois. Ce n'est pas suffisant comme information ?

Helene piétina les lunettes de soleil, les verres se brisèrent sous ses semelles, il la laissa faire, elle l'avait déjà vu, elle demanda, à voix basse :

— Est-ce qu'elle fait partie des enfants que tu as vus dans le transformateur ?

Peter répondit :

— Non. Elle n'en faisait pas partie.

Helene pivota une nouvelle fois vers les toiles, dévisagea Peter, dans un mouvement lent et épouvanté, comme si une relation de cause à effet, à laquelle elle n'était nullement préparée, était d'un coup percée à jour.

— C'est elle, pas vrai ?

— Qu'est-ce que tu veux dire ?

Helene appuya le dos de sa main contre son front, contre ses joues, elle cherchait ses mots, tout en reculant lentement vers les portes. Elle dit :

— C'est elle qui t'a sauvé, hein ? C'est elle qui a sauvé tes yeux ?

Peter la suivit.

— Je l'ai fait pour Kaia.

— Ne sois pas plus minable que tu ne l'es déjà en incluant Kaia là-dedans. Tu l'as fait pour toi.

Peter cria :

— Je l'ai fait pour nous ! Pour toi ! Pour Kaia ! Pour moi ! Tu m'entends ? Pour nous ! Tu ne comprends pas ?

Helene s'arrêta.

— Qu'est-il arrivé à la fille ?

— Je l'ignore, Helene. Je l'ignore.

Helene leva les mains.

— Ne me touche pas !

— Helene. Je t'en prie.

Elle tourna la tête et répéta :

— Ne me touche pas !

Peter voulait en finir avec tout ça.

— Viens, allons voir Kaia, dit-il.

Helene secoua la tête.

— Tu lui as fait peur, Peter.

— Je veux lui parler.

Helene ouvrit la porte tout en lui barrant le passage.

— Tu restes ici.

Et Peter sentit sa bouche se dessécher, manquer de salive, se vider de tout fluide corporel et se combler d'un goût âcre, lourd, qui lui fit parler lentement, articuler chaque mot, pour être sûr d'être entendu.

— Nous allons devoir vivre avec, Helene.

Elle le regarda de nouveau, mais différemment, une espèce de froid calme se lisait dans ses yeux, un chagrin déterminé.

— *Tu* vas devoir vivre avec, Peter.

Et Peter, debout devant la porte-fenêtre, la regarda repartir vers la maison. Au bout d'un moment, une demi-heure peut-être, Helene ressortit, suivie de Kaia. Elle portait un sac en bandoulière. Elle ouvrit le coffre de la voiture et l'y déposa. Kaia s'arrêta et jeta un regard en direction de l'atelier, malheureuse, ou effrayée, il était impossible de l'affirmer à cette distance, elle était probablement les deux : malheureuse et effrayée; elle fit même mine de vouloir courir le rejoindre, mais Helene l'appela. Kaia hésita une seconde, leva la main pour lui faire au revoir, un au revoir désemparé, avant de s'asseoir à toute vitesse à l'avant. Peter referma les rideaux. Il entendit la voiture démarrer, et partir.

Peter retourna vers le banc où ses pinceaux l'attendaient.

Il existe sans nul doute autant de pinceaux qu'il y a de peintres, car les peintres s'approprient leurs pinceaux, que les poils de ceux-ci soient en hermine, en zibeline, en soie de porc ou en oreille de bœuf, et que le faisceau de poils soit ovale, pointu ou oblique. Quand bien même, il n'en existe en réalité que deux sortes : l'un dure quelques heures, parfois quelques minutes, et doit être changé, jeté; l'autre dure plusieurs années, voire toute une vie, aussi longtemps que l'on peint. Cela revient un peu à être face à deux mondes bien distincts. Quoi qu'il en soit, personne ne peut affirmer que l'un est meilleur que l'autre, que muni du pinceau lent on peint un art plus grand, et que muni du pinceau rapide on compose des toiles qui seront tout aussi rapidement oubliées. Tout dépend. Tout dépend de la main qui tient le pinceau.

Peter n'arrivait pas à se déterminer.

Il balaya les lunettes de soleil écrabouillées et balança les restes à la poubelle.

Helene et Kaia n'étaient toujours pas revenues.

Il enfila son manteau et descendit vers le centre-ville. Le soleil, haut dans le ciel, perçait le brouillard bas qui s'enroulait en une vague orangée autour des toits des maisons et des flèches d'église. L'intensité lumineuse lui piquait les yeux et les faisait couler. Le visage était humide, rigide. Il dut marquer une pause, se retourner, mettre ses mains en visière. Il finit lentement par s'y habituer, à cette lumière, et put poursuivre sa route. Aucun taxi ne passant aux alentours, il marcha tout le long du chemin pour arriver aux urgences, de l'autre côté de la rivière, où il demanda à la réception s'il pouvait voir Thomas Hammer, le spécialiste en chirurgie ophtalmologique. Thomas Hammer avait démissionné. Un autre médecin pouvait peut-être aider s'il le souhaitait ?

Peter retraversa la rivière, rejoignit les rues du centre et le bâtiment où Thomas Hammer avait son cabinet. Il prit l'ascenseur jusqu'au troisième étage. Au moment où il poussa la grille et sortit dans le couloir étroit, le même morceau de musique que la dernière fois lui parvint aux oreilles : la *Sicilienne* de Bach. Les portes de la salle d'attente et du cabinet étaient restées ouvertes. Il n'y avait personne et personne n'attendait pour un rendez-vous. Le bureau était abandonné, rangé, semblait-il, une fois pour toutes. Le seul objet qui restait n'était autre que la peinture composée par Peter, accrochée au mur de la salle d'attente. Peter fut alors pris d'un effroi si violent qu'il dut s'appuyer à l'encadrement de la porte. Il était seul. Voilà ce qu'avaient signifié les mots prononcés par Helene, voilà le message contenu dans ses paroles et qui, avec la même brutalité, surgit en lui : *tu vas devoir vivre avec*. Il était seul.

Puis il entendit que la musique s'était arrêtée. Il était seul, mais quelqu'un se tenait derrière lui. Il se retourna et tomba nez à nez sur un jeune homme, aux cheveux longs, avec un visage efféminé, légèrement de travers, dont les lèvres pincées au-dessus des dents transformaient son sourire en un rictus renfrogné, dont les yeux étaient soulignés par des sillons foncés dans la peau grise, il était vêtu d'une chemise blanche sur un pantalon large, noir, marchait pieds nus, tenait un violon dans une main et l'archet dans l'autre.

— Je peux vous aider? demanda-t-il.

Peter prit une inspiration.

— Je cherche Thomas Hammer. L'ophtalmologiste.

— Il est parti.

— Parti ?

— Oui, parti. Il a pris ses cliques et ses claques et il s'est tiré. Vous le voyez bien.

Le jeune homme, ou le grand adolescent, lâcha un rire bref.

Peter s'adossa de nouveau contre le chambranle.

— Il a dit où ?

— Il a pas dit un mot.

Le violoniste s'apprêtait à partir.

Peter demanda :

— Si vous pouviez choisir, vous voudriez être aveugle ou sourd ?

— Aveugle, quelle question !

Le violoniste gratta les cordes et retourna dans sa salle de répétition, au fond du couloir. Peter retira du mur la peinture, *main II*, et le suivit.

— Vous la voulez ?

— Non merci.

— Non merci ? Mais je vous la donne !

— Je n'en veux pas.

— Vous pouvez la vendre contre une coquette somme d'argent.

Le violoniste s'arrêta.

— T'es bouché ou quoi ? J'en veux pas de ta croûte de merde !

Il claqua la porte derrière lui et la verrouilla.

Peter demeura immobile dans le corridor vert où le lino mat, qui portait des traces de chaussures en pagaille, décrivait une inclinaison en partant vers la porte coupe-feu pour, de l'autre côté, en direction de l'ascenseur, se redresser. Le violoniste se remit à l'étude, dans un tempo plus rapide cette fois mais non sans accumuler les fausses notes, ce qui ne l'empêchait nullement de continuer.

D'un mouvement brusque, Peter arracha la toile du châssis, l'enroula puis la jeta dans le vide-ordures et l'entendit dégringoler au fil des étages avant de s'affaler dans le tas de déchets, au sous-sol du bâtiment, qui étaient vidés une fois par semaine. Il laissa le cadre à même le sol, reprit l'ascenseur, sortit dans le noir, héla un taxi.

En rentrant, il remarqua que la cuisine était éclairée. Il courut sur les derniers mètres qui le séparaient de la maison, impatient, presque heureux. Il entra. C'était Ben. Ben était là. Assis à la table de la cuisine. Deux valises étaient posées par terre. Ben tenait les clés dans le creux de sa main.

— Qu'est-ce qui se passe ? demanda-t-il.

Peter s'immobilisa.

— Ce ne serait pas plutôt à moi de poser la question ?

Ben l'interrompit.

— J'espère que je n'ai pas franchi une limite, Peter. Sache en tout cas que je ne suis pas allé à l'atelier.

— Qu'est-ce qui se passe, Ben ?

— Helene m'a prié de venir leur chercher quelques affaires.

— Elles sont chez toi ?

Ben sembla d'un coup embarrassé et furieux en même temps.

— Tu les as cherchées ?

Peter ne répondit pas. Il demanda :

— Qu'a dit Helene ?

Ben lui lança un regard insistant, qui ne dura pas, plus surpris que furieux à présent, comme si le doute brusquement l'étreignait.

— Tu affiches une forme insolente, dis donc. Et moi qui croyais que tu avais pété les plombs pour de bon.

— Qu'a dit Helene ? répéta Peter.

— Elle a dit qu'elle ne pouvait pas vivre avec ça. Assieds-toi.

Peter obéit.

— Qu'a dit Kaia ?

Ben se passa une main rapide sur son crâne.

— Elle trouve que je commence à être bien coiffé. Helene a aussi ajouté qu'elle ne pouvait plus vivre dans cette maison. Et je ne suis pas certain de vouloir savoir quel est le problème. Mais je sais que tu vas avoir cinquante ans dans pas longtemps et que tu as une grande exposition bientôt prévue dans ma galerie. Tu auras fini d'ici là ?

Peter acquiesça.

— C'est peut-être mieux comme ça, dit-il.

Ben ne put réprimer un geste de surprise.

— Quoi ?

— Qu'elles restent chez toi pendant un petit bout de temps.

Ben poussa les clés sur la table.

— C'est la maladie qui commence à faire des ravages ? C'est avec ça que Helene ne peut plus vivre ?

Peter se tortilla pour ôter sa blouse qui atterrit sur le dossier de chaise.

— Je suis guéri, Ben.

Ben dit, d'un ton légèrement agacé :

— Oui, au risque de me répéter, tu affiches une forme insolente, presque suspecte même, pour un alcoolique en plein sevrage qui vient de se faire plaquer par sa femme et sa fille et qui, de surcroît, est en passe de devenir aveugle. C'est la coiffure que tu as changée ? Tu as acheté une nouvelle chemise ? Où est-ce que tu as fait des séances d'UV ? Quel est ton secret, Peter ?

Et Peter répéta, sans quitter Ben des yeux tandis que celui-ci se rapprochait de lui.

— Je suis guéri.

Le sourire de Ben se rétrécit au moment où il s'affala dans le fauteuil, sans voix, hébété, comme s'il venait de recevoir un coup sur la tête.

— Maintenant je vois de quoi il s'agit, marmonna-t-il.

— Qu'est-ce que tu vois ?

— Tes yeux.

Peter croisa les mains et les regarda elles plutôt que Ben.

— J'ai été opéré à Tallinn. J'ai subi un petit échange standard de deux ou trois pièces. Je ne vais pas perdre la vue.

Ben continua de parler à voix basse.

— Pourtant… Kristoffer a bien dit que c'était incurable.

— Il s'est trompé.

— Mais pourquoi tu as dû aller le faire à Tallinn ? Kristoffer ne pouvait pas t'opérer ?

— Il ne pratique pas ce genre d'opérations.

— Ce genre d'opérations ?

— Il fallait se procurer des pièces neuves.

Ben garda le silence.

Peter attendit. Ben ne disait toujours rien. Peter n'en pouvait plus de ce silence.

— Tu n'es pas content ? Je vois ! Mais dis quelque chose, merde à la fin !

— Comment ça, se procurer des pièces neuves ? finit par demander Ben.

Peter se leva et alla à la fenêtre. Il aperçut son visage dans la pénombre, comme si quelqu'un, ou lui-même, se tenait quelque part dans le jardin et plongeait son regard dans la cuisine, pour les observer.

— Il faut que tu préviennes Kristoffer Hall que je ne suis plus son patient.

— Je préférerais s'il te plaît être tenu à l'écart de tes mensonges.

— Un secret n'est pas la même chose qu'un mensonge.

— Pour l'instant, c'est toi qui as dit plus de mensonges que de secrets.

Peter, toujours devant la fenêtre, tournant toujours le dos à Ben, se rapprocha de la vitre dont il toucha le verre froid ; or l'autre visage, qui ressemblait au sien, ne bougeait pas, immobile et immuable dans les ombres entre la lune et le pommier.

— Il y avait un transformateur désaffecté, là-bas. Un couloir. Rempli de gamins. Des enfants abandonnés, désespérés. Leur mère fait sûrement la pute à l'Ouest, ou bien elle est morte, ou bien les deux. Et tu sais quoi ? Eh bien j'ai allumé des bougies pour eux. Et puis un garçon m'a montré une photo. Une photo abîmée. De sa sœur et de sa mère. À une époque où ils étaient encore heureux, Ben.

Peter cogna son front contre la fenêtre.

Ben haussa la voix.

— J'aimerais mieux que tu t'assoies pendant que tu me racontes tout ça.

Peter se rassit.

— Si j'étais en mesure de te le raconter, je n'aurais pas besoin de le peindre.

Ben le dévisagea, longuement, d'un regard non pas accusateur mais déçu, ce qui était pire, la déception qui se lisait sur le visage de Ben et qui pouvait aussi ressembler à de la détestation, car Ben détestait ce qui le décevait, ce qui lui barrait la route ; Ben était ce nageur qui devait continuellement se maintenir en mouvement, sans quoi il coulait à pic.

Peter baissa les yeux, les posa sur les clés devant lui. Ben changea ses mains de place.

— Il est fort probable que je ne fasse plus la vaisselle en ta compagnie, dit-il.

— Qu'est-ce que tu insinues ?

Ben se leva et appela un taxi.

— Qu'est-ce que tu insinues ? répéta Peter.

Ben fit volte-face vers lui.

— Il est aussi fort probable que je n'aie plus envie que tu peignes dans ma galerie, Peter. Qu'est-ce que tu en dis, de ça ?

— Je l'ai fait pour nous, Ben.

La remarque fit rigoler Ben.

— Pour nous ? Ça veut dire quoi ?

— Tu te souviens de notre discussion, le soir du réveillon ? Quand on t'a offert le chapeau de paille ?

— J'ai plutôt tendance à regarder en avant qu'en arrière.

Peter se leva à son tour et dit :

— Je me suis contenté d'aller chercher mon inspiration sale.

Ben posa une main sur son épaule, un frôlement rapide, presque de mauvaise grâce, puis il chuchota :

— J'espère au moins que ça en valait le coup.

Sur ce, il porta les valises jusqu'au taxi.

Peter songea : mais je vais devoir vivre avec.

La lumière mate des phares lécha les murs et se fixa dans le coin.

Sur le seuil, Ben, inquiet, jeta un dernier regard vers Peter.

— Puisque le sort veut que ce soir je sois le messager, un rôle que j'endosse avec grand déplaisir, dis-moi plutôt quel message tu souhaites que je transmette à Helene et Kaia. Et épargne-moi s'il te plaît une sortie du genre, c'est ce qu'il y a de mieux pour nous, parce que, dorénavant, ce n'est plus toi qui poses les conditions.

— Dis-leur que je dois vivre avec.

— Que tu dois vivre avec ? Ne compte pas sur moi pour dire ça. Tu mets dans cette phrase un accent tellement héroïque que je préférerais ne pas avoir à la répéter.

— Ce n'est pas non plus ce que j'ai dit.

— Non, car tu n'es pas le héros, Peter. Tu ne fais de peine à personne. Tu es guéri.

— Dis-leur que je les aime.

— Ça, elles le savent, merci. Tu ne pourrais pas trouver quelque chose de mieux ?

Peter hésita, il grelottait, il y avait des courants d'air, le sol était froid.

— Dis-leur qu'elles doivent au moins venir au vernissage.

Ben secoua la tête, d'un geste de tristesse, ou de déception.

— Tu veux dire, tes cinquante ans ?

— Dis-le quand même.

— Quoi, Peter ? Le messager est un peu troublé, là.

— Que je les aime.

Ben s'apprêtait à partir, mais se ravisa à la dernière seconde.

— Au fait, tu as réfléchi à un titre, pour ton exposition ? demanda-t-il. Si tant est qu'elle en ait un.

— Écorché. L'exposition s'appellera *Écorché*.

Ben se figea.

— *Écorché ?* Ça fait un bail que je n'ai plus entendu ce mot-là.

— Plus personne n'emploie le mot écorché en peinture, ni dans aucune autre discipline d'ailleurs.

— Sauf toi, Peter.

Ben referma la porte.

La lumière des phares quitta l'angle de la cuisine, coula le long du plafond et s'éclipsa.

Peter alla ensuite à l'atelier. Il enfila sa blouse, son écharpe, ses sandales. Le silence était total. Il examina ses pinceaux, toucha les poils, souffla dessus, sans là non plus parvenir à se décider. Il n'avait plus entendu de silence aussi grand depuis très longtemps. Le bruit du monde était éteint. Peter pensa : voilà ce que c'est d'être seul. Et malgré tout, il se décida. Il reposa les pinceaux et vida les couleurs dans la paume de sa main : cobalt, magenta, outremer, azur, des accords de bleu, ce ne sont pas les yeux qui sont bleus, c'est le regard; puis il mélangea le tout en frottant ses mains et appliqua ses doigts sur la toile, d'un mouvement d'abord délicat, puis plus fort, et de plus en plus fort.

26.
(UNE RENCONTRE)

Nous avions longtemps cherché, en vain, à entrer en contact avec Peter Wihl. Il ne répondait ni à nos coups de fil, ni à nos courriers. Il n'est pas inhabituel que des gens dans sa situation s'isolent et n'acceptent pas qu'on leur fournisse un coup de main et un soutien quelconques, tout simplement parce qu'ils sont terrorisés à l'idée d'y consentir. Soit ils considèrent cela comme une humiliation, soit ils ferment les yeux sur leur destinée, pour employer une expression légèrement déplacée dans ce contexte; voilà pourquoi l'aide que nous proposons représente la confirmation de tout ce qu'ils refusent d'admettre. L'aide se change en punition. Ils réagissent avec fureur, laquelle rejaillit tout particulièrement sur la famille, de nombreux foyers se disloquant durant de telles périodes, et parfois la colère rejaillit aussi sur nous. Nous savons nous en débrouiller. Autant de raisons qui expliquent pourquoi nous agissons en progressant avec prudence et délicatesse. Nous leur laissons le temps. Nous ne voulons forcer personne. Mais lorsque Peter Wihl coupa toute relation avec son médecin, Kristoffer Hall, j'ai pris la décision d'y aller carrément, de passer le voir chez lui et essayer d'engager la conversation; et, de mon propre chef, je dois également avouer que j'avais une petite idée derrière la tête. De fait, en plus d'exercer le métier de thérapeute, je suis aussi journaliste au sein de notre humble publication où j'écris surtout des articles consacrés aux nouveaux traitements, à la cataracte et aux Jeux paralympiques, et je me disais qu'une interview de Peter Wihl, si tant est qu'il y soit disposé, ce dont je doutais en mon for intérieur, pourrait constituer un *scoop*, comme on dit dans le reste de la presse. J'ai plus ou moins entendu parler de compositeurs sourds, mais jamais d'un peintre aveugle. Aussi pouvait-il de cette manière, à mon sens, mettre les mots sur sa propre expérience et la partager avec d'autres, ce qui au bout du compte, et c'était une conviction intime, ne manquerait pas de l'aider. Je travaille donc pour l'Association des Aveugles et Handicapés visuels de Norvège. En outre, je n'avais pas d'yeux à ma naissance.

J'ai pris un taxi pour me rendre sur le lieu où il vivait et travaillait, en ce dernier vendredi de février, par une matinée nuageuse, avec un thermomètre affichant zéro degré en dépit d'un air printanier. Pour la première fois depuis longtemps, j'étais en proie à une nervosité considérable, une sensation pas si sotte au demeurant en ce qu'elle me donnait l'impression d'avoir des opinions plus tranchées, plus sensées.

Quand je disais tout à l'heure que nous pouvons apporter un soutien, je ne sous-entends pas que nous sommes en mesure de sauver quelqu'un. Nous ne le pouvons pas. Mais nous pouvons aider les personnes atteintes à vivre avec, à vivre avec l'obscurité.

Je ne savais rien de Peter Wihl sinon qu'il allait avoir cinquante ans dans à peine un mois et qu'il devait, à cette occasion, présenter une nouvelle exposition. Il était marié à Helene Sander, scénographe, ils étaient les parents d'une petite Kaia, six ans; il avait fait ses débuts en tant que peintre avec l'exposition *Amputations*, en 1977, il était acheté par la plupart des musées et des collections de ce pays et considéré comme l'un des artistes les plus influents de sa génération. Pour autant, les critiques lui reprochaient de plus en plus de se répéter alors que ses motifs ne supportaient pas ces ressassements, il diluait ses peintures jusqu'à les rendre transparentes et fades, écrivaient-ils. Ces dernières années avaient été jalonnées par un silence pesant autour de sa personne, ponctuées par aucune rencontre d'aucune sorte, hormis cet épisode croustillant lorsque, il y a peu, il avait frappé un jeune confrère, un incident qui lui avait valu une flambée sinon de célébrité, en tout cas d'attention, avant qu'elle ne s'éteigne et que l'altercation ne retombe, elle aussi, dans l'oubli. C'est toujours cette même vieille histoire qui elle aussi se répète jusqu'à l'ennui. Peter Wihl était dépassé, relégué dans l'ombre par les jeunes générations qui le considéraient comme réactionnaire et vieillot (quel mot fabuleux et désuet !), son temps était compté, comme on dit, à moins qu'il ne s'y soit égaré, lui qui qualifiait la peinture de dernier *art acoustique* et méprisait tout art ayant besoin d'électricité pour fonctionner. J'ai souvent pensé que la modernité, ou l'expérience de la modernité, est intimement liée à la vue : les yeux nous imposent une vitesse, une superficialité furieuse qui nous rend impatients et insatisfaits, en conséquence de quoi rien ne se démode plus rapidement que la modernité, la modernité qui en réclame toujours davantage. Mais bon, par rapport à ces questions, je ne suis pas, chacun le comprendra aisément, la personne la plus compétente. Et je savais enfin que Peter Wihl allait devenir aveugle dans très peu de temps, cela pouvait être une question de semaines.

Le chauffeur était un homme aimable, débordant d'attentions à mon égard, m'ouvrant la portière, voulant me suivre jusqu'au portail, une proposition que j'ai poliment décliné non sans lui demander au contraire de m'expliquer le chemin qui menait à la maison. Il suffisait d'aller tout droit, le long d'un sentier en pente douce, sur environ trente mètres, au bout desquels j'aboutirais à trois larges marches donnant elles-mêmes sur le seuil d'une porte. C'était un bon guide, précis et concis à la fois, doué d'un bon coup d'œil pour les détails, et tant pis si, dans sa prévenance, il a cru que j'entendais mal, j'ai l'habitude : pour une raison obscure, les gens croient que les aveugles sont aussi malentendants, comme si un handicap suffisait à lui seul à se disséminer dans toute la personne, on devient pour ainsi dire son handicap. Et donc votre interlocuteur rapproche son visage à quelques centimètres du vôtre et il crie. C'est proprement énervant. Le fait est que nous entendons mieux que la plupart des gens, parce que les bruits sont la seule lumière que nous sommes en mesure d'extraire du monde. J'ai coutume de dire : « Excusez-moi, pouvez-vous parler un peu plus fort ? Voyez-vous, je suis aveugle… » Mais cette fois, j'ai préféré m'abstenir, j'avais d'autres choses en tête.

Le taxi est reparti. La seconde d'après, j'avais la sensation que Peter Wihl se tenait quelque part et m'observait, derrière une fenêtre ou une porte probablement, puisque je ne l'avais pas encore entendu. J'ai continué de marcher, d'avancer vers la maison, heureusement le sol avait été sablé. Puis j'ai entendu quelqu'un sortir, non pas devant moi mais sur la gauche. Les pas étaient légers, traînants, mais bel et bien ceux d'un homme, ils correspondaient au poids, au rythme d'un homme. Imaginant qu'il s'agissait de Peter Wihl, j'ai pivoté dans sa direction. Il s'est arrêté à son tour, à ce que je comprenais, quelques mètres plus loin.

— Vous cherchez quelqu'un ?

— Peter Wihl.

— Qui êtes-vous ?

Sa voix était tendue, non pas inamicale mais plutôt récalcitrante, dirais-je, avec l'intonation caractéristique qu'elle peut prendre lorsque quelqu'un est dérangé, ennuyé d'une quelconque façon. Mais il y avait autre chose : en effet, il ne me regardait pas en s'adressant à moi car sa voix partait sur le côté, se perdait ailleurs ; il se retournait donc en permanence tandis qu'il me parlait, et cette posture d'évitement, qui dans le meilleur des cas s'explique par une timidité, était renforcée par la distance qui nous séparait.

Déclinant mon identité, j'ai pris le risque de faire quelques pas dans sa direction. Le sol était glissant en dehors du sentier. Il n'a pas bougé d'un millimètre.

— Je vous connais ?

Je lui ai montré ma carte d'identité que je porte autour du cou, attachée à un cordon.

— Je travaille pour l'Association des Aveugles et Handicapés visuels de Norvège.

J'ai aussitôt senti son attitude hostile envers moi, un souffle lourd, de désespoir quasiment, jusqu'à ce qu'il demande :

— Vous vendez des tickets de tombola ?

Cette rencontre était très mal engagée. J'éprouvais une fureur sans nom à mon endroit. Je devais faire en sorte de remettre la conversation dans des rails plus propices et j'ai décidé d'aller droit au but.

— J'aimerais vous parler de vous et de la maladie.

D'un ton acrimonieux, comme s'il prononçait ces paroles la bouche fermée, il a lancé :

— Et moi je n'ai aucune envie de parler de quoi que ce soit avec vous. Fichez le camp d'ici !

Peter Wihl a tourné les talons, d'un pas rapide, regagnant le bâtiment d'où il venait, sans doute son atelier. Je l'ai suivi. Et puis j'ai glissé et me suis cassé la figure. Je l'ai déjà précisé, le sol était une vraie patinoire si l'on ne prenait pas garde de suivre le sentier qui descendait vers la maison. Je ne me suis pas fait mal, et heureusement mes lunettes ne sont pas tombées. Toujours est-il que je gisais à terre, agitant les bras comme une andouille, éprouvant contre moi une fureur plus décuplée que jamais, car j'avais manqué de vigilance dans mes déplacements, j'avais agi à courte vue ainsi que nous avons plaisir à dire. Loin de faire de moi une personne dégourdie, aguerrie, la nervosité avait accentué mon côté borné. J'ai entendu Peter Wihl se figer pendant que je me remettais d'aplomb et, l'espace d'un instant, j'ai perdu le sens de l'orientation, ma boussole interne était temporairement hors service, une sensation répugnante chaque fois qu'elle se produit : vivre l'obscurité à l'envers. Et, aussi surprenant que cela puisse paraître, Peter Wihl a rebroussé chemin et j'ai tourné mon visage vers lui, le souffle court, incapable de masquer ma confusion. Cette fois, il se tenait juste devant moi.

— Vous êtes aussi aveugle ? a-t-il demandé.

Sa voix avait changé du tout au tout, elle était plus douce, nettement moins suspicieuse et agressive que tout à l'heure, et je sentais qu'il me parlait en me regardant.

J'ai sorti ma canne blanche que j'avais eu l'imprudence, ou la vanité, de rancarder, croyant dur comme fer que je me débrouillerais sans. Je l'ai déployée en lui donnant un coup sec, et j'ai ri.

— Oui, je suis aussi aveugle.

— Je suis désolé, a répondu Peter Wihl.

— C'est parfaitement inutile. C'est plutôt moi qui devrais m'excuser. De vous avoir dérangé, je veux dire.

— Vous vous êtes fait mal ?

— Tout va bien.

Il s'est rapproché de moi.

— Qui vous envoie ?

— Personne.

— Vous avez mentionné la maladie. Comment le savez-vous ?

— Le docteur Hall nous en a informés, aux tout premiers stades de son dépistage.

Peter Wihl s'est tu pendant un long moment. Il était inquiet, je l'entendais distinctement, comme s'il trépignait.

— Le respect du secret médical ne serait-il plus un devoir ?

— Il est aussi de notre devoir d'aider.

— Je ne suis plus le patient du docteur Hall.

— Vous ne vous en sortirez pas tout seul, monsieur Wihl.

J'ai su immédiatement que j'aurais dû m'abstenir, que ma remarque était accusatrice, moralisatrice, qu'il s'agissait d'une menace pouvant être interprétée comme venant de quelqu'un qui se croit plus malin que les autres. Autrement dit, je venais de faire exactement le contraire de ce que j'avais appris à ne pas dire.

J'attendais désormais uniquement qu'il me demande de déguerpir. Au lieu de quoi, il reprit :

— J'ai froid aux pieds.

Sa phrase était tellement surprenante que j'ai continué sur ma lancée en répondant encore plus stupidement :

— Pauvre de vous !

C'est lui qui, à présent, riait.

— Je ne porte pas de chaussettes, vous savez. On entre ?

Peter Wihl a pris mon bras, un geste que j'ai d'ordinaire en horreur, c'est ce genre de serviabilité qui me prive de tout contrôle et je dois pouvoir exercer un contrôle sur tout, sans quoi je perds la raison; si j'ai le malheur de m'appuyer à quelqu'un, mon univers déjà fragile s'effondre. Mais, cette fois, j'ai laissé faire. J'avais épuisé mon quota de bourdes, aussi l'ai-je servilement suivi jusqu'à ce qui devait être son atelier, à en juger par les effluves de pigments, de térébenthine et d'huile, d'une âcreté reconnaissable, et qui me rappelaient l'odeur des fleurs fanées et de l'eau dans laquelle elles croupissent.

Il a refermé deux portes et tiré les rideaux qui ont émis un souffle léger, un crissement.

M'arrêtant, tournant le dos aux portes, j'ai demandé, histoire avant tout de dire quelque chose :

— C'est ici que vous peignez ?

Peter Wihl n'a pas répondu immédiatement, soit parce qu'il était perdu dans ses pensées, soit parce qu'il avait hoché la tête en guise de réponse. Il est passé devant moi dans un mouvement rapide, a ouvert le robinet et s'est lavé les mains, comme je le supposais, et maintenant que nous étions à l'intérieur il était plus facile de se forger une image de lui. Une pièce circonscrit les gens, permet de découper des silhouettes de sons, d'odeurs et d'attouchements. Il était petit de taille, en tout cas pas plus grand que moi, je l'ai senti lorsque son épaule a par mégarde effleuré la mienne, je l'ai également senti à sa respiration. Selon toute vraisemblance, il était aussi trapu, pas gros, mais il devait avoir une forte carrure, athlétique, la manière dont il avait serré mon bras en témoignait, et ce sans parler de la lourdeur de ses pas que je sentais toujours de l'endroit où je me tenais. Le plancher tremblait, bien qu'il n'eût pas de chaussettes aux pieds. Après avoir fermé le robinet, il a dit :

— Eh oui... C'est donc ici que j'accroche ma nouvelle exposition. Vous êtes en fait la première personne à la voir.

J'ignorais dans un premier temps s'il avait voulu lâcher une note d'ironie ou d'humour, ou bien s'il avait simplement agi de manière irréfléchie. Quoi qu'il en soit, c'est toujours pareil : les voyants ont une mauvaise mémoire, ils prennent la vue pour argent comptant, même quand ils sont sur le point de la perdre ; et il en faudrait du temps avant que Peter Wihl, et surtout sa famille, ne s'habitue à cette obscurité, et là, cela ferait mal, très mal. Mais il va de soi que je n'ai rien strictement rien dit de tout cela.

— Parlez-moi de vos toiles.

De nouveau sur ses gardes, il a fait quelques pas vers moi.

— Je n'ai pas besoin de votre aide, ni de celle de personne. Je me fais bien comprendre ?

— Ma présence n'est pas motivée par la volonté de vous aider.

Peter Wihl s'est immobilisé, a jeté quelque chose, une serviette, un torchon, ou un tissu y ressemblant.

— Donc vous vendez bel et bien des tickets de tombola. Qu'est-ce que je peux gagner ? Un chien ?

J'ai patienté un peu avant de répondre, prenant la température de la conversation, hésitant sur la sincérité, ou le sérieux, de ses sarcasmes. Entendant son rire sec, j'ai compris qu'il se contentait de jouer avec moi, ce qui, au fond, vaut largement mieux que de me regarder de haut, c'est-à-dire, de me prendre pour une pauvre petite chose, une chiffe molle. J'ai rencontré tellement de personnages mufles et bien éduqués s'extasiant devant ce qu'ils nomment mon habileté, mon courage, et me demandant l'instant d'après, à voix basse, comment je me représente le monde, si dans l'absolu je suis en mesure d'avoir la moindre représentation, à croire qu'en plus des yeux je n'aurais pas eu de cerveau à ma naissance, comme si j'étais un monstre drôlement amusant. Difficile alors de riposter, on ne joue pas dans la même cour, on ne joue pas du tout. Alors que, justement, le jeu est aux antipodes de ça, dans un jeu on part sur un pied d'égalité, le jeu est un dialogue. Je n'avais pas le temps de jouer.

— J'aimerais beaucoup vous interviewer pour notre magazine, ai-je fini par dire.

Il a gardé le silence un court instant.

— À propos de quoi ?

— De votre art. De votre situation.

J'aurais voulu ajouter autre chose, au sujet du magazine, de ses lecteurs, mais il ne m'en a pas laissé le temps en m'interrompant d'une manière décidée.

— Vous êtes cynique, vous, comme jeune femme.

J'ai pris le parti de le suivre dans son jeu. J'ai ri.

— Oh, vous savez, je ne suis plus si jeune que ça.

— Enlevez vos lunettes.

— Pardon ?

— Enlevez vos lunettes.

J'ai hésité. Non pas parce que j'ai des scrupules à montrer ces prothèses, mais parce qu'il me commandait, il y avait un côté malsain au regard de la situation, dans le ton qu'il employait, comme s'il voulait tester mes limites et, ce faisant, vérifier si j'étais digne de confiance. Ceci n'était pas un jeu.

J'ai retiré mes lunettes de soleil.

Peter Wihl m'a fixée un long moment. Je le sentais à son souffle, qu'il exhalait doucement vers moi. Il semblait fatigué, au bord de l'épuisement.

— Des yeux de verre, a-t-il commenté.

— Nous parlons plutôt de prothèses.

— Un accident ?

— Je suis aveugle de naissance.

— Racontez-moi.

Peter Wihl a poussé quelque chose sur le plancher, un fauteuil. Je ne me suis pas assise. J'ai néanmoins été frappée de constater que les rôles avaient tout à coup été échangés : il demandait, je répondais ; et s'il fallait en passer par là pour qu'il daigne entamer la conversation, alors d'accord, je n'y étais pas opposée. J'ai opté pour la version courte.

— Pendant sa grossesse, ma mère a pris les médicaments qu'il ne fallait pas.

— Des médicaments ?

— De la drogue. Des cachets. Appelez ça comme vous voudrez.

— Donc c'est la faute de votre mère.

— Je n'aime pas ce mot, faute.

— Pourquoi pas ?

— Il n'a aucun objectif.

Silencieux pendant quelques minutes, Peter Wihl ne cessait cependant de bouger. C'était perturbant, un peu désagréable car il marchait autour de moi d'une manière... comment la qualifier ? Sans trouver le repos, voilà.

— Vous la détestez ? a-t-il demandé de but en blanc.

Qu'il emploie ce verbe, *détester*, m'a étonnée. Et j'ai été encore plus surprise par la force, la colère qui sous-tendait sa question. Une question qu'il m'a presque crachée au visage. Cela faisait longtemps que moi-même je n'avais plus utilisé ce verbe. Ça m'a fait mal. Et, à bien y réfléchir, ce qui m'a le plus surprise, c'est précisément que ça continuait de me faire mal.

— Je le lui ai longtemps reproché, ai-je répondu.

— Reproché ?

— Et peut-être que je l'ai détestée, oui, quand j'étais plus jeune.

— Mais plus maintenant ?

— Elle ne savait pas qu'elle faisait quelque chose de mal. Elle ne savait même pas qu'elle était enceinte quand elle a pris ces substances.

— En l'occurrence ça ne vous aide pas beaucoup.

— Si. Car *en l'occurrence* être dispensée de devoir détester m'aide beaucoup.

— Mais elle n'en est pas dispensée, n'est-ce pas ? Elle doit se détester.

J'ai secoué la tête, ce que je fais rarement. C'est un geste, une attitude, qui ne nous va pas.

— Je lui ai pardonné.

Et, lorsque j'ai prononcé cette phrase, il s'est produit quelque chose chez Peter Wihl. Il a relâché sa respiration, comme si, pendant qu'il parlait, il l'avait tout du long bloquée. C'est du moins la perception que j'ai eue, celle d'entendre un gémissement, une plainte. Il était campé juste devant moi et je me suis tournée vers lui. Il était temps d'échanger les rôles.

— À vous maintenant, ai-je dit.

Il chuchota :

— Si je pouvais vous parler de mes toiles, je n'aurais pas besoin de les peindre.

— Essayez quand même.

Or, au lieu de m'en parler, Peter Wihl s'est emparé de ma main et l'a posée contre une des toiles. La surface était raboteuse, anguleuse ; la peinture, me suis-je figuré, devait avoir été appliquée à raison de coups de pinceau épais, impitoyables, oui, violents. La toile ne dégageait plus cette odeur de flétri, ma main me communiquait d'ailleurs d'autres signes : les couleurs étaient chaudes, à croire qu'il venait juste de terminer. Il a lâché mon bras. Mes doigts ont continué de glisser sur le tableau, avec précaution, et j'ai été frappée de constater que je n'avais jamais, moi qui pourtant touchais la majorité des choses, effleuré une peinture auparavant, c'était la première fois ; ce qui, en même temps, m'a remplie d'un certain chagrin car j'ai pris conscience en cet instant que jamais je n'aurais l'occasion de voir, par exemple, les couleurs.

— Vous sentez le clou ?

Sa voix était toute proche. Je ne comprenais pas où il voulait en venir. Je n'ai pas répondu. J'ai déplacé ma main et l'ai posée sur sa joue. Il m'a laissée faire. Sa peau était sèche, sûrement pâle du reste. Il avait le visage maigre, dépourvu de rides profondes ou de sillons, même les paupières étaient tendues, j'avais la sensation qu'il n'avait pas de traits, mis à part une cicatrice sur le front qui résistait, pareille à un fil bosselé sous mes doigts. De nouveau, je lui ai caressé la joue et j'ai senti, à ma grande surprise, qu'elle était humide. Peter Wihl pleurait. Il pleurait sans bruit, mais il pleurait quand même, puis il a tourné la tête.

Peu après, il m'a raccompagnée dehors. Il tenait mon bras tandis que nous tentions de ne pas perdre l'équilibre sur les plaques de glace qui jonchaient la pelouse séparant l'atelier de la maison. Celle-ci était plongée dans le silence. La famille de Peter Wihl était visiblement sortie. Il paraissait plein d'égards, sur un mode tout de même un peu exagéré. Ce n'était sans doute que de la gêne.

— Un souvenir des mers, a-t-il dit.

— Quoi ?

— La cicatrice. Je me suis fait tabasser par le chouff. Quatre points de suture. Je n'ai jamais été aussi fier de ma vie.

— Le chouff ?

— Le mécanicien chauffeur. Un Arabe pas piqué des vers, originaire de Haugesund.

Il a ri tout en m'ouvrant le portail.

— Vous avez commencé à l'Académie en revenant de votre périple, n'est-ce pas ?

Il a suspendu son pas, sa main toujours posée sur mon bras, mais ce n'était pas glissant à cet endroit, il n'y avait pas de danger.

— Ne vous inquiétez pas, vous allez pouvoir m'interviewer, a-t-il fini par dire.

— Quand ?

— Quand l'exposition sera inaugurée. Là, je vous raconterai tout.

J'ai eu un nouveau mouvement de recul. Les termes qu'il employait m'ont surprise : il me raconterait tout...

— Tout ?

— Ce n'est pas suffisant ?

C'est moi qui, à présent, n'ai pu m'empêcher de rire.

— Alors peut-être que je me libérerai pour être présente au vernissage.

Peter Wihl a lâché mon bras. Je l'entendais presque sourire.

— Ça me ferait plaisir. Même si vous avez déjà vu l'exposition.

J'ai souri à mon tour.

— Merci.

J'ai commencé à marcher le long de la barrière. Il y avait du sable sur le trottoir, ça crissait sous mes chaussures à talons plats.

— Vous voulez que j'appelle un taxi ?

Je me suis retournée à toute vitesse.

— Ce n'est pas la peine.

— Vous trouverez le chemin ?

— Oui.

ÉPILOGUE

Il y avait foule devant la Nye Galleri. L'affiche était placardée dans une vitrine lumineuse : *Peter Wihl : Écorché. Peintures*. C'était le même public. Peter reconnaissait tous ces gens. Ils avaient uniquement pris vingt-cinq ans. Il était assis à la table près de la fenêtre, dans le restaurant d'en face, à la même place que celle qu'il avait occupée vingt-cinq ans plus tôt. Il ne voulait pas arriver en premier. Il voulait être le dernier à arriver et le premier à repartir. C'était sa soirée. Patrick se tenait dans l'embrasure de la porte, à côté de Ben. Ils accueillaient les invités, les détenteurs d'un carton. Peter n'avait pas encore vu Helene et Kaia.

Le serveur resservit du café.

— La première fois, c'était du champagne, dit-il.

Peter leva les yeux.

— Pardon ?

— Quand vous avez commencé. Des litres et des litres de champagne. Votre manteau est resté au vestiaire pendant trois semaines.

Peter sourit.

— Oui, c'était le bon temps.

Le serveur se pencha à sa hauteur et alluma la bougie.

— Que diriez-vous d'une part de gâteau ? C'est la maison qui offre.

— Non, je vous remercie.

Le serveur se retira en silence. Lançant un nouveau regard par la fenêtre, Peter les apercevait, à l'intérieur, dans l'espace de la galerie, tous ces gens, les invités, pomponnés, sur leur trente et un, un verre à la main, des canapés dans l'autre ; ils progressaient au gré d'un lent cortège circulaire le long des cimaises où ses toiles étaient accrochées. Il ne voyait Helene et Kaia nulle part. Il resta assis. La rue était soudain déserte. Les pavés, détrempés, brillaient sous les réverbères à la tête courbée. Il ne se souvenait pas qu'il avait plu. Il avait la sensation que la ville se trouvait à mille milles, ou qu'elle était en passe d'être engloutie. Ses pensées et ses nerfs n'étaient pas raccordés. Ils circulaient en suivant des courants alternatifs. Il caressa la nappe blanche du plat de la main, fixa la flamme et la bougie qui libérait des gouttes grasses coulant sur le cuivre. Il vit tout ça, mais ne le sentait pas. Il sentait la nappe sous sa main, mais pas la table. Puis Ben sortit sur le perron, jeta un coup d'œil impatient dans toutes les directions et finit par distinguer Peter, qui se leva aussitôt, prit son manteau et alla à sa rencontre, histoire d'en finir.

Ben posa son bras autour de ses épaules.

— Et tu traînes, comme d'habitude.

— On ne se refait pas, tu sais.

— Tu es le roi, Peter. Allez, entrons et procédons à ton couronnement.

Peter le retint.

— Qu'est-ce qu'il fout ici, Patrick ?

Ben baissa la voix.

— Et si on disait que ce vernissage est aussi une soirée de réconciliation ?

Peter relâcha son bras.

— Est-ce que Helene et Kaia vont venir ?

Ben se tenait à une marche au-dessus de lui.

— Je trouve que vous devriez prendre de longues vacances, Peter. Partir loin. Avant que Kaia commence l'école primaire. Vous en avez les moyens désormais.

— Est-ce que Helene et Kaia vont venir ?

— Elles vont venir.

Ils entrèrent.

Peter fut accueilli sous les applaudissements, avec dévotion ; ou bien s'agissait-il d'une espèce de commisération, parce que Helene et Kaia étaient absentes ? Peter l'ignorait. Il ne remarqua pas les points rouges collés au bas de plusieurs peintures. Les prix au catalogue : 90 000 couronnes. La numéro huit avait été achetée par le Riksmuseet. Dans le coin, une table était recouverte de cadeaux : bouteilles, cartes, fleurs. C'était trop chaleureux. C'était trop étouffant. L'air était confiné. Peter pouvait à peine respirer. Quelqu'un fut obligé d'ouvrir la porte. Il salua l'assistance dans son entier sans regarder une seule personne dans les yeux. Ben vint enfin à sa rescousse, ils se retirèrent, laissant les invités poursuivre leur lent manège le long des cimaises, la géométrie du vernissage : le cercle et le carré.

— Les critiques d'art sont venus aujourd'hui, annonça Ben.

— Ça en valait le coup ?

Ben dut s'accorder un moment de réflexion puis, se souvenant de ses propres mots, il embrassa Peter sur la joue, à la va-vite, avant de choquer son verre. Les invités s'immobilisèrent, comme juchés sur un carrousel qui perdrait de la vitesse. Peter recula d'un pas, se disant immédiatement que c'était trop tôt, qu'il était trop tôt pour tenir un discours, Helene et Kaia n'étant toujours pas arrivées. Ben sortit une feuille de sa poche, la copie d'un texte aux lignes resserrées.

— Puisque vous souhaitez sûrement ne pas avoir à écouter pendant des heures une vieille tarlouze dont la seule intention est d'ovationner Peter, qui lui-même, malgré ses cinquante ans, rajeunit de jour en jour, je préfère vous lire un extrait de la critique qui paraîtra demain dans le journal du matin.

Ben attendit que les rires s'estompent pour entamer sa lecture.

— « Peter Wihl expose ses nouvelles toiles à la Nye Galleri. Et aucun qualificatif n'est capable de restituer cette vérité : qu'est-ce que c'est bien ! Un véritable K.-O. coloriste. »

Ben fit une pause et jeta un regard circulaire.

— Et encore, ce n'est que l'introduction.

Il continua :

— « Les douze tableaux évoluent tous autour du même motif : la fillette, l'enfant, présentée dans un paysage à la fois réaliste et mythique où nous entrapercevons une grande roue, des chevaux mécaniques, des lanternes – un semblant de paradis perdu. Disons-le d'emblée : quand Peter Wihl est au summum de son art, et il l'est ici pratiquement tout du long, il n'a personne pour le devancer, ni pour jouer des coudes. Les toiles donnent l'impression d'avoir été composées à un rythme effréné, où du moindre coup de pinceau émane une absence évidente de compromission, pour laquelle la plupart des peintres donneraient leur bras droit. Peter Wihl est un artiste certes conscient de son Histoire, mais intransigeant au point de figer la plupart des œuvres d'art contemporain dans une perspective définitivement muséale. »

Ben replia calmement la feuille, la fourra dans sa poche et se tourna vers Peter.

— Dis-nous quelque chose.

Et, de nouveau, l'acclamation retentit, rugit, c'était un tonnerre, un concert d'applaudissements, Peter était félicité, porté aux nues, c'était le fardeau de l'ovation, l'injonction des vivats. À ce moment-là, il aperçut la femme de l'Association des Aveugles et Handicapés visuels, elle était son ange gardien, tout de noir vêtue, un sac à main en bandoulière, les cheveux aujourd'hui plaqués en chignon, avec ces mêmes grandes lunettes de soleil qui lui mangeaient presque le visage, une canne blanche à la main, un imperméable sur le dos de chaque côté duquel une bande réfléchissante brillait encore. Patrick lui barrait l'entrée, elle n'avait pas de carton d'invitation, elle n'avait pas de carte d'accès. Peter se précipita vers eux et pour la deuxième fois il se fit la réflexion, tandis que les invités se poussaient pour le laisser passer et qu'il faisait les derniers pas vers la porte ouverte, qu'à elle, la femme aveugle, il pourrait tout raconter, c'était possible – et il posa une main sur son épaule, elle fit volte-face vers lui, sourit, elle l'avait reconnu avant même qu'il n'ait prononcé une parole, elle avait reconnu sa main. Il se rapprocha d'elle et dit :

— Allons-nous-en.

— Pardon ?

— Allons faire cette interview.

Et c'est ainsi que Peter Wihl quitta son exposition, son vernissage, les invités médusés, dans le triomphe et dans le froid, comme si ses sens fonctionnaient au ralenti. Il traversa la rue en compagnie de la femme aveugle, entra dans le restaurant et s'assit à la même table que d'habitude, près de la fenêtre, d'où il pouvait contrôler l'arrivée de nouveaux venus.

Elle semblait mal à l'aise.

— Je ne voulais pas vous déranger.

— Vous m'avez rendu un fier service.

— Un service ?

— Bon. Par quoi commençons-nous ?

Elle ôta son imper.

— Par où vous voulez.

— Vous voulez du champagne ?

Elle sourit, de nouveau.

— Dans ce cas il me faudra un taxi pour rentrer chez moi.

Peter éclata de rire et héla le garçon qui ne mit qu'une seconde pour se présenter à eux.

— Un verre de champagne et la fameuse part de gâteau qu'offre la maison.

Le serveur s'inclina et fila au bar préparer la commande.

Peter se tourna vers la fenêtre. Certains partaient déjà. Ben les escortait jusqu'au pas de la galerie. Ben faisait la vaisselle à sa place. Ben faisait la vaisselle tout seul.

— Ça ne vous dérange pas si j'utilise un magnétophone ?

Sans faire attention, Peter hocha la tête en guise de réponse.

Elle attendit. Peter attendit.

Puis il se rappela qu'elle était aveugle.

— Bien sûr que non, dit-il.

Elle ouvrit son sac à main d'où elle sortit un petit appareil métallique qu'elle posa entre eux, sur la nappe.

— Vous vous promenez toujours avec un magnétophone sur vous ?

— Il m'arrive d'avoir une idée subite et il est bon de l'avoir dans ces occasions.

Le serveur revint avec le champagne et le gâteau. Elle leva son verre dont elle but une gorgée, en s'appliquant, mais une goutte coula le long de son menton, comme si ses lèvres n'étaient pas habituées à cette boisson. Elle rougit. Peter lui tendit une serviette en papier.

— C'est allumé ? demanda-t-il.

— Pas encore.

Elle appuya sur un bouton et une diode rouge s'éclaira sur le couvercle. Peter ne savait tout à coup plus trop par quoi commencer. Il planta sa fourchette dans le gâteau dont il la cassa la croûte dure, presque entièrement recouverte de sucre glace, atteignit la pâte tendre et foncée, le cœur, le chocolat chaud, liquide.

— Aidez-moi, finit-il par dire.

— Pourquoi peignez-vous ?

— Parce que je vois.

Il marqua une courte pause, regrettant aussitôt ce qu'il venait de répondre, voulut ajouter une phrase, mais elle le devança.

— Qu'est-ce que vous voyez ?

— La surface.

Elle appuya sur un autre bouton et rembobina.

— Je veux simplement vérifier que ça marche.

La seconde d'après, Peter réentendit sa voix, et ç'aurait très bien pu être celle d'un autre : *La surface.*

Il poursuivit :

— Parfois, j'ai l'impression que c'est Satan qui a libéré les couleurs des objets.

Elle écoutait, la tête inclinée. Et pourtant elle semblait impatiente, comme si elle attendait qu'il lui en dise davantage.

Peter regarda par la fenêtre.

Un flot de gens se déversait dans la rue.

Ben était seul sur le perron, à côté de la vitrine contenant l'affiche. Il regardait en direction du restaurant.

Peter distinguait Patrick, au fond, qui rangeait les verres, les serviettes, les restes.

— D'où tirez-vous votre inspiration ?

Peter reposa sa fourchette, des miettes tombèrent sur la nappe, il parlait à toute vitesse.

— Le monde est comme un dictionnaire, n'est-ce pas ? Mais le dictionnaire n'est pas une œuvre d'art en soi. Les gens dépourvus d'imagination se contentent de peindre le dictionnaire. Quant aux autres, ceux qui ont de l'imagination, ils juxtaposent les mots à leur manière. C'est tout simplement ce que j'essaie de faire. Juxtaposer ce que je vois. À ma manière.

Elle l'interrompit.

— N'avez-vous jamais eu peur de ne pas en avoir fini ?

— Fini ?

Elle attendit un peu avant d'ajouter :

— Fini avec l'exposition, pendant que vous êtes encore en mesure de voir.

Peter déplaça l'assiette à dessert, s'avança tout près d'elle et lui dit, d'une voix calme :

— On ne termine pas une image. On la quitte.

Au même moment, Helene et Kaia arrivèrent. Peter les vit aussitôt. Elles marchaient, main dans la main, sur le trottoir, de l'autre côté de la rue. Kaia portait un gros paquet, enveloppé dans du papier jaune entouré d'un ruban rouge. Peter sourit. Helene, évidemment, arrivait la dernière, Helene arrivait systématiquement quand les autres étaient partis. C'était la soirée de la réconciliation. Ben, toujours sur le perron, les attendait. Peter dit, tandis qu'il se levait :

— Excusez-moi un instant. Ma femme et ma fille viennent d'arriver.

Il sortit sur le trottoir.

La ville avança d'un cran vers lui, la circulation, les roues. Il entendit une voiture, les pneus sur les pavés, se rapprocher de plus en plus, foncer à une vitesse qu'il avait toutes les peines du monde à comprendre. Kaia aperçut Peter, lâcha la main de Helene, et, le cadeau à la main, s'élança sur la chaussée, se précipita contre l'avant du véhicule. Peter lui cria quelque chose, courut vers elle. Il eut tout juste le temps, dans la confusion et le chaos, d'entrevoir le chauffeur pour savoir que ce visage ne lui était pas inconnu ; mais le reste, avoir une pensée supplémentaire, avoir une vision supplémentaire, il n'en eut pas le temps – et la punition se solda par le fait que Peter Wihl ne saurait jamais s'il avait réussi à sauver Kaia.

Composition par Asiatype

Impression réalisée sur CAMERON par
BRODARD ET TAUPIN
La Flèche
en juin 2007

Imprimé en France
Dépôt légal : août 2007
N° d'édition : 98306/01 – N° d'impression : 42381